中外文学传播与接受研究丛书
武汉大学十五"211工程"项目

"误读"的方法

新时期初西方现代主义文学的传播与接受

叶立文◎著

中国社会科学出版社

图书在版编目（CIP）数据

"误读"的方法：新时期初西方现代主义文学的传播与接受/叶立文主编.—北京：中国社会科学出版社，2009.8
（中外文学传播与接受研究丛书）
ISBN 978 - 7 - 5004 - 7963 - 5

Ⅰ.误…　Ⅱ.叶…　Ⅲ.现代文学—文学研究—中国
Ⅳ.I206.6

中国版本图书馆 CIP 数据核字（2009）第 106145 号

责任编辑　李炳青
责任校对　郭　娟
封面设计　回归线视觉传达
技术编辑　张汉林

出版发行　中国社会科学出版社
社　　址　北京鼓楼西大街甲 158 号　　　邮　编　100720
电　　话　010—84029450（邮购）
网　　址　http://www.csspw.cn
经　　销　新华书店
印　　刷　新魏印刷厂　　　　　　　　　装　订　广增装订厂
版　　次　2009 年 8 月第 1 版　　　　　印　次　2009 年 8 月第 1 次印刷
开　　本　880×1230　1/32
印　　张　10.375
字　　数　248 千字
定　　价　28.00 元

目　录

引　论

　　作为一种"知识"，西方现代主义文艺思潮在中国大陆的传播可谓由来已久。自五四时期便已开始的这股传播浪潮，虽然曾因政治形势的剧变一度归于沉寂，但随着 20 世纪 70 年代末大陆思想界的解冻，西方现代主义的传播又展开了新一轮的运作。这场传播运动的过程与结果，不仅揭橥了新时期初各类权力话语的力量纷争，亦令现代主义思潮在反对与争议声中不断发展壮大，余波所及，终致其曾经式微的影响力从此无远弗届。要而言之，发生于新时期初的这场现代主义传播运动，在经历过种种迂回曲折的权力斗争后，最终促成了现代主义知识的合法化。20 世纪 80 年代的知识界（自然也包括文学界）对于西方现代主义的异常关注，使得现代主义成为了知识分子以各种方式谈论"中国问题"时无法回避的一个理论基础：在反思"文化大革命"、呼唤人性回归与正义重建的思想解放运动中，西方现代主义被中国知识分子们赋予了一种针对"文化大革命"异化现象的批判功能，它也因此在当时成为一个颇具影响力的启蒙武器；而与反思历史同步展开的社会主义现代化建设，则同样在西方现代主义知识的传播过程中，不断汲取着现代化建设所必需的理论资源。在中共中央实现社会主义现代化建设的号召下，中国知识界的哲学、文学、历史、经济、法律等各个学科领域,都与西方现代主义知识发生着一系列意义深远的碰撞与融合。值得注意的是,这些与经济基础的现代化建设同步展开的精神文明建设,实际上彰显了当代中国意识形态的现代化转型。尽管在新时期初,社会主义意识形态话语的现代化转型与西方现代主义之间仍然存在深刻对立,但社会主义意识形态在这一转型过程中所显现出来的某些现代化特征,却与西方现代主义知识的传播和接受密切相关。换句话说,从西方现代主义中汲取某些中国社会所需的知识资源,使其为思想解放运动和社会主义现代化建设服务,业已成为新时期初西方现代主义知识在中国传播的一个普遍规律。

本书以新时期初西方现代主义文学在中国大陆的传播与接受为研究对象,通过考察当时中国知识分子对于西方现代主义文学的介绍和阐释等传播活动,试图还原与厘清西方现代主义文学在新时期初的一段传播与接受历史。在此基础上,本书拟就中国知识分子在传播西方现代主义文学时所运用的基本方法、策略与手段等问题展开讨论,以期澄清西方现代主义文学在中国大陆的知识合法化进程。需要说明的是,本书的研究重心并不在于讨论现代主义文学"是什么"的问题,而是关注中国知识分子是如何阐释与介绍西方现代主义文学的。换言之,作为传播客体的现代主义文学,唯有经过中国知识分子这一传播主体的译介与阐释,才会对中国当代文学产生实际而有效的影响,也才能突破主流意识形态的权力规避,进而在种种话语纷争的历史格局中完成自身的知识合法化。这意味着,理解西方现代主义文学的传播历史,远比理解西方现代主义文学"是什么"更为重要,毕竟对于大部分中国作家而言,他们所接受的现代主义文学,实际上是经由中国学者阐释了的"现代主义"。这一被阐释了的文学资源业已成为中国当代作家进行现代主义试验的一个文学传统:其中不仅包含了中国知识分子思考"中国问题"时的启蒙情结,亦承载了中国当代文学的现代化诉求。前者造就了中国当代的现代主义文学,如先锋小说的启蒙叙事和存在关怀,后者则暗含着中国当代文学界走出西方中心主义、追求文学现代化的良苦用心。有鉴于此,若可澄清西方现代主义文学在中国大陆的知识合法化进程,就能在异域知识的文化旅行中去领悟现代主义文学的本土化问题。从这个意义上说,本书对中国知识分子传播与接受西方现代主义文学的研究,就不仅仅是对一种异域文化在传播过程中所进行的知识考古,也是对新时期以来中国文学的现代主义化倾向所展开的理论寻根。

需要说明的是,由于受到新时期初社会语境和思想氛围的深重影响,中国知识分子在介绍与评价西方现代主义文学时容易出现为后人所诟病的"误读"现象。大致从 20 世纪 80 年代中期开始,部分中国知识分子因有感于既往学界对西方现代主义的理论"误读",进而主张对西方现代主义文学展开"正本清源"式的学术研究。然而这一讲求严谨学理的研究方式,却在辨析现代主义文学"是什么"的同时,无意间忽略了此前隐含于中国知识分子"误读"行为中的思想启蒙因素,以及他们对于中国文学的现代化诉求等复杂问题。这就是说,当我们执持于西方语境中的现代主义、试图纠正中国知识分子的误读行为时,反而有可能遮蔽现代主义本土化所隐含的重要思想价值。就此而言,今人如能秉承一种历史主义的认知态度,当有望在回顾这段传播历史时,充分理解中国知识分子念兹在兹的实用理性精神如何影响了一种异域知识的文化旅行。

回顾新时期初,在思想解放运动和社会主义现代化建设的历

3

史进程中，西方现代主义知识的传播与接受可谓命途多舛：自传播之日起，西方现代主义知识就不断承受着来自社会各方的责难，其主要罪状即为传播行为本身有可能造成对于社会主义意识形态话语权力的损害。究其原因，这一问题实与当代中国社会的某种意识形态偏见有关。在一段相当长的历史时期内，现代主义知识因其"西方"背景，而被视为一种"腐朽没落"的资产阶级意识形态。至于现代主义文学对世界荒诞本质的形象描绘，对人性异化现象的深度考察，等等，都在这种意识形态的偏见下被视为对社会主义权力根基的动摇。因此，西方现代主义思潮在新时期初中国大陆的传播与接受，就具有了一种极为吊诡的命运：一方面，为促进思想解放运动和社会主义现代化建设，那些致力于传播现代主义的中国知识分子，往往不遗余力地翻译和推广着西方现代主义知识；但另一方面，为维护社会主义意识形态的话语权威，中国知识分子又在传播现代主义的过程中，不断地对其加以批判和反驳。这种自相矛盾的传播方式，在20世纪70年代末80年代初形成了蔚为奇特的现代主义传播与接受景观。由此造成的一个事实是，在传播西方现代主义知识的历史实践中，中国知识分子从社会主义意识形态的权力规范和思想解放运动的客观需求出发，本着唯物辩证法的认识论，在批判和反思现代主义知识的同时，充分发掘了现代主义知识的合法性因素。具体到文学领域，这一合法性因素便是中国知识分子对现代主义现代性问题的关注，以及对现代主义启蒙功能的充分发掘。在新时期初的中国学者看来，西方现代主义文学不仅有助于中国文学界认识"文化大革命"和反思"文化大革命"，体现思想解放运动的历史进程，而且还能够促进当代文学的现代性追求。因此，中国学者如何在西方现代主义文学这一被视为"腐朽没落"的资产阶级意识形态中，发掘有利于思想解放运动和当代文学现代性追求的合法性因素，便成为西方现代主义文学的传播者们首先考虑的问题。而这一问题在新时期初的传播实践中，又最终演化成了多种策略性的传播方式。在西方现代主义文学传播策略的影响下，中国文学界对于现代主义的接受也并非一帆风顺，它往往在兼顾社会主义意识形态权威的过程中，通过对现代主义的文学接受，逐步推动着当代中国文学的现代性追求。本书致力于探讨的一个重点问题，即有关西方现代主义文学的传播策略与文学接受。但在对西方现代主义文学的传播策略进行具体考察之前，首先需要阐明的是这样一些问题：即在西方现代主义文学隐而未彰的合法化过程中，谁为现代主义的传播颁发了许可证？又是谁为现代主义的合法化制订了叙述法则？对于上述问题的考察，实际上已经涉及了西方现代主义文学传播的社会背景和具体过程。

一　西方现代主义文学传播的社会背景

1976 年年底，"文化大革命"结束。1977 年 8 月，在北京召开的中国共产党第十一次代表大会上，宣布"文化大革命"以粉碎"四人帮"为标志而结束。这次会议的文件，把"文化大革命"结束后称为中国社会主义革命和建设的"新时期"。无论从哪方面看，人们对于"新时期"历史的理解和阐释都与"文化大革命"这一标志性事件密切相关。从某种意义上讲，"文化大革命"已成为 1976 年以后历史叙事的逻辑起点。当人们从"文化大革命"的十年梦魇中惊醒时，很容易将"文化大革命"及其以前的历史视作与新时期截然对立的蒙昧时代。于是,"新时期"这一描述后"文化大革命"历史的政治术语便被赋予了显而易见的价值色彩,它所指代的历史时期也在"新/旧"对立的二元关系中占据了先天的价值优势。而国人告别"文化大革命"、期盼历史新时期的社会心理,则使"新时期"这一提法不再局限于狭义的政治领域,转而在超意识形态的意义上被频繁使用,成为可以指代一切后"文化大革命"历史的能指符号。因此,任何一种对于后"文化大革命"历史事件的研究,都无法偏离"新时期"这一特定的社会语境。由"新时期"这一称谓背后所蕴涵的社会集体性意愿出发,人们普遍要求中国的政治、经济、社会和文化状况发生变化。"左"倾激进的、建立现代乌托邦的革命狂热,逐步为"现实主义"的、以经济建设为中心的路线所取代。① 国家领导层对"文化大革命"做出了明确的否定,宣称它"是一场由领导者错误发动,被反革命集团利用,给党、国家和各族人民带来严重灾难的内乱"②。

有中国学者在描述这一社会变革时说:"打倒'四人帮'后,中国进入了一个苏醒的新时期:农业小生产基础和立于其上的种种观念体系、上层建筑终将消逝,四个现代化必将实现。人民民主的旗帜要在千年封建古国的上空中真正飘扬。"③ 这一观点表达了当时中国民众的普遍意愿。由"十一大"对于"文化大革命"的否定出发,中国社会很快掀起了一场思想解放运动。这一运动几乎波及中国社会的方方面面,其最初表现主要是对当

---

① 参见洪子诚《中国当代文学史》,北京大学出版社 1999 年版。
② 中共十一届六中全会(1981 年 6 月)决议:《关于建国以来党的若干历史问题的决议》,载《三中全会以来重要文献汇编》(下),人民出版社 1982 年版,第 811 页。
③ 李泽厚:《中国近代思想史论》,天津社会科学院出版社 2004 年版,第 447 页。

代中国的政治、经济、文化路线和政策的检讨。围绕这一问题，20世纪70年代末在国家最高权力阶层内部，曾有过争论和冲突。1978年5月11日，《光明日报》发表了特约评论员文章《实践是检验真理的唯一标准》，展开了全国性的关于"真理标准"的讨论。1978年12月，中共十一届三中全会召开，肯定了"实践是检验真理的唯一标准"这一支持"思想解放"的命题，批评了维护僵化教条的"两个凡是"，①并决定撤销在1976年做出的有关"反击右倾翻案风"和"天安门反革命事件"的文件，为"四·五"天安门事件平反。会议确定停止使用"以阶级斗争为纲"的口号，提出中共全党工作重点转到"社会主义现代化建设"上来。而文学界在这一思想解放的潮流中，首先做的也是被称为"拨乱反正"的工作。②

"文化大革命"结束后，中国文学界开始深入揭批"部队文艺工作座谈会纪要"。1977年11月，《人民日报》编辑部邀请了许多文艺界人士进行座谈。会上，茅盾、冰心、刘白羽等都表示唯有批判和推翻"文艺黑线专政"论，才能真正解放文学艺术的生产力，从而推动社会主义新文艺的繁荣和发展。1977年12月28日，《人民文学》编辑部邀请文学界人士一百多人，召开批判"文艺黑线专政"论的座谈会。会后，《红旗》杂志发表文章清算"四人帮"的"文艺黑线专政"论。1978年5月27日至6月5日，中国文联在北京召开了第三届全国委员会第三次扩大会议。这次会议不仅批判了林彪和江青集团在文艺领域内的极"左"路线，

---

　　① 当时中共中央的主要领导人提出："凡是毛主席做出的决策，我们都坚决拥护；凡是毛主席的指示，我们都始终不渝地遵循。"参见1977年2月7日《人民日报》社论《学好文件抓住纲》。

　　② 参见洪子诚《中国当代文学史》，北京大学出版社1999年版。

而且还着重研究和贯彻落实了党的文艺政策。会议宣布中国文联、中国作家协会、中国戏剧家协会、中国音乐家协会、中国电影工作者协会和中国舞蹈工作者协会正式恢复工作,文联的机关报《文艺报》也随之复刊。1979年2月,《文艺报》发表特约评论员文章《文艺为实现四个现代化服务》,提出"文艺要为实现四个现代化服务"的号召。从这一口号的提出开始,身处历史转折期的中国文学界,便将发展文学艺术和建设社会主义现代化的宏伟目标紧密结合起来,由此也开启了嗣后持之以恒的文学现代化诉求。

1979年5月3日,中共中央同意撤销《林彪同志委托江青同志召开的部队文艺工作座谈会纪要》,标志着中国文学界的"拨乱反正"工作在政治领域取得了胜利。与此同时,文学界也对"文艺是阶级斗争的工具"说这一影响十七年文学基本面貌的"左"倾观点进行了深入反思与严厉批判。1979年,《上海文学》发表了评论员文章《为文艺正名——驳"文艺是阶级斗争的工具"说》,全面回顾了"文艺是阶级斗争的工具"这个口号形成和流传的过程,并对其造成的严重后果予以了清算。文章指出:"我们的文艺要真正打碎'四人帮'的精神枷锁,'解'而得'放',迅速改变现状,满足群众的需求,就必须对'文艺是阶级斗争的工具'这个口号进行拨乱反正的工作。"文章认为:"'文艺是阶级斗争的工具'说之所以必须纠正,因为它将文艺与政治的关系说成是唯一的、全部的关系,这样的文艺观,将导致文艺与政治等同,因而是一种取消文艺的文艺观,必须从理论上加以澄清。"[①] 同时,该刊还开辟了"关于《为文艺正名》的

---

① 本刊评论员:《为文艺正名——驳"文艺是阶级斗争的工具说"》,《上海文学》1979年第4期。

讨论"专栏,各地报刊也就此问题展开讨论。这一事件充分说明了新时期的文学界力求改变既往文学观念和创作格局的决心。而在稍后召开的第四次全国文代会上,中国文学界对于"文艺民主"的要求则得到了中央政府的支持。

　　1979 年 10 月 30 日,第四次全国文代会在北京召开,邓小平代表党中央、国务院致祝词。在祝词中,邓小平明确阐述了新时期文艺的任务和为四个现代化建设服务的问题。他指出,文艺是一种复杂的精神劳动,非常需要文艺家发挥个人的创造精神,写什么和怎么写,只能由文艺家在艺术实践中去探索和求得解决。在这方面,不能横加干涉。在赋予文学界文艺民主的同时,邓小平也谈到了文艺自由的问题,主张要继续坚持毛泽东提出的文艺为最广大的人民群众、首先为工农兵服务的方向,坚持百花齐放、推陈出新、洋为中用、古为今用的方针,在艺术创作上提倡不同形式和风格的自由发展,在艺术理论上提倡不同观点和学派的自由讨论。要求围绕着实现四个现代化的共同目标,拓宽文艺创作的道路,丰富文艺题材和表现手法,要防止和克服单调刻板、机械划一的公式化、概念化倾向,等等。① 随后,邓小平又在讲话中进一步强调,我们"不再继续提文艺从属于政治的口号,因为这个口号容易成为对文艺横加干涉的理论依据,长期的实践证明,它对文艺的发展利少害多"。② 邓小平的讲话,明确做出了围绕实现四个现代化的共同目标,丰富文艺创作方法的指

---

　　① 参见《邓小平同志代表中共中央和国务院在中国文学艺术工作者第四次代表大会上的祝词》,载《中国文学艺术工作者第四次代表大会文集》,四川人民出版社 1980 年版。
　　② 邓小平:《目前的形势和任务》,载《邓小平文选》,人民出版社 1983 年版,第 220 页。

示,而这一讲话对文艺创作方法多元化的政治肯定,同样有助于改变现实主义文学在中国文坛一统天下的局面,也在一定程度上为西方现代主义文学的传播从政治领域打开了通道。

总体而言,从 20 世纪 70 年代末到 80 年代初,中国文学界积极响应党和国家的号召,在全国范围内开展了"拨乱反正"和"思想解放"运动,所取得的成绩突出表现在以下几个方面:一是从批判"四人帮"炮制的"文艺黑线专政"论开始,清算了"四人帮"的文艺体系和理论基础,在一定程度上促进了文艺思想的解放;二是通过对文艺与政治关系的思考,重新认识了现实主义理论及文学中的人性与人道主义等一系列重大理论问题,对文艺与政治的关系、"文艺是阶级斗争的工具"、现实主义和文学中的人性与人道主义等重要命题,均进行了广泛而深入的辨析与讨论,其结果不仅突破了许多理论禁区,而且也为后来现代主义文学的传播打开了政治通道;三是结合中国当代文学的创作实践,通过认识与评价"伤痕文学",讨论"歌颂与暴露"、"'歌德'与'缺德'"和文艺"向前看"或"向后看"等具有争议性的话题,从微观层面深入思考了文艺创作的基本规律。这对于促进文艺思想的进一步解放,显然起到了正本清源的积极作用。而上述工作,也在一定程度上促成了中国当代文学从"文化大革命"文艺到新时期文艺的巨大转变,其间文学思想的日新月异,则为日后西方现代主义文学思潮的传播打下了坚实基础。

二 西方现代主义文学传播的思想背景

如果说新时期初政治形势的变化为西方现代主义文学的传播

打开了政治通道,那么,在社会思想领域内各类话语的历史合力,则进一步为西方现代主义文学的传播赋予了理论依据。本章首先需要考察的就是新时期初社会思想领域内的话语构成,它同时也是西方现代主义文学传播的思想背景。"话语"(discourse)作为构成社会语境的基本叙事元素,它所拥有的叙事功能便是将复杂的政治变动、经济改革和社会思潮分解为性质各异却相互勾连的"言说方式",这种种"言说方式"的多元存在集中体现了社会语境的成型与变异。在 20 世纪 70 年代末至 80 年代初的社会语境中,有两种话语类型足以支撑起全社会的思想言路,这就是意识形态话语和启蒙主义话语。当然,如此"简明"的类型划分难免失之粗疏。但不可否认的是,正是因为这两种话语类型的存在,"新时期"中许多复杂的社会事件才能被加以适当地阐释与理解。而且,意识形态与启蒙主义这两种性质迥异的话语类型因其在历史目标上的一致性,进而拥有某种异质同构的关系。这一话语同构的组合方式,实际上为新时期初西方现代主义文艺思潮的传播赋予了广泛而坚实的合法性依据。

在经历了"文化大革命"以后,当代中国的政治、经济和文化也随之发生了极其显著的变化。在"文化大革命"时期,由于理性认知的集体迷误,社会正义与人性价值遭到了彻底崩毁,社会生活赖以正常运转的法律秩序与道德伦理荡然无存,封建蒙昧主义假借"革命"之名公然肆虐,私欲与暴力替代了现代乌托邦的理想主义,人民蒙受了新中国成立以来最为深重的灾难。在此社会背景下,社会公正的重建与人性价值的复归便成为人民渴望从噩梦中醒来的先决条件。一场呼唤"民主"、"科学"、"人性"的启蒙主义运动悄然勃兴。在这场思想启蒙运动中,西方现代主义思潮扮演了催化剂的角色。不过,首先为西方现代主义思潮的传播确立合法性地位的,不是赓续五四精神的启蒙主义传统,而是意识形态话语的自我调整。

1978 年 5 月 11 日,《光明日报》发表了《实践是检验真理的唯一标准》,展开了全国性的关于"真理标准"的大讨论。这场讨论最终推翻了"两个凡是"的命题,确立了"实践"精神在国家建设中的元话语地位,将以往"左"倾激进的乌托邦梦想逐步纳入了讲求效率的"现实主义"轨道。1978 年 12 月,中共十一届三中全会召开,肯定了"实践是检验真理的唯一标准"。同时,这次会议还确定停止使用"以阶级斗争为纲"的口号,提出中共全党工作重点转到"社会主义现代化建设"上来。① 从此,意识形态话语便将自身言路的核心从"阶级斗争"转向了"现代化"诉求。在这一转向中,"意识形态"本身所拥有的话语功能发挥了至关重要的作用。

作为马克思主义的理论术语,"意识形态"(ideology)是历史唯物主义的基本概念之一。马克思在《〈政治经济学批判〉序言》中指出,在考察全部庞大的上层建筑随着经济基础的变更发生变革的时候,必须把下面两者区分开来,"一种是生产的经济条件方面所发生的物质的、可以用自然科学的精确性指明的变革,一种是人们借以意识到这个冲突并力求把它克服和那些法律的、政治的、宗教的、艺术的或哲学的,简言之,意识形态的形式"。② 可见,马克思所说的意识形态是指法律、政治、宗教、

---

① 中共十一届六中全会(1981 年 6 月)决议:《关于建国以来党的若干历史问题的决议》,载《三中全会以来重要文献汇编》(下),人民出版社 1982 年版,第811 页。

② 《〈政治经济学批判〉序言》,载《马克思恩格斯选集》第 2 卷,人民出版社1972 年版,第 83 页。

艺术、哲学等观念形态。然而,在何种意义上确认"意识形态"的语义内涵则取决于社会存在。以当代中国而言,"意识形态"并非相对于社会实践的超级能指。社会阶级力量的差异,使得社会意识形态成为统治阶级的意识形态,它在语义内涵上与"国家意识形态"(state-ideology)基本一致,这意味着在当代中国的社会语境内,"意识形态"是指体现了统治阶级意志的观念形态。西方马克思主义批评家认为意识形态是指"统治阶级为建立协调一致的社会而加以掌握或付诸流通的价值体系"。① 杰姆逊则更进一步地明确指出,意识形态是特定的社会集团根据自己所处的有限地位而创造的一些思想体系,这些思想体系满足他们解释自身处境的要求,并指导着实践,因而意识形态具有维护社会安定和文化结构的作用。② 从上述言论可以见到,意识形态的话语功能实际上就是维护和巩固统治阶级的阶级意志,同时也能体现和维护统治阶级所代表的国家意志。如果在这个意义上分析1978年中共十一届三中全会所做出的意识形态话语的自我调整,就可以看到,"现代化"取代了"阶级斗争"成为共和国的国家意志。新时期的意识形态话语因而在本质上属于国家话语,它以建构现代民族国家为历史目标,即实现社会主义现代化。为达此目标,意识形态话语采取了一种开放的姿态,它允许接纳一切有利于实现这一历史目标的生产力、社会思潮与文化理念。在这一背景下,西方现代思潮便顺理成章地纳入了意识形态话语的视野。并且,由于意识形态话语的"现代化"诉求集中体现在生

---

① 王先霈、王又平编著:《文学批评术语辞典》,上海文艺出版社1999年版,第557页。

② 同上书,第559页。

产力的发展上，而当时社会心理中广泛存在的"落后的焦虑"，则使人们在潜意识中将生产力高度发达的西方国家作为借鉴和学习的对象。同时，"经济基础决定上层建筑"这一马克思主义的经典判断，又使得新时期之初的文学界在追求"文学现代化"的过程中，也在潜意识之中将作为上层建筑的西方现代文学作为赶超的对象。依据当时对西方现代文学的理解，西方现代文学是西方现代化的产物。而西方现代主义文学又被认为是西方现代文学的主流。在以西方现代化借鉴对象的意识形态诉求中，作为现代化产物的西方现代主义文学便成了中国文学界的学习对象。因此，西方现代主义文学在中国大陆的传播，便隐含着中国当代文学的现代化诉求。正是在这种开放性视野中，西方现代主义文学的传播获得了意识形态话语许可的合法性前提。

但是，只凭借意识形态话语赋予的合法性，并不足以促成现代主义的传入，从更深层次的文化心理上来说，西方现代主义思潮在中国大陆的传播，乃是适应了新时期初启蒙主义话语的内在需求所致。正是当代中国的启蒙主义者们对于启蒙武器的强烈渴求，才使西方现代主义思潮在新时期初获得了广泛传播的历史契机。

发生于20世纪70代末的启蒙运动是一场性质驳杂、众说纷纭的思想解放运动。如果依据18世纪欧洲的启蒙主义运动来理解当代中国的启蒙主义，显然不足以揭示其复杂内涵和独特性质，只有在五四启蒙主义传统与欧洲启蒙主义话语构成的双重坐标中，才能辨认当代中国启蒙主义的话语功能与解放性质。

作为历史与哲学范畴的启蒙主义，在西方文化传统中一直扮演着资本主义文明的设计师角色。依据启蒙主义所遵循的"理性精神"来看，西方启蒙主义在社会实践的层面上往往体现着两个层面的话语功能。首先，在文化哲学层面，启蒙主义并不仅仅局限于18世纪的法国，它指的是整个资本主义文明在形成过程中，人类进步文化从萌生到确立的过程。这一过程具体表现在文艺复兴时期以人文主义对抗神学蒙昧主义，法国大革命时期以"自由、平等、博爱"的资产阶级意识形态价值体系设计近代社会中人类的基本权利，19世纪西方现代思潮对于资本主义文明带来的异化后果与灾难悖论的激烈批判，等等。在上述过程中所产生的各种社会思潮，从本质上都是启蒙主义的。因此，启蒙主义的话语功能在文化哲学层面上首先是"反神话"的。① 其次，在政治实践层面，启蒙主义的话语功能集中体现在建构现代民族国家的过程中。从现代国家的形成来看，由于启蒙主义确立了法律秩序以确保社会公正，从而在制度层面上建立了以资本主义意识形态为核心的国家机器。在这一进程中，资本主义意识形态的价值体系即"自由、平等、博爱"以及"天赋人权"等思想，最终构成了现代民族国家得以成立的理性依据。因此，西方语境中的启蒙主义，其历史目标是解放人类，使人类逐步摆脱蒙昧时代的束缚，而现代民族国家则为这一历史目标的完成提供了理性的历史手段。但这一历史目标与历史手段之间错综复杂的二元关系，又使得启蒙主义在向世界各地传播的过程中不断发生着变异。

在描述现代中国的五四运动时，"启蒙主义"是被使用得最频繁的字眼之一。"民主"、"科学"、"改造国民性"等五四命题在当时启蒙主义者的文化想象中，曾一度超越了"民族"和"国家"的范畴。胡适在1933年曾经说过，五四运动是"一场

---

① ［德］霍克海默·阿多尔诺：《启蒙辩证法（哲学片段）》，洪佩郁等译，重庆出版社1990年版，第2页。

理性反对传统、自由反对权威，以及颂扬生活与人的价值与反抗对它们的压制的运动"。① 显然，这是启蒙主义话语在文化哲学层面的反映。但问题的复杂性却在于，尽管五四启蒙主义运动的自我意识并非政治，而是改造国民性，摧毁旧传统的文化自救意识，但它从一开始便明确包含着或暗中潜伏着政治的因素和要素："这个通过'最后觉悟之觉悟'所要达到的目标，自然是指向国家、社会和群体的发展和进步。即是说，启蒙的目标，文化的改造，传统的扔弃，仍是为了国家民族，仍是为了改变中国的政局和社会的面貌。它仍然没有脱离中国士大夫'以天下为己任'的固有传统，也没有脱离中国近代的反抗外侮，追求富强的救亡主线。扔弃传统（以儒学为代表的旧文化旧道德）、打碎偶像（孔子）、全盘西化、民主启蒙，都仍然是为了使中国富强起来，使中国进步起来，使中国不再受外国列强的欺侮压迫，使广大人民生活得更好一些……所有这些并不是为了争个人的'天赋权利'——纯然个体主义的自由、独立、平等。"② 从上述分析中可以看出，西方意义上的启蒙主义，其历史目标与历史手段已在现代中国发生了错位。在五四启蒙主义传统中，建构现代民族国家（"反抗外侮、追求富强"）已成为历史目标，而个体的解放反而退为启蒙主义的历史手段。李泽厚这一在 20 世纪 80 年代中国产生了巨大影响的论断得到了许多学者的认同，③ 它事

---

① 转引自［美］格里德《胡适与中国的文艺复兴（中国革命中的自由主义 1917—1937）》，鲁奇译，江苏人民出版社 1996 年版。

② 李泽厚：《中国现代思想史论》，天津社会科学院出版社 2003 年版，第 5、6 页。

③ 如甘阳在 20 世纪 80 年代后期也认为五四运动忽视了个人自由的重要性，这与李泽厚在《中国现代思想史论》中提出的观点基本一致。参见甘阳《自由的理念："五四"传统之阙失面》，《读书》1989 年第 5 期。

实上也为 80 年代中国的启蒙运动赋予了意识形态的合法性前提,即 80 年代中国的启蒙主义话语在历史目标上与当时的意识形态话语完全一致,都是为了建构一个现代民族国家,社会主义现代化就是意识形态话语的表述方式。正是由于历史目标的一致性,当代中国的启蒙主义与意识形态在话语结构上才形成了异质同构的关系。从发生学的角度讲,启蒙主义兴起的一个前提是封建蒙昧主义时代的存在。20 世纪 70 年代末中国的启蒙主义,反抗的正是以"文化大革命"历史为代表的"左"倾乌托邦主义。换言之,当时的启蒙主义在本质上是反极"左"意识形态的。随着新时期之初意识形态话语的自我调整,"现代化"逐步成为意识形态话语与启蒙主义话语共同追求的历史目标。正是在这一共同的历史目标上,20 世纪 70 年代末西方现代主义思潮的传播才获得了一种必然性的历史逻辑:首先是意识形态为启蒙主义赋予了合法性;其次,由于启蒙主义对西方现代主义的内在需求,最终促使西方现代主义的传播获得了意识形态许可的合法性前提。

但是,问题的症结在于,西方现代主义在哪些层面上契合了启蒙主义的内在需求,而获得自身的合法性呢? 实际上,在 20 世纪 70 年代末的中国,现代主义已经偏离了"西方"这一特定的社会语境,并且在中国学者"实用理性"的观照下,成为一种"被阐释的传统"。换言之,现代主义的启蒙功能,并非全在于它本身所具有的启蒙特征,而在于当时中国学者对于西方现代主义的"阐释"。

综观 20 世纪七八十年代之交介绍西方现代主义的文章,可以见到,在中国学者看来,西方现代主义的启蒙功能,首先来自它的认识论特征。当时一个颇具代表性的观点认为,西方现代主义是"富有时代特征、能够反映现代西方社会矛盾和人们心理的一个重要派别",它总的倾向是"反映分崩离析的现代西方资本主义社会里个人与社会、个人与他人、个人和物质、自然和个人与自我之间的畸形关系,以及由此产生的精神创伤、变态心理、悲观绝望情绪和虚无主义思想"。① 尽管袁可嘉的论点具有明显的价值判断,但它的重要性却在 20 世纪 70 年代末的中国不言而喻。由于"文化大革命"对人性的压抑和扭曲,对社会公正的践踏,从而使人们很容易将它与西方的两次世界大战联系在一起,发生于 20 世纪上半叶的两次世界大战,彻底摧毁了西方人赖以维系精神自足的价值体系,人性异化、道德崩溃成为战后西方文明的形象写照。而现代主义思潮恰恰是在这片文明的废墟中发展起来的,它对于人性异化和理性迷误的揭示,在很大程度上迎合了 70 年代末人们反思"文化大革命"时的心理需要。因此,引进西方现代主义思潮,这一传播行为本身便暗含着认识"文化大革命"、反思"文化大革命"的启蒙功能。

其次,西方现代主义思潮在"被阐释"的命运中,获得了一种"人道主义"的性质。这其中,存在主义思潮的传播是一个经典例证。由于"文化大革命"对人性尊严的践踏,人们开始反思人性的失落,呼吁人性的复归。发生于 1979—1980 年间的人道主义大讨论,尽管主要是从马克思主义中汲取人道主义因子,但也有部分学者从存在主义中窥见了人性之光。出于对人道主义的渴望,中国学者较早翻译了萨特的《存在主义是一种人道主义》。② 同时,存在主义的介绍者们还将复杂的存在

---

① 袁可嘉:《欧美现代派文学概述》,《百科知识》1980 年第 1 期。
② [法] 萨特:《存在主义是一种人道主义》,周煦良译,《外国文艺》1980 年第 5 期。

主义思潮简化为"存在先于本质"、"自由选择"等核心命题："它强调了个体的自由创造性、主观能动性，这就大大优越于命定论、宿命论；它把人的存在归结为这种自主的选择和创造，这充实了人类的存在的积极内容，大大优越于那种怠惰寄生的哲学和依靠神仙皇帝的消极处世态度；它把自主的选择和创造作为决定人的本质的条件，也有助于人为获得优秀的本质而作出主观的努力，不失为人生道路上一种可取的动力。"① 这段评论中提及的"命定论"和"宿命论"，实际上与"文化大革命"的"血统论"属于同一语义系统。肯定存在主义的"存在先于本质"论和"自由选择"论，实则隐含着反对"文化大革命"血统论（命定论）的人道主义性质。正是在这个层面上，"存在主义是一种人道主义"的命题在新时期初的中国获得了一种积极的启蒙功能。

再次，由于20世纪70年代末中国的启蒙运动"是一个十分复杂的思想运动，其有渴慕西方现代化的同质性诉求，又有对其进行批判性和反思的潜在性构"。② 因此，启蒙运动内部从一开始就存在着二元对立的紧张关系。这实际上是五四运动以来所提出的"中/西"、"现代化/民族化"等一系列思想命题的当代模式。"渴慕西方现代化的同质性诉求"是"建设社会主义现代化"的意识形态话语在社会心理中的自然延伸，而"对其进行批判性和反思的潜在性格"却是意识形态话语维护其国家意志民族主义立场的必要手段。同时，西方现代化的进程表明，"现

---

① 柳鸣九：《现当代资产阶级文学评价的几个问题》，《外国文学研究》1979年第1、2期。

② 许纪霖：《启蒙的命运》，载《另一种启蒙》，花城出版社1999年版，第250页。

代化"是一把双刃剑，它本身所具有的"二律背反"特征，往往使人性异化与科技进步相伴随。更为重要的是，从七八十年代之交的中国学者对于西方现代主义的"阐释"来看，"表现资本主义文明的危机"是西方现代主义一个最基本的主题。① 可以说，西方现代主义，尤其是其中的人文主义思潮，诸如存在主义、尼采哲学、弗洛伊德主义，等等，都是站在批判的立场上反思西方现代化进程中的人性异化现象的。由此出发，甚至有学者将西方现代主义文学称之为"异化文学"。② 新时期初的这种认识水平使得西方现代主义获得了一种批判"现代化"的潜在性格。将这样一种"批判"思潮引进当代中国，其意义至少有两个层面：首先，西方现代主义对于西方现代化的批判，有利于意识形态话语维护自身的国家意志（社会主义现代化不等同于西方现代化，这是杜绝"全盘西化"论的理论基础）；其次，它还有助于反思中国现代化进程中出现的人性异化现象。在这一层面上，西方现代主义获得了另一种启蒙功能。当然，西方现代主义的启蒙功能并非全尽于此，但从以上所述内容却可看出，西方现代主义的传播绝非仅仅依赖于 20 世纪 70 年代末的"开放"政策，它一经中国学者的实用主义阐释，便在启蒙功能上契合了启蒙主义话语的内在需求。而意识形态与启蒙主义的话语同构关系，又为现代主义的传播赋予了合法性前提。从此，西方现代主义思潮便在中国大陆得以广泛传播。在这股传播浪潮中，西方现代主义文学顺理成章地登堂入室，为长期依附于政治学和社会学的中国文学开辟了一条重返自身的道路。

---

① 陈焜：《漫评西方现代派文学》，《春风译丛》1981 年第 4 期。
② 许汝祉：《异化文学与两种异化观》，《南京师范学院学报》1982 年第 3 期。

三　西方现代主义文学传播与接受的历史进程

西方现代主义文学在中国大陆的传播,经历了一个艰难曲折的过程。大约在 20 世纪 60 年代前期,一些出版社(商务印书馆、中华书局、作家出版社、人民文学出版社、上海人民出版社等)出版了一系列供"参考"或"批判"的西方理论和文学著作。① 这些被称为"灰皮书"和"黄皮书"的翻译作品,包括"汉译世界学术名著丛书"、"现代外国资产阶级哲学资料选辑",等等。它们对于"文化大革命"之前"地下文学"的出现具有精神导师的作用,同时,也为生活在极"左"年代的知识分子开启理性之蒙提供了精神食粮。但是,这些以"内部资料"名义发行的书籍只是在很小的圈子里流传,其影响也十分有限。真正开始大规模地介绍西方现代主义文学的时期则集中于 20 世纪 70 年代末 80 年代初,一些刊物如《外国文艺》、《外国文学》、《外国文学研究》、《外国文学报道》、《外国文学动态》、《外国文学研究集刊》、《世界文学》等大都在 70 年代末创刊或复刊。② 这批刊物在 70 年代末 80 年代初,除了发表西方 19 世纪之前的文艺作品外,其重点显然放在了对于 20 世纪西方理论和文学创作的译介,而西方现代主义文学的理论和创作,则成为这些刊物始终关注的焦点。袁可嘉、陈焜、柳鸣九等一批外国文学研究界

---

① 参见洪子诚《中国当代文学史》,北京大学出版社 1999 年版。

② 如《世界文学》的前身为《译文》,它是 20 世纪 70 年代末之前唯一翻译外国文学的刊物,1977 年复刊。

的知名学者在这场现代主义文学的传播过程中充当了开路先锋。他们除了在刊物上发表文章译介现代主义文学的作品与理论之外，还编选了一批在 20 世纪 80 年代初影响广泛的现代主义文学丛书。如袁可嘉、董衡巽、郑克鲁等人编选的《外国现代派文学作品选》、伍蠡甫主编的《西方文论选》和《现代西方文论选》、柳鸣九编选的《萨特研究》等书，都直接或间接影响了中国当代作家的创作。从 1981 年开始，外国文学出版社和上海译文出版社共同推出了《二十世纪外国文学名著丛书》，陆续出版了近 200 种在 20 世纪世界文坛具有较大影响的代表作品。在这股传播浪潮中，萨特、尼采、卡夫卡、马尔克斯、博尔赫斯、弗洛伊德、罗伯—格里耶等西方现代主义文学家和哲学家成了中国作家们耳熟能详的名字。与此同时，漓江出版社出版了"诺贝尔文学奖获奖作家作品集"，三联书店出版了"现代西方学术文库"，中国社会科学出版社出版了"西方文艺思潮论丛"，等等。这一时期，译介与创作"同声相求"、互相呼应，蔚为大观。而西方现代主义文学的广泛传入，也使人们"接触到一大批在思想上和艺术上都有长处的优秀作家的作品，见识了 20 世纪外国文学的种种令人眼花缭乱的流派、风格与手法"。① 这些作品深刻影响了中国作家的创作，从而改变了当代文学的面貌：到 1985 年前后，随着小说界先锋试验的广泛开展，西方现代主义文学的传播已对中国当代文学产生了切实和深远的影响；而中国作家对于西方现代主义文学大师经典作品的模拟再造，则又进一步加快了中国文坛对于西方现代主义文学的传播进程。

---

① 柳鸣九：《西方文艺思潮论丛》前言，载《西方文艺思潮论丛》，中国社会科学出版社 1987 年版。

在描述新时期初现代主义文学的传播过程时,还应该注意到这样一个事实,即在传播西方现代主义文学的同时,中国的知识分子也通过自己的译介活动开始了对于现代主义文学的接受活动。许多传播西方现代主义文学的中国知识分子,对于这一文学思潮的接受往往伴随着社会语境的变化而不断深化。大体而言,中国知识分子对于西方现代主义文学的接受经历了政治接受和文学接受两个阶段:在20世纪70年代末开始的现代主义文学传播运动中,中国学者往往从政治角度去理解和接受西方现代主义文学,通过对于西方现代主义文学的政治解读,中国学者首先清除了以往对于西方现代主义文学的意识形态偏见,认为现代主义文学尽管在某些方面与社会主义意识形态相对立,但它所具有的启蒙功能,却符合社会主义意识形态的现实需求。在中国知识分子看来,西方现代主义文学的认识论特征,有助于批判资本主义的意识形态,进而具有间接维护社会主义意识形态的积极作用。从这一政治接受出发,中国知识分子同时又表达了一种利用西方现代主义文学进行思想解放的启蒙意图。他们对于西方现代主义文学的启蒙主义解读,既是对于现代主义文学的政治接受,也是实施思想解放的具体表现。而在20世纪80年代初,随着中国当代文学现代化诉求的明确提出,部分中国知识分子也将西方现代主义文学视为促进当代中国文学现代化的必经之途,由此引发的"现代派"论争,逐步促使中国知识分子开始深入研讨现代主义文学的创作方法和思想内涵,这一剥离现代主义文学启蒙功能、突出西方现代主义文学的"文学"特质的接受方式,标志着当代文学界纯文学观念的逐步确立。而在创作界的诗歌和小说领域,伴随着"朦胧诗"和王蒙等人"意识流"小说实验的迅速发展,中国作家对于现代主义文学的接受也逐步从理论研讨转向了创作接受。尽管中国作家对于现代主义文学的接受观念和方式各不相同,但他们却从创作实践层面深化了中国文学界对于西方现代主义文学的文学接受。从这个角度说,新时期初中国文学界对于西方现代主义文学的接受过程,体现了中国知识分子对于西方现代主义文学认识水平的不断提高。

在这场西方现代主义文学的传播与接受活动中,1985 年可以被视为一个历史界标:从"文化大革命"结束以后直到 20 世纪 80 年代中期,西方现代主义文学的传播与接受还主要停留在以现实主义文学为主体的理论争鸣和创作探索层面;而至 1985 年以后,由于先锋文学形式试验的全面展开,西方现代主义文学的传播与接受也迅速转化为一场与建构中国现代主义文学相关的文学现代性实践活动。由于学界对先锋文学和现代主义文学关系的研究已论述良多,因此,本书致力于探讨从"文化大革命"结束以后直至 1985 年之间西方现代主义文学的传播与接受,并希冀在此研究过程中,能够一窥中国当代文学现代性诉求的逻辑起点与历史动力。

上　编

西方现代主义文学的传播策略

第 一 章

唯物辩证法：西方现代主义
文学传播的认识论

一

在 20 世纪 70 年代末 80 年代初西方现代主义文学的传播历程中，有一种现象颇为引人注目，那就是现代主义文学的介绍者们自始至终都没有采取"价值中立"的客观立场，即便那些标榜"客观介绍"现代主义文学的翻译者们，也在译介性质的文章中不断传达着自己对于现代主义文学的理解。而这些有关现代主义文学的种种认识，从本质上来看实则是传播者们的一种"误读"。通过"误读"，西方现代主义文学经历了一个被本土化的过程。正是这种本土性，才使得西方现代主义文学的传播能够广泛展开。然而，问题也存在于此，既然西方现代主义文学的传播首先要经历被阐释的命运，那么，中国知识分子是如何理解西方现代主义文学的呢？他们的理解方式，亦即面对西方现代主义文学时的认识论又是什么呢？事实上，在中国知识分子对于西方现代主义文学的各种"阐释"中，都存在着一种基本的认识论，这一认识论就是马克思的唯物辩证法（辩证唯物主义）。在分析中国学者利用唯物辩证法传播西方现代主义文学之前，有必要简单回顾一下马克思唯物辩证法的基本内涵。

在马克思主义哲学的发展过程中，唯物辩证法的确立是一个十分重大的历史事件。通过改造黑格尔的唯心主义辩证法，概括当代自然科学的成就和总结无产阶级革命实践经验等途径，马克思和恩格斯开创了唯物辩证法（辩证唯物主义）这一唯物主义的核心哲学，它既是马克思主义的科学世界观，也是马克思主义认识事物的方法论。对于这一哲学思想，马克思在《资本论》中曾有过具体说明。他称唯物辩证法是自己研究问题的方法论："我的辩证方法，从根本上来说，不仅和黑格尔的辩证方法不同，而且和它截然相反"，"在他那里，辩证法是倒立着的。为了发现神秘外壳中的合理内核，必须把它倒过来"。这就是说，黑格尔的辩证法是唯心主义辩证法，马克思的辩证法是唯物主义辩证法。而在谈到这一问题的实质时，马克思则格外强调辩证法的革命本质，认为辩证法"在其合理形态上，引起资产阶级及其夸夸其谈的代言人的恼怒和恐怖，因为辩证法在对现存事物的理解中同时包含对现存事物的否定的理解，即对现存事物的必然灭亡的理解；辩证法对每一种既成的形式都是从不断的运动中，因而也是从它的暂时性方面去理解；辩证法不崇拜任何东西，按其本质来说，它是批判的和革命的"。[①] 这也意味着唯物辩证法体现了马克思主义的批判精神和革命精神。有鉴于此，恩格斯才

①　《资本论》，载《马克思恩格斯选集》第 2 卷，人民出版社 1995 年版，第112、113 页。

会宣称只有真正懂得马克思主义的方法论的人,才配称马克思主义者。而他所说的方法论其实就是唯物辩证法。在《反杜林论》中,恩格斯谈到关于唯物主义新的历史形式时说:"现代唯物主义本质都是辩证的,而且不再需要任何凌驾于其他科学之上的哲学了。"① 他指出:"唯物主义历史观及其在现代的无产阶级和资产阶级之间的阶级斗争上的特别应用,只有借助于辩证法才有可能。"② 这就是说,马克思和恩格斯正是借助于唯物辩证法,把它运用于人类社会历史,推广到研究社会及其历史,特别是详尽地分析了资本主义的秘密和资本主义社会的基本矛盾后,才发现了唯物史观和剩余价值学说,才使得社会主义由空想成为科学,才最终创立了科学的政治经济学和科学社会主义学说。与此进程相适应,唯物辩证法也在其中获得了进一步的发展与完成。这一哲学思想的确立过程说明,唯物辩证法不仅是马克思主义思想体系的本源和精髓,而且也为确立马克思主义的政治经济学和科学社会主义奠定了理论基础。

对于那些传播西方现代主义文学的中国学者而言,抓住唯物辩证法这一马克思主义的核心,并将其从一种方法论提升到传播西方现代主义文学时的认识论,就为西方现代主义文学的传播提供了一个马克思主义的出发点,因而也有助于西方现代主义文学获得由马克思主义所赋予的合法性依据。因此,借助唯物辩证法,西方现代主义文学的传播者们采用了各种传播策略,从现代主义文学中汲取意识形态许可的合法性因素,在强调现代主义文

---

① 《反杜林论》,载《马克思恩格斯选集》第 3 卷,人民出版社 1995 年版,第 364 页。

② 同上书,第 691、692 页。

学合法性的同时，又不断扩大着西方现代主义文学的影响。在此意义上说，唯物辩证法在新时期初的现代主义传播运动中发挥了至关重要的作用。与此同时，中国学者对于唯物辩证法的充分利用，也造成了西方现代主义文学传播的一种悖论，即介绍者一方面极力推进现代主义文学的传播，另一方面又不断地对现代主义文学加以批判。事实上，造成这种局面的根本原因并不仅仅是由于意识形态权力话语的强大，它还是介绍者们将辩证法从马克思主义的方法论提升为认识论之后的一种必然结果：正是在意识形态话语的权力压制下，中国的知识分子们才普遍采用了唯物辩证法的认识论，他们在肯定现代主义文学进步性的同时，又不断对现代主义文学的落后性进行批判，由此便形成了"一分为二"式的传播现代主义文学的局面。

在传播西方现代主义文艺思潮的初期阶段，中国知识分子显然没有完全摆脱此前"阶级决定论"的思维方式。在他们的"前理解"中，西方现代主义文艺思潮首先被视为一种资产阶级的意识形态。许多译介现代主义文学的文章在进行"客观"介绍之前，都必定要首先表明介绍者自身的政治立场，即传播西方现代主义文学并不仅仅是为了要在中国文学中推广和运用现代主义的文学观念和创作方法，更重要的是为了加强对它的批判。但值得注意的地方就在于，这种批判并不意味着要对现代主义文艺思潮全盘否定，而是在唯物辩证法的指导下，"一分为二"地批判和介绍现代主义文学。马克思的唯物辩证法在这场现代主义文学的传播运动中发挥了至关重要的作用。在中国知识分子看来，如果按照唯物辩证法的认识论，世界上所有的事物都不存在绝对的好与坏，凡事都有进步的和落后的一面。唯物辩证法所强调的，正是去其糟粕、取其精华的价值观。毫无疑问，唯物辩证法对于异域的现代主义文艺思潮同样适用。尽管西方现代主义文艺思潮具有资产阶级的意识形态属性，但它所具备的合理性因素却仍然有助于促进当代中国文学的发展。在这种认识论的指导下，西方现代主义文学便被"一分为二"地介绍进了中国大陆。

二

1977 年 2 月，曹靖华在《世界文学》第 1 期发表《继承鲁迅的传统》一文。在文中，曹靖华阐述了"一分为二"对待外国文学的认识态度。他引用毛泽东的原话，认为："对于外国文学，排外的方针是错误的，应当尽量吸收进步的外国文化，为发展中国家的新文化提供借鉴……中国应该大量吸收外国的进步文化，作为自己文化食粮的原料。""凡属我们今天用得着的地方，都应该吸收。但是一切外国的东西如同我们对于食物是一样的，必须经过自己的口腔咀嚼和肠胃运动，送进唾液胃液肠液，把它分解为净化和糟粕两个部分，然后排泄其糟粕，吸收其精华，才能对我们的身体有益，决不能生吞活剥地毫无批判地吸收。"①这一认识态度，充分表明中国知识分子从唯物辩证法中所领悟出来的认识论，业已成为传播外国文学的一个指导思想和基本原则。

在《外国文艺》1978 年第 1 期上，巴金、沈柔坚、周熙良等人发表了一组笔谈，题为《高举毛泽东思想的伟大旗帜，深入揭批"四人帮"，做好现代外国文艺的介绍和研究工作》。这组笔谈

---

① 曹靖华:《继承鲁迅的传统》,《世界文学》1977 年第 1 期。

充分表明了中国知识分子对于现代主义"一分为二"的认识方式。如巴金在《个人的想法》一文中就认为："我记得鲁迅先生说过'如要创作，第一须观察，第二是要看别人的作品……'这个借鉴很重要，伟大领袖毛泽东就教导我们'决不可拒绝继承和借鉴古人和外国人'。说到借鉴，只要是别人的长处，不论是外国古人的，或者外国现代人的，对我们都有用。"那么，在巴金看来，西方现代主义是不是对我们"有用"的文艺思潮呢？尽管巴金在文章中并未明确提到现代主义，但他却指出："我们需要了解外国文学的情况，特别是现代文学的情况。"而他所谓的外国现代文学，在当时的中国知识分子看来，主要指的就是现代主义。至于介绍外国现代文学的目的，则除了有助于促进中国文学的创作实践以外，还承担着解放思想的重大使命。巴金在文中坦承，自己对于西方现代文学"一无所知"，"虽然这并不是光彩的事情"，但"不能怪我"，这是"'四人帮'推行法西斯文化专制主义和文化虚无主义的恶果"。① 因此，介绍和研究西方现代文学这一行为本身，便具有了反对"四人帮"文艺思想"流毒"的解放作用。应该说，巴金的认识水平在当时的中国知识分子中颇具代表性。在他们看来，尽管现代主义是隶属于资产阶级的意识形态，但引进和介绍西方现代主义文学，却对于肃清"四人帮"的"法西斯文化专制主义"和"文化虚无主义"具有极为重要的作用。

如果说巴金还只是从一个较为宏观的角度主张引进和介绍外国现代文学，那么，沈柔坚则旗帜鲜明地主张引进"印象派绘画"和"抽象派艺术"。在简要介绍了西方印象派绘画后，沈柔坚指出，尽管中国美术界对于印象派绘画还有着不同的认识，但"这

---

① 巴金：《个人的想法》，《外国文艺》1978 年第 1 期。

是正常的现象","正如毛主席所说:'艺术和科学中的是非问题,应当通过艺术界科学界的自由讨论去解决,通过艺术和科学的实践去解决,而不应当采取简单的方法去解决'"。"我们对古代和外国的艺术遗产,也要以历史唯物主义的观点和方法,有分析有批判地继承和借鉴,弃其糟粕,取其精华,以丰富和提高我们自己的创作。"① 沈柔坚的文章虽无特殊之处,但他以唯物辩证法眼光看待印象派等西方现代主义文艺思潮的做法,却充分说明了当时中国知识分子在面对西方现代主义文学时的认知心理,即以"一分为二"的态度认识现代主义,在借鉴其合理因素的基础上创造中国的新文艺。② 与此同时,在这组笔谈文章中还有论者提出了传播外国现代文学的具体办法,如有计划地翻译和出版外国文学作品,出版介绍外国文艺的刊物,以及调动外国文艺工作者的积极性,等等。③ 但上述愿望并不等于现实,尽管中国知识分子在粉碎"四人帮"后就主张引进西方现代主义文学,却终因现代主义文学的意识形态属性而在传播过程中历经磨难。形成这一现象的原因仍与中国学者采用的唯物辩证法有关:既然我们主张"一分为二"地看待现代主义,那么无论支持引进还是反对现代主义文学的知识分子,都会在现代主义文学的两面性中有意无意地放大其"进步性"和"落后性"因素。如果说巴金等支持引进现代主义文学的知识分子,强调的是现代主义文学对中国当代文学的借鉴作用,那么反对现代主义文学传播的学者,则强化了西方现代主义文学的资产阶级意识形态属性。他们认为介绍和引进现代主义文学会

---

① 　沈柔坚:《借鉴——为了创造》,《外国文艺》1978 年第 1 期。
② 　同上。
③ 　参见草婴《由衷的希望》,《外国文艺》1978 年第 1 期。

动摇社会主义的意识形态，不利于社会主义精神文明的建设。这两种相互对立的观点实际上代表了文化保守主义和改革派之间的理论分歧。

三

　　从现代主义传播的历史实践来看，上述两派观点的斗争始终居于一个中心地位。就在中国知识分子围绕西方现代主义文学的两面性进行理论争鸣时，也有部分现代主义文学的传播者将唯物辩证法提升到了一个新的层面。1981 年 5 月，冯至在《世界文学》上发表题为《继续解放思想，实事求是地开展外国文学工作》的长文，主张超越对于西方现代主义文学的政治评判，转而在历史范畴重新认识西方现代主义文学的合理性。他说："我们毕竟没有必要对现代派文学采取派别性的态度——不是坚决拥护，就是坚决反对。我们应该站得高一点，把它当做历史现象进行比较客观的观察……对现代派的评价其实并不是最重要的问题，特别是对于促进我国社会和文学的发展来说不是最重要的。外国文学的资产阶级人道主义、民主精神和一些带有普遍性的文学规律等问题无疑是更加重要的。我们无意把现代派问题从其他问题中突出出来，使它成为焦点。"① 乍看之下，冯至似乎无意渲染引进现代主义文学的重要性，但他却在搁置现代主义文学意识形态属性的同时，突出了诸如人道主义、民主精神和文学规律

---

　　① 　冯至：《继续解放思想，实事求是地开展外国文学工作》，《世界文学》1981年第 3 期。

等问题，由此自然超越了简单狭隘的政治评判，从而深入到了现代主义文学的思想和艺术内核中。这一具有历史意识的认知方式，显然比那些针对现代主义文学的政治评价更具合理性。除冯至外，持类似立场的学者还有柳鸣九等人。如在 1982 年，柳鸣九就指出过西方 20 世纪文学的复杂性，他认为现代主义文学"精华与杂质并存。对它们作简单的肯定或作简单的否定都是行不通的。正确的态度就是切实地加以研究，实事求是地进行科学地分析，该肯定地要敢于肯定，该扬弃的要舍得扬弃。……我们无意于'鼓吹西方现代派文艺'，我们也无意于搞'彻底批判'，我们的目的不过是要对当代西方文艺思潮流派做一些切实的研究，对这些思潮流派如实地加以介绍与说明，尽可能科学地加以分析与批判"。[①] 不过，以冯至和柳鸣九为代表的这种超越政治决定论的认知方式，却在现代主义文学的传播初期应者寥寥。在大多数现代主义文学的传播者看来，假若回避西方现代主义文学的意识形态属性问题，无疑就会在一定程度上牵扯到传播者自身的政治立场。因此，在政治环境仍然较为严峻的新时期初，类似冯至和柳鸣九这种超越政治决定论的传播主张并未构成传播运动的主要潮流。

1984 年，人民文学出版社出版了上、下两册的《西方现代派文学问题论争集》，对新时期以来西方现代主义文学的传播运动做出了阶段性总结。在该书的《出版说明》中，人民文学出版社编辑部指出，近年来评介西方现代主义文艺的大量文章，企图"抹煞社会主义文艺和资本主义文艺的原则区别，奉西方现

① 柳鸣九:《未来主义、超现实主义、魔幻现实主义》，中国社会科学出版社 1987 年版，第 9 页。

代派作品为楷模，主张在社会主义中国建立现代主义文艺"，这实际上是"反对文艺为人民服务、为社会主义服务的正确方针，强调表现自我，主张诗人应有'独特的社会观点，甚至与统一的社会主调不和谐的观点'"。凡此种种，"连同出版界的商品化现象、创作表演方面的低级趣味等等，直接危害着以共产主义思想为核心的社会主义精神文明的建设"。按该书编者的论述逻辑，既然西方现代主义文学隶属于资本主义文艺，因此，中国知识分子的传播行为实际上就是散播一种"精神污染"。而精神污染的实质则是"散布形形色色的资产阶级和其他剥削阶级腐朽没落的思想，散布对于社会主义、共产主义事业和对于共产党领导的不信任情绪"。因此，"在文艺战线，清除和防止精神污染的重要任务之一，就是要批评和抵制试图将反映西方资产阶级意识形态的现代主义文艺移植到我国来，以表现所谓'社会主义异化'为主题，按照形形色色的个人主义世界观来歪曲我国社会主义现实的错误主张和错误作品"。① 从出版者的这番言论中，可以得见现代主义文学因其具有的资产阶级意识形态属性，已被上升到了危害社会主义精神文明建设和动摇社会主义意识形态权力根基的政治高度，现代主义文学成为社会主义的"敌人"。这种敌我之分，显然从意识形态层面彻底否定了现代主义文学的传播运动。

　　不过与该书编者的批判旨趣截然不同，书中所收各类文章均在不同程度上介绍和传播了西方现代主义文学诸流派，该书的"出版说明"与正文部分构成了有趣的"文本悖谬"。倘若细加

---

① 何望贤编选：《西方现代派文学问题论争集·出版说明》，人民文学出版社1984年版。

考究，则可发现形成这一现象的深层原因，实与现代主义知识的"客观实在性"密切相关。按法国哲学家米歇尔·福柯的说法，真正的知识其实无法被彻底禁止：即便反现代主义者以法律和文书的形式禁止谈论现代主义，但现代主义仍然显现于法律和文书之中。在一定程度上说，那些禁止现代主义文学的法律和文书，实际上起到了公开传播现代主义的作用。① 这意味着，《西方现代派文学问题论争集》一书的编辑和出版者，尽管主观目的是为了批判和禁止西方现代主义文学的传播，但在客观效果上却大大推进了新时期初的传播运动。

与此同时，该书出版者为显示自身认知方式的科学性，还尝试从唯物辩证法出发，发掘西方现代主义文学的合理性因素。这一做法并不表明出版者对于现代主义文学的否定立场有丝毫改变，只不过若能发掘出西方现代主义文学的合理性因素，就能避免过去那种简单粗暴的评价方式，从而传递出一种与思想解放运动相符的时代气息。在这个意义上说，该书出版者看似矛盾的价值立场，实际上恰切反映了新时期初社会思想氛围的深重影响。

那么，在该书出版者看来，西方现代主义文学的合理性究竟体现在哪些方面呢？在《出版说明》中，出版者强调，西方现代主义文艺"作为西方资本主义制度下社会危机和精神危机的艺术表现之一，是一种相当复杂的文艺现象和社会现象，不能简单加以对待"。② 西方现代主义的一些艺术手法便"可供借鉴"。这意味着在辩证法的认识方式中，现代主义文学被一分为二地区

---

① 参见［法］米歇尔·福柯《性史》，张廷琛等译，上海科学技术文献出版社1989年版。

② 何望贤编选：《西方现代派文学问题论争集·出版说明》，人民文学出版社1984年版。

分为"内容"与"形式"两部分。"我们"要抵制西方现代主义文学的"内容",即资产阶级的意识形态;但不排斥现代主义文学的"形式",即那些所谓"客观"的艺术表现手法。不过在现代主义文学传播的具体过程中,文艺思潮本身的复杂性却使得现代主义文学的"内容"与"形式"并非如此泾渭分明:比如西方现代主义文学因对人类异化现象的关注所采用的变形、反讽等创作手法,就常常被中国知识分子解读为"内容"层面的对于资本主义社会的批判,并将此看做现代主义文学的进步性而大力加以宣扬。有关这一问题其实已涉及现代主义的传播策略,本书对此将另行探讨。

由以上分析可以见到,利用马克思主义的唯物辩证法,主张"一分为二"地看待西方现代主义文艺思潮,业已成为中国知识分子介绍现代主义文学时的一个基本方法。正是由于对唯物辩证法的灵活运用,才为西方现代主义文学的传播寻找到了一个合乎意识形态规范的认识论。不过就西方现代主义文学的具体传播策略而言,决定其传播面貌的却首先是对"文化大革命"阶级决定论的反拨。

四

受时代影响,在 20 世纪七八十年代之交影响中国学者传播西方现代主义文学的思想依据,主要是阶级决定论和政治决定论这两种价值标准。作为历史决定论的组成部分,"阶级决定论"和"政治决定论"不仅催生了西方现代主义文学传播运动特有的策略与方法,同时也决定了现代主义文学和其母语文化语境的疏离，甚至促成了中国知识分子对于西方现代主义文学的理论误读。在历史主义者看来，历史决定论意味着"理性对于我们来说只是作为实际历史性的东西而存在，即根本地说，理性不是它自己的主人，而总是经常地依赖于它所活动的被给予的环境"。[①]这一环境就是认知主体借以生存的作为客体的历史，唯有托付于历史之中，认知主体的理解行为才会产生实际而有效的作用。因此，历史主义者认为"理解甚至根本不能被认为是一种主体性的行为，而要被认为是一种置身于传统过程中的行动"。[②]这说明理解从本质上讲，是历史发生作用的活动。我们经验的历史性，使成见（前理解）在其字面意义上构成了我们全部经验能力的最初方向。这也意味着受历史决定论影响的认知主体，无论其个体经验如何，都不得不让位于"历史"所拥有的集体经验。若以此理论眼光衡量新时期初西方现代主义文学的传播运动，则不难理解彼时中国学者对于现代主义文学的理解，为何如此无法凸显认知主体的个体性。他们对于现代主义文学的所有解读，都不过体现了一种认知主体"理解的历史性"。而在话语实践层面，这种理解的历史性却始终无法摆脱当时文学价值系统的话语控制。换言之，新时期初当代文学的批评标准不仅深刻影响着当时的创作实践，也在很大程度上左右了现代主义文学的传播策略。

　　由于思想解放运动是一个渐进的过程，它往往滞后于政治层面的变革。因此，新时期初的中国文学界并未在真正意义上

---

　　①　［德］伽达默尔:《真理与方法》，洪汉鼎译，上海译文出版社1999年版，第354页。

　　②　同上书，第372页。

实现思想解放，许多知识分子仍旧受困于此前的文学观念，其具体表现就是阶级决定论思想的根深蒂固。尽管自党的十一届三中全会以后，阶级斗争的历史任务已被社会主义现代化建设所取代，但"阶级决定论"这一"左"倾文艺思想的价值标准，却依旧深深影响着20世纪70年代末西方现代主义文学的传播者。作为毛泽东文艺思想的"左"倾表现，"阶级决定论"把"政治标准第一"解释成作家阶级立场的进步与否，它要求作家的阶级身份必须隶属于无产阶级，只有如此方能辨别一部文艺作品的性质是否隶属于无产阶级文艺。用毛泽东的话来说，政治正确的作品就是"有利于社会主义改造和社会主义建设，而不是不利于社会主义改造和社会主义建设"，"有利于巩固共产党的领导，而不是摆脱或者削弱这种领导"。[①] 到1967年，林彪等人又将毛泽东的这一文艺思想发展到了极端，主张作家在进行文学创作时"千万不要忘记阶级斗争"。在《林彪同志委托江青同志召开的部队文艺工作座谈会纪要》中，林彪等人强调凡是那些"没有抵抗住资产阶级思想"侵蚀的文艺干部都需要"重新教育"，至于宣扬资产阶级思想的西方现代主义作家，则毫无疑问地被列入了反动作家的行列。尽管随着林彪和江青集团的垮台，《纪要》终被废除，但《纪要》中所体现出来的阶级决定论思想却依然流毒无穷。即便同期开展的思想解放运动已进行得如火如荼，但以作家阶级身份区别文艺作品的基本性质，却依旧主宰着20世纪70年代后期文艺评论的价值标准。在此背景下，西方现代文学被先验地认定为

---

　　① 毛泽东：《关于正确处理人民内部矛盾问题》，载《毛泽东选集》第 5 卷，人民出版社 1977 年版，第 393 页。

"现当代资产阶级文学"。一旦被贴上资产阶级的标签,西方现代文学,当然也包括现代主义文学,便在这种以阶级决定论为指导的文艺评价体系中沦为没落的文艺思潮。这也意味着在评价一部西方现代主义文学作品时,无须研读其思想内涵,只要对作家的阶级身份进行考察就可贸然断定其作品的阶级属性:凡是无产阶级作家的作品就是进步的,反之,如果是资产阶级作家的创作,则不论其思想内涵如何,都会被视为腐朽和没落的文艺作品。在这个意义上说,阶级决定论其实是一种先验的价值依据,它在本质上与"实践是检验真理的唯一标准"相背离。那些高举思想解放旗帜的中国知识分子,其实并未在真正意义上摆脱阶级决定论思想的影响。由此形成的一个特殊现象,就是中国知识分子在传播西方现代主义文学时往往出现了某些自相矛盾的做法。

举例来说,在当时颇具代表性的现代主义传播者当中,袁可嘉无疑是一位重要人物。早在中学时代,袁可嘉就通过创作新诗等方式开始投身于文学事业。1938年在《大公报》副刊上发表第一篇诗作《我们是黎明边缘的轻骑兵》,1941年考入西南联大外文系,求学期间将徐志摩等人的新诗用英文译介到国外。1946年大学毕业,任教于北京大学西语系,常在天津《大公报·星期文艺》、《益世报·文学周刊》,上海《文学杂志》、《诗创造》、《中国新诗》上发表诗作,这些诗歌继承了民族诗歌和新诗的优秀传统,同时也广泛借鉴了现代欧美诗歌的某些手法,与穆旦等人在诗歌理论和艺术表现手法方面见解相同,形成了风格特具的诗歌流派"九叶派"。新中国成立后参加《毛泽东选集》的英译工作,1957年调中国社会科学院外国文学研究所从事英美诗歌和文论的研究工作。多年来致力于西方现代派文学的宏观研究。20 世纪 80 年代初赴美国教授"中国新诗"和"英美诗歌在中国"等课，学术成果收入《现代派论·英美诗论》等书。作为一位 20 世纪 40 年代现代主义诗歌派别"九叶派"的成员，袁可嘉对于现代主义文学颇为熟悉，但就是这样一位曾长期浸淫于现代派的诗人和理论家，却在新时期初依然无法真正摆脱阶级决定论思想的影响。在《我所认识的西方现代派文学》一文中，袁可嘉按照作家的阶级身份，将西方现代主义作家阵营分为"左中右"三种：现代派文学"就其政治倾向而论，可有左中右之分，例如在同属后期象征派的著名诗人中，俄国的亚历山大·布洛克是左的，法国的保尔·瓦雷里和德国的莱·玛·里尔克居于中间，美国的托麦斯·艾略特是右的……现代派在政治倾向上，还是两头小，中间大的模式；反动的或革命的都占少数，中间的则居大多数"。① 在划分了现代派作家的阵营后，袁可嘉进而否定现代主义文学政治上的革命性，声称西方现代主义文学"既没有提出革命的主张，也没有揭示社会矛盾的阶级实质"。② 尽管现代主义文学常常被称为"先锋派"，但袁可嘉认为所谓的"先锋派"主要是指"它的反传统的某些伦理和社会观点对资产者的冲击及艺术技巧方面的大胆创新，不是指政治上的革命性。"③ 因此，袁可嘉认为在介绍现代主义文学时，首先要对现代主义文学的政治性做出判断。他说："在对现代派做政治估量时须避免两种偏向：一种是把现代派中少数右派当做整体，将它看作为垄断资本效劳的工具；另一种是把现代派中同样是少数的

① 袁可嘉：《我所认识的西方现代派文学》，《光明日报》1982 年 12 月 20 日。
② 同上。
③ 同上。

左派看做主流，将它视为资产阶级革命的先锋。至于居中间的大多数，他们是在资产阶级根本利益不被触动的范围内对现代资本主义社会的弊端作了比较深刻的暴露，有助于我们认识那个社会，但同时又散布了许多错误思想。"① 尽管袁可嘉是一位主张全面介绍西方现代主义文学的先驱式人物，但他对于西方现代主义作家阵营的划分方式却同样体现了"阶级决定论"的影响。如果完全按照这种阶级决定论的思维方式去介绍现代主义，那么无疑会遗漏袁可嘉所说的"右派"作家如托麦斯·艾略特等许多重要人物。但时代毕竟在进步，随着思想解放运动的展开，尤其是"社会主义现代化"观念的深入人心，"阶级决定论"逐步被"政治决定论"所替代，进而成为西方现代主义文学介绍者们的主要价值标准。这两者的差别在于，"政治决定论"放弃了对作家阶级立场的指认，转而以作家的政治立场为评价标准。换言之，作家的阶级身份已不再是评价一部作品进步与否的首要因素。相反，如果一个作家的政治立场是进步的，那么无论他是无产阶级作家还是资产阶级作家，都有可能创作出进步的文艺作品，这正是政治决定论评判一部作品是否具有进步思想价值的判断标准。在这两种文艺思想中，阶级决定论把阶级身份这一不能由作家本人所决定的先验因素作为评判标准，无疑是一种先验的价值依据；相反，虽然政治决定论仍然是一种"超文学"的价值标准，但它强调作家后天的政治立场，这就为政治立场进步的资产阶级作家颁发了进入中国当代文坛的"通行证"。因此，尽管政治决定论与阶级决定论一样，仍不属于文学自身的价值范畴，但却足以为西方现代主义文学的传入打开缺口。不过在现代

---

① 袁可嘉:《我所认识的西方现代派文学》,《光明日报》1982 年 12 月 20 日。

主义文学的具体传播过程中，由于受到意识形态话语的权力压制，许多中国知识分子不得不采用了讲求策略的传播方式。

从 20 世纪 70 年代后期开始，西方现代主义文学在中国大陆的传播进入了一个新的历史阶段。大量译介、评论西方现代主义文学流派的文章和书籍不断涌现。受时代背景和思想潮流的影响，这些文章和书籍往往以"左"倾文艺思潮作为假想敌，在译介现代主义文学的言说行为中体现了某些具有"对话"特征的批判意识：如以西方现代性视角批判文化专制论，以人性问题清算阶级决定论，或以现代化想象反衬中国当代文学的一体化弊端等。凡此种种，均折射出现代主义文学传播者们念兹在兹的启蒙情结。通过上述种种政治的、美学的或思想的不断"对话"，现代主义文学的传播最终得以展开，并同时获取了一些使当代文学重返自身的"文学性"要素。在这个意义上说，中国学者在新时期初广泛采用的政治误读、思想误读、美学误读和历史误读等传播策略，就因其对现代主义文学的鼎力介绍而显得尤为重要。本书拟就上述四种主要的传播策略展开讨论。

第二章

政治误读:西方现代主义文学的"政治正确"

一

在 20 世纪 70 年代末开始的西方现代主义文学传播浪潮中,为达到引进现代主义文学的传播目的,许多中国学者都首先在西方现代主义作家的政治立场中去发掘社会主义意识形态许可的合法性因素,并借此肯定现代主义文学作品的政治正确,其具体表现就是侧重介绍那些在政治立场上与无产阶级作家较为接近的现代主义作家和作品。

对于许多西方现代主义文学的传播者而言,在 20 世纪 70 年代末全面介绍西方现代主义作家十分困难。这倒不是因为西方现代主义作家的数量众多而无法一一介绍,而是大部分西方现代主义作家的政治立场都有悖于意识形态的价值标准。就 70 年代后期的政治环境而言,尽管"四人帮"已经倒台,思想解放运动也已在国内广泛展开,但政治环境却仍旧保守,那些提倡人道主义、探索人性异化的文艺作品依然存有争议。在此环境下,一些书写人类精神困境、表现荒诞生命体验的西方现代主义作家和作品，在被介绍进中国内地的过程中就不可避免地受到了普遍质疑。如果严格按照意识形态话语的政治标准去衡量，那么大部分西方现代主义作家的政治立场都不合格，甚至有许多现代主义作家因其政治倾向性问题而被意识形态话语目为"反动"作家。因此，介绍哪些西方现代主义作家和作品就不再是一个介绍者的个人兴趣问题，它还关涉介绍者本人的政治立场。可以设想，如果一位中国学者热衷于介绍一位政治立场"反动"的外国作家，那么他的政治倾向也会因此遭人质疑。在经历了"文化大革命"腥风血雨的洗礼之后，对于政治运动的本能惧业已成为当代中国知识分子的一种集体无意识。因此，为避免政治问题，中国学者在介绍西方现代主义作家时就首先选择了那些在政治立场上与无产阶级作家较为接近的现代主义作家。

与此前的阶级决定论不同，中国学者的这一传播策略是一种典型的政治决定论。尽管政治立场的接近并不意味着阶级身份的一致，但中国学者至少可以从西方现代主义作家的政治倾向中去寻求某些传播依据。因此，从 20 世纪 70 年代后期中国学者所介绍的西方现代主义作家来看，他们中的绝大多数虽然都属于资产阶级，但其政治立场却因作家本人的人道主义和资产阶级民主主义思想而表现出了一种同情无产阶级的倾向。尽管西方现代主义作家的这一政治倾向极为复杂，但为达到引进现代主义文学的传播目的，许多中国学者都以误读作家政治立场的传播策略，充分肯定了现代主义文学的"政治正确"。这一做法体现的正是当代文艺思想从阶级决定论向政治决定论的历史过渡。据此，有中国学者认为："在现当代资产阶级文学中，具有进步倾向、从事过进步的政治社会活动、表现了社会

主义的作家是相当多的。"[①] 比如法国象征主义诗人波德莱尔是
"1848年革命的参加者"，他之所以政治立场进步，是因为1848
年革命"虽然是资产阶级民主主义性质的，但发动者和主力军
是巴黎的无产阶级"。19世纪象征主义诗人魏尔伦、韩波"都同
情过巴黎公社"。就连具有反共倾向的荒诞派作家贝克特，中国
学者也竭力发掘其进步因素，称赞参加过第二次世界大战期间巴
黎地下斗争的贝克特是一位"反纳粹的斗士"。[②] 此外，在介绍
法国超现实主义作家时，中国学者也特意强调了苏波、艾吕雅、
阿拉贡等人对无产阶级运动的同情，另如超现实主义者的共产党
人身份、马尔洛因同情中国革命参加过国共合作等事实，均成为
传播者衡量上述作家政治正确的历史依据。[③] 从以上判断出发，
柳鸣九认为波德莱尔、魏尔伦、韩波和贝克特等人，都因其政治
立场的进步而获得了一种意识形态合法性。因此，引进和传播波
德莱尔等人的文艺作品便无可厚非。值得注意的是，尽管柳鸣九
对于现代主义作家政治行为的事实阐述并未偏离历史实际，但他
将波德莱尔等人"政治正确"的历史原因解读为政治立场是进
步的却过于简单。事实上，促成现代主义作家政治正确的真正原
因，不仅仅是由于上述作家对无产阶级运动抱有同情，更与他们
自身的现代性诉求有关。

在《现代性的五副面孔》中，美国学者马泰·卡林内斯库
认为在历史实践中存在着两种现代性：一是作为西方文明史一个
历史阶段的现代性；二是作为美学概念的现代性，两者之间在

---

① 柳鸣九：《现当代资产阶级文学评价的几个问题》，《外国文学研究》1979
年第1、2期。

② 同上。

③ 同上。

19 世纪前期发生了"无法弥合的分裂"。前者即资产阶级的现代性概念,"相信科学技术造福人类的可能性";后者则作为"将导致先锋派产生的现代性,自其浪漫派的开端即倾向于激进的反资产阶级态度。它厌恶中产阶级的价值标准,并通过极其多样的手段来表达这种厌恶,从反叛、无政府、天启主义直到自我流放。因此,较之它的那些积极抱负(它们往往各不相同),更能表明文化现代性的是它对资产阶级现代性的公开拒斥,以及它强烈的否定激情"。① 显然,以彰显美学现代性为艺术旨趣的现代主义秉承了美学现代性针对资产阶级现代性的批判意识。从更深层次来看,美学现代性并不是一种为艺术而艺术的陈词滥调。许多现代主义者都认为,美学现代性所具有的实践功能可以将人从资产阶级现代性的理性世界中拯救出来。按法兰克福学派代表人物阿多诺的说法,现代艺术有一种类似于拯救的功能,它代表着同"理论的和实践的理性主义"相对的审美维度,在此美学现代性中,艺术变成了救赎的工具,它起着强制性的乌托邦作用。因此,美学现代性"表现了大体上被资产阶级主体性所禁止的某个亲切的生活领域,表现了那个生活领域对合理的自卫所做的不懈努力"。② 这就是说,美学现代性因其审美乌托邦式的救赎功能,充分解放了被资产阶级现代性所压迫的人类生活。由此也可解释为什么会有那么多的现代主义者沉迷于美学现代性的审美之维,同时却坚决拒斥资本主义的"自由世界"。在这个意义上说,一些西方现代主义作家对资本主义社会的批判和对无产阶级

---

① [美]马泰·卡林内斯库:《现代性的五副面孔》,顾爱彬、李瑞华译,商务印书馆 2002 年版,第 48 页。

② [美]理查德·沃林:《文化批评的观念:法兰克福学派、存在主义和后结构主义》,张国清译,商务印书馆 2000 年版,第 129 页。

运动的同情，并非因其政治立场的无产阶级倾向，而是他们作为现代主义者对美学现代性进行诉求的结果。在这方面，法国象征主义诗人波德莱尔最具代表性。

二

夏尔·波德莱尔（1821—1867）是法国 19 世纪最著名的现代主义诗人，象征派诗歌先驱。他生于巴黎，幼年丧父，母亲改嫁。由于继父作风专制，波德莱尔对他深感憎恶。这种童年记忆，不可避免地影响了诗人的精神状态和创作情绪。他也因此对资产阶级的传统观念和道德价值采取了一种挑战的姿态，希冀借助诗歌的艺术想象去寻求内心的安宁。在这个意义上说，波德莱尔是一位资产阶级的浪子。出于对资产阶级价值体系的憎恶，波德莱尔曾于 1848 年走上街垒，参加了巴黎工人的武装起义。而奠定他在法国文学史上重要地位的作品，则是诗集《恶之花》。这部诗集 1857 年初版问世时，只收了 100 首诗。1861 年再版时，增为 129 首。后经多次重版，陆续有所增益。这本诗集中的一些诗被认为是淫秽读物，曾遭政府查禁。此事对波德莱尔冲击颇大。对于波德莱尔和《恶之花》，法国文学界一直有不同评价。如保守的评论家就认为波德莱尔是颓废诗人，《恶之花》是毒草。另如资产阶级权威学者朗松和布吕纳介等，对于波德莱尔也多所贬抑。但所有持批评意见的人都不得不承认《恶之花》所具有的独特审美价值，朗松和雨果曾高度评价过波德莱尔的诗作。波德莱尔不但是法国象征派诗歌的先驱，而且是现代主义的创始人之一。在现代主义者看来，美学上的善恶美丑与世俗意义上的美丑善恶截然不同，他们所追求的美与善，往往是指诗人如何用最适合于表现他内心隐秘和真实感情的艺术手法去展现自己的精神境界。而《恶之花》就是这样一部具有自身独特美学追求的作品。除诗集《恶之花》以外，波德莱尔还发表了独具一格的散文诗集《巴黎的忧郁》和《人为的天堂》。他的文学和美术评论集《美学管窥》和《浪漫主义艺术》在法国的文艺评论史上也有一定地位。

作为一位美学现代性的坚定捍卫者，波德莱尔差不多是现代艺术家同其时代的社会和官方文化相疏离的典型范例："诗人在一个平等主义时期所持的贵族式信条，他对于个人主义的推崇，他的发展成一种人为性崇拜艺术的宗教……都决定了他对于盛行的中产阶级文明的强烈敌意。"① 波德莱尔对于资产阶级的这种敌对态度，决定了他在 1848 年革命中的政治立场。有关这一问题，德国思想家瓦尔特·本雅明在他的名作《发达资本主义时代的抒情诗人》中曾有过深入分析。他认为，波德莱尔同情1848 年革命的真正原因，实与其波希米亚人的精神气质密切相关。在该书中，本雅明引用马克思的观点，指出波希米亚人有这样一群政治密谋者，他们大体分为两类人："一类是临时密谋家，即参与密谋，同时兼做其他工作的工人，他们仅仅参加集会和时刻准备听候领导人的命令到达集合地点；一类是职业密谋家，他们把全部精力都花在密谋活动上，并以此为生……这一类人的生活状况已经预先决定了他们的活动……他们的生活动荡不定，与其说取决于他们的活动，不如说时常取决于偶然事件；他

---

① ［美］马泰·卡林内斯库：《现代性的五副面孔》，顾爱彬、李瑞华译，商务印书馆 2002 年版，第 62 页。

们的生活毫无规律，只有小酒馆——密谋家的见面处——才是他
们经常歇脚的地方；他们结识的人必然是各种可疑的人，因此，
这就使他们列入了巴黎人所说的那种流浪汉之流的人。"① 这样
一群政治密谋家，因其现实生活与精神气质的流浪汉禀性，以及
由偶然事件所支配的种种狂热举动，因而被马克思称为"革命
的炼金术士"，他们"完全继承了昔日炼金术士的邪说歪念和狭
隘的固定观念"。② 在他们身上，体现的正是波希米亚人根深蒂
固的无政府主义思想。如同马克思所言，那些政治密谋家"极
端轻视对工人进行关于阶级利益的教育……这说明他们教养的人
的憎恶并不是无产阶级的，而是纯粹平民的"。换言之，这群政
治密谋家并无多少强烈的阶级意识，反倒是那种近似民粹主义和
无政府主义的狂热情绪，支配着他们激进的政治行为。与之相
比，波德莱尔的政治洞察力并没有从根本上超越这些职业密谋
家："无论他同情宗教反动还是同情 1848 年革命，其表达都是生
硬的，其基础都是脆弱的。"③ 这就是说，波德莱尔同情 1848 年
革命的真正原因其实有两个方面：一是作为一名现代派诗人捍卫
美学现代性的结果；二是诗人自身波希米亚式的精神气质使然。
前者使得波德莱尔反对一切既定的资产阶级规范，后者则让波德
莱尔的反抗行为看上去更像被个人情绪和喜恶所左右。因此，尽
管波德莱尔的政治行为十分激进，但同时也表现出了许多自相矛
盾的地方。诚如柳鸣九所言，波德莱尔在 1848 年革命中站到了
无产阶级一面，但他却把他的"1846 年沙龙"题献给"布尔乔

---

① ［德］瓦尔特·本雅明：《发达资本主义时代的抒情诗人》，张旭东、魏文生
译，三联书店 1989 年版，第 29 页。
② 同上书，第 35 页。
③ 同上书，第 31 页。

亚"，并"以其辩护士的形象出现"；他一方面痛骂"有教养的
资产阶级"，一方面却鼓吹为"艺术而艺术"……①这一矛盾性
表明波德莱尔的美学陷入了一个重要矛盾：一方面，他呼吁摒弃
规范性的过去，或至少是承认传统同现代艺术家面临的特定创造
使命无关；另一方面，他又怀旧式地描绘出一幅贵族专政消逝的
画面，并为现今粗俗的、物质主义的中产阶级的入侵感到悲哀。
他的现代性纲领似乎是一种尝试，希望通过让人充分地、无法回
避地意识到这种矛盾来寻求解决之道。凡此种种，均说明波德莱
尔所具有的波希米亚人品性以及他陷入矛盾的美学追求，才最终
决定了诗人在 1848 年革命中的政治倾向。假若以此为参照，那
么柳鸣九在波德莱尔政治倾向性问题的讨论上，显然回避了某些
历史事实。不过这种回避尽管是一种政治误读，但却巧妙掩盖了
波德莱尔的波希米亚人身份和矛盾美学的现代性纠葛，进而为传
播波德莱尔及其创作获取了某些意识形态合法性。在这个意义上
说，柳鸣九对于波德莱尔进行政治误读显然是一种策略性的传播
行为。其实，如若追溯柳鸣九等外国文学研究者的个人经历，就
可发现这种传播策略的缘起，实与其个人的思想路径密切相关。

　　作为一位在新时期初传播现代主义文学用力甚勤的人物，柳
鸣九不仅在现代主义文学的译介领域著述颇丰，而且还是国内较
早主张为现代主义文学进行政治平反的人物。他出生于 1934 年，
湖南长沙人，是外国文学研究界的知名学者。1957 年毕业于北
京大学，曾任中国社会科学院外国文学研究所研究员、中国社会
科学院研究生院外文系教授、中国法国文学研究会会长等职，主

---

　　① ［德］瓦尔特·本雅明：《发达资本主义时代的抒情诗人》，张旭东、魏文生
译，三联书店 1989 年版，第 30 页。

要著作有《法国文学史》、《理史集》、《半拉波桥下的流水》等。早于"文化大革命"后期，柳鸣九就开始撰写三卷本的《法国文学史》，据他本人回忆："那时我开始做这件事的动力，仅仅是对'四人帮'那一套'无产阶级政治'与'革命路线'看透了、厌倦了，不想再浪费时间与生命，而想去做点值得做的事情。说实话，就是为了躲避现实、找点寄托，并无任何实在的企图，因为，那时仍旧是在'文化浩劫'期间，实在看不到将来有可出版的前景，于是，做起来也就特别潜心，但求寄托自我，忠于自我。这样，一方面就充分释放出了我们被'文化大革命'惨重压碾与摧残的对传统文化、对人类精神遗产的感情，努力把大学毕业后十来年积累的学养与见识尽数施展出来。另一方面，则十分自觉、十分有意识地要摆脱从 60 年代初就已经方兴未艾的极'左'文艺思潮，甚至力图与那条'革命文艺路线'对着干"。[①] 这种学术心态，本身就已脱离了那种追求"客观真理"的学术立场，而是在纯学术研究之外，处处传达出一种颠覆极"左"文艺思潮、为外国文学正名的主观意图。可以说，由于受到时代限制和个人学术心态的影响，柳鸣九这一代学者大多在进行纯学术研究的同时，不忘表达自身念兹在兹的启蒙诉求。而柳鸣九对西方现代主义文学的政治误读，尤可被视为这种融客观学术研究与主观启蒙诉求相结合的产物。

大致从 20 世纪 70 年代后期开始，柳鸣九就通过著述、翻译和编撰等方式，试图在政治层面为西方现代主义文学平反。1978 年 11 月，外国文学研究界在广州召开了全国外国文学工作规划

---

① 柳鸣九：《浪漫弹指间——我与法兰西文学》，河南文艺出版社 2007 年版，第 55 页。

会议。这是新中国成立后第一次规模宏大的"西学"会议，许多从事"西学"研究的著名学者如冯至、朱光潜、季羡林、卞之琳、李健吾、绿原、王佐良、杨周翰、戈宝权、叶君健、楼适夷、李赋宁等人都纷纷参加，一时间名流会聚、华盖云集，与会专家竟有200多人。会上柳鸣九做了一个长篇发言，对日丹诺夫论断进行了全面批驳。日丹诺夫是苏联斯大林的意识形态总管，以敌视西方文化、迫害国内作家而著称。他曾把整个西方现当代文学艺术斥之为反动、颓废、腐朽的文艺，这一观点流毒所及，也严重阻碍了西方现代主义文学在中国大陆的传播。因此，若想为现代主义文学在政治层面进行平反，就必须彻底推翻日丹诺夫论断。而柳鸣九的发言明显是对该论断的"揭竿起义"。其实早于这次会议之前，柳鸣九便已在自己任职的中国社会科学院外国文学研究所组织过相关内容的学术讨论，并引起了时任所长的冯至的注意。为了使广州会议有充实的学术内容和新意，冯至特地让柳鸣九在大会上作一个主旨发言。从这次发言的基本内容来看，柳鸣九为了推翻日丹诺夫论断，不仅全面介绍了西方现代主义文学的主要流派、重要作家和代表作品，而且还就西方现代主义文学的特点、意义和价值等问题展开了讨论。这篇发言后来整理成文，以《现当代资产阶级文学评价的几个问题》为题，发表于《外国文学研究》杂志。在今天看来，该文的意义与价值不可不谓巨大，其影响几乎波及整个新时期初的现代主义传播运动。有关该文的具体内容，本书在讨论相关问题时将会详尽论述。仅就柳鸣九的这次发言而论，不仅在广州会议上获得了与会学者的广泛赞扬，甚至也在某种程度上被视为是思想解放运动的成果。据柳鸣九回忆，他的发言之所以反响强烈，"与其说是因为报告的内容充实精彩，不如说是因为压在文化学术界头上的一块意识形态巨石在新中国成立后总算第一次受到了正面的冲击，是因为总算有了一只出头鸟，讲出了很多人想讲却一直没有讲出来、不敢讲出来的话”。[①] 柳鸣九所谓的“没有讲出来、不敢讲出来的话”，其实也从侧面说明了西方现代主义文学对于许多中国知识分子而言并不陌生，它之所以受到不公正的待遇，实与钳制思想解放的阶级决定论密切相关。因此，柳鸣九在广州会议上的发言，就不仅仅是在政治层面为现代主义文学进行平反，也在思想层面暗含了某种反对阶级决定论的启蒙诉求。

值得注意的是，在这种以政治误读为表征的传播策略中，类似柳鸣九的做法在当时的中国学者中并不少见。通过政治误读，不仅可为现代主义作家寻求到某些意识形态合法性，亦能维护传播者自身的政治立场。在这方面，有关法国超现实主义文学的传播个案颇为典型。在介绍法国超现实主义作家时，一些中国学者在客观介绍之余，重点反驳了那些批判超现实主义作家“落伍与反动性”的言论。这一反驳行为不仅可以被看做中国学者对于超现实主义作家政治立场的重新确认，也暗含着传播者对自身政治立场的维护，其间隐含的“对话”色彩，时刻传递出现代主义传播者与反现代主义者之间的权力之争。

那么，有关超现实主义作家政治立场问题的争论是怎样的呢？在这场辩论中，法国超现实主义作家的政治立场又如何被无产阶级所接受？对于这一问题的分析，将有助于我们理解当时中国学者介绍西方现代主义时所采用的具体传播策略。

---

① 柳鸣九：《浪漫弹指间——我与法兰西文学》，河南文艺出版社 2007 年版，第 22 页。

三

　　超现实主义是在法国开始的文学艺术流派，源于达达主义，于 1920—1930 年间盛行于欧洲文学及艺术界中。这一派别的理论根据主要是受到弗洛伊德的精神分析学影响，致力于发现人类的潜意识心理。因此主张放弃逻辑、有序的经验记忆为基础的现实形象，而呈现人的深层心理中的形象世界，尝试将现实观念与本能、潜意识与梦的经验相融合。超现实主义给传统艺术造成了巨大的冲击，也常被称为超现实主义运动，或简称为超现实。超现实主义者的宗旨是离开现实，返回原始，否认理性的作用，强调人们的下意识或无意识活动。超现实主义文艺思潮的出现，反映了第一次世界大战后，欧洲资产阶级青年一代对现实的恐惧心理和狂乱不安的精神状态。参加超现实主义集团的作家有布勒东、苏波、阿拉贡、艾吕雅等。

　　在分析超现实主义作家的政治立场时，有中国学者特别指出："1927 年，大批著名的超现实主义者（阿拉贡、布勒东、贝雷、于尼克等）加入法国共产党。"① 这一政治身份无疑为介绍他们提供了良好的政治基础。但问题的复杂性却在于，许多法国超现实主义作家的政治身份都曾经发生过变化，比如布勒东由于对苏联的清党政策及一些国际政治问题持不同意见，在 1933 年被开除出"欧洲声援革命同盟"，超现实主义的主要阵营逐渐偏离了法国共产党的政治立场。而到了 1936 年，超现实主义作家

---

① 何敬业：《超现实主义的形成与发展》，《外国文学报道》1980 年第 2 期。

又明显倒向反苏立场，他们集体撰文反对苏联政府起诉布哈林、季诺维也夫等人。1937 年，布勒东就苏联党内路线斗争发表声明，公开批评苏联中央的决定。由此可见，超现实主义作家的政治立场是一个不断发生变化的过程，特别是他们对于苏共的反对，尤其不利于自身的"政治正确"。布勒东等人的上述举动在那些反现代主义的中国学者看来，显然是超现实主义者"落伍性与反动性"的体现。面对这一质疑和批判，何敬业等人指出："许多批评超现实主义的评论者往往提出这样一个论点来证明超现实主义者的'落伍性与反动性'：为什么在十月革命已经发生的时候，他们却不立即投身到无产阶级革命中去，效仿苏联的榜样呢？只要认真分析当时的历史条件就不难找到答案。这些文学青年并不是真正的工农；他们的经济地位同赤贫的工农不一样。他们对现实不满是因为现实不是他们想象中的乐园，同他们头脑中还残留着的童年少年时代表面上的繁荣不符。1917 年十月革命胜利后的社会却远非是他们头脑中的乌托邦。革命政权的最初年代十分艰难，经济比大战后的法国还要糟糕。巴黎充斥着不少沙俄的亡命者。他们把列宁的苏联描绘成一幅恐怖的画面，最典型的宣传画就是一个魔鬼牙齿当中咬着一把钢刀。这种反苏宣传吓着了法国的知识分子。他们没有立即参加共产党是可以理解的……稍后几年，当苏联在列宁领导下采取了新经济政策，国内形势大为好转之后，西方对社会主义的印象就完全不同了。这时，许多有名望的知识分子都明显'左'倾，加入了共产党。"①在这段辩护词中，介绍者把超现实主义者几乎描绘成了一群投机分子：他们似乎常常视苏联革命形势的好坏来决定自己的政治立

①　何敬业：《超现实主义的形成与发展》，《外国文学报道》1980 年第 2 期。

场。不过与此同时，介绍者们的用意也分外鲜明：在种种牵强的言辞背后，实际上隐含了介绍者要赋予法国超现实主义者"政治正确"的努力。因此，尽管超现实主义者有着这样或那样的落后举动，但他们的进步行为在现代主义传播者们看来却仍然不胜枚举："对于希特勒在德国上台、法西斯主义对自由的镇压和对共产党人的残酷迫害，他们是反对的"；"在西班牙内战中，他们却完全支持共和国一方，反对法国和英国政府的'中立'态度"；"不少超现实主义作家参加了西班牙共和国军队，手拿武器，保卫民主"，等等。在分析了超现实主义作家的政治立场后，中国学者进而肯定了超现实主义文学的进步性，认为："超现实主义是在第一次世界大战后，在西欧特别是在法国这样一个特定的社会环境中产生的。它不满于资产阶级统治下的社会现实，试图改变它，所以它也就不满于其他一些文学流派的逆来顺受的消极而无所作为的虚无态度。"① 这种评价显然是正面的，由此说明，尽管超现实主义文学"没有同工农群众相结合，呼喊出广大人民群众的心声，把自己局限在'破坏者'的圈子里"，② 但它却因其对资本主义社会的批判，以及部分作家进步的政治立场而被认为是一种值得引进的现代主义文学。

从肯定作家政治立场的进步性出发，进而推断该作家作品的进步，无疑是一种政治决定论的评判标准。但实际上，一个作家的政治立场往往只体现于那些政治题材的作品，而在一些非政治题材的作品中，作家本人对于世界的认知方式，他个人

----

① 何敬业：《超现实主义的形成与发展》，《外国文学报道》1980 年第 2 期。
② 同上。

的情感体验、生命意识，等等，恐怕就与自身的政治立场相去甚远。以布勒东的小说《可溶解的鱼》为例，整部作品是由三十节毫无联系的散文故事组成的，讲述的完全是梦境，几乎没有中心人物和连贯情节。这类作品或许在隐喻层面具有某种"政治无意识"，但它却在现实层面与作家的政治立场无甚关联。由此可见，中国学者在介绍法国超现实主义文学时，首先立足于超现实主义者的"政治正确"，并希冀以此来促进超现实主义文学的传播。

四

同样的传播例证还体现于中国学者对表现主义文学的介绍。作为西方现代主义文学的一个重要流派，表现主义在20世纪初盛行于德国、奥地利、瑞士和北欧等国，其中心在德国，鼎盛时期从1910年一直延续到20世纪20年代中期。表现主义从来不是一个完全统一协调的运动，其成员的政治信仰和哲学观点之间存在着很大的差异，但他们大都受康德哲学、柏格森的直觉主义和弗洛伊德精神分析学的影响，强调反传统，不满于社会现状，要求改革，要求革命。在创作上，他们不满足于对客观事物的摹写，要求进而表现事物的内在实质；要求突破对人的行为和人所处的环境的描绘而揭示人的灵魂；要求不再停留在对暂时现象和偶然现象的记叙而展示其永恒的品质。它在诗歌、小说和戏剧领域都产生过一批有影响的作家和作品。这一流派作家的政治立场较为复杂，仅以德国的表现主义者为例，就存在着两种不同的政治倾向："以《行动》为中心的左翼和以《狂飙》为中心的右翼。"① 而且在 1918 年第一次世界大战结束以后，表现主义开始进一步分化："贝歇尔加入了德国共产党，托勒、温鲁等诗人和戏剧家越来越靠近工人阶级，迅速克服了表现主义的弱点，走上了现实主义的文学道路。"② 按此阵营划分，中国学者自然会着重介绍政治立场进步的表现主义者。同时，为了打开表现主义的传播道路，中国学者还有必要驳斥那些批评表现主义的论点。在《表现主义》一文中，李士勋、舒昌善等人首先列举了一系列针对表现主义的批评意见，如 20 世纪 50 年代的《苏联百科辞典》称表现主义是"帝国主义时代资产阶级文学和艺术中的颓废的、形式主义的流派"，"表现主义的特征是为了主观主义地'表现艺术家的内心'，而否定或故意歪曲现实世界。表现主义是极端的个人主义、病态的紧张和对形象的歪曲。表现主义标志着资产阶级文化的瓦解和腐朽"。③ 这一观点同样影响了中国学术界对于表现主义的认识，直到 1979 年出版的《辞海》仍然重复着 20 世纪 50 年代苏联的观点。如果不澄清表现主义的真实面貌，那么这种颓废的现代主义文学显然无法在中国大陆传播。因此，中国学者首先要批驳这种对于表现主义文学的政治定性。他们从表现主义作家的政治立场出发，并援引 1962 年民主德国出版的《新梅耶尔氏百科词典》的解释说："表现主义有各种意识形态和美学观点迥然不同的作家。一方面因为表现主义带有小资产阶级、甚至无政府主义的基本特征，所以它对社会现状的批判往往是抽象的，

---

① 李士勋、舒昌善：《表现主义》，《作品与争鸣》1981 年第 4 期。
② 同上。
③ 同上。

不能为劳动群众所理解；另一方面也有像约翰内斯·贝歇尔这样的诗人，他们带着自己的作品站到了工人阶级一边，并且很快克服了表现主义的弱点。"① 因此，像约翰内斯·贝歇尔这样的诗人便成为表现主义的代表性人物而得到了肯定性的介绍。

五

从上述传播个案可以看出，对那些致力于传播西方现代主义文学的中国学者而言，最有利的传播条件理应包含这样两个方面：一是该作家政治正确；二是他在创作中处理重大政治题材时没有立场性问题。如若以这两项条件去衡量西方现代主义文学，恐怕当以萨特为代表的存在主义文学最值得全面肯定。

让－保罗·萨特 1905 年 6 月 21 日出生于巴黎的一个海军军官家庭，幼年丧父，从小便寄居在外祖父家。他很小就开始阅读大量文学作品，中学时代接触柏格森、叔本华和尼采等人的著作，1924 年考入巴黎高等师范学校攻读哲学，1929 年获大中学校哲学教师资格，随后在中学任教。1933 年，萨特赴德国柏林法兰西学院进修哲学，接受了胡塞尔现象学和海德格尔的存在主义。回国后继续在中学任教，陆续发表他的第一批哲学著作《论想象》、《自我的超越性》、《情绪理论初探》、《胡塞尔现象学的一个基本概念：意向性》，等等。1943 年秋，其哲学巨著《存在与虚无》出版，奠定了萨特无神论存在主义的哲学体系。此外，萨特还写下了《存在主义是一种人道主义》、《辩证理性

---

① 李士勋、舒昌善：《表现主义》，《作品与争鸣》1981 年第 4 期。

批判》以及《方法论若干问题》等著作。在文学创作方面，萨特将其存在主义哲思带进了小说和戏剧创作，他的中篇小说《恶心》、短篇集《墙》、长篇《自由之路》，早已被视为法国当代文学名著。他的戏剧创作成就高于小说，一生共创作 9 个剧本，其中《苍蝇》、《间隔》等，在法国当代戏剧中都占有重要地位。1955 年，萨特和波伏瓦曾经访问过中国。1964 年，瑞典文学院决定授予萨特诺贝尔文学奖，但被萨特谢绝，理由是他不接受一切官方给予的荣誉。1980 年 4 月 15 日萨特在巴黎逝世。作为一位当代杰出的思想家和文学家，萨特在世界各国都享有很高的声誉。实际上，萨特及其存在主义文学之所以能在 20 世纪80 年代的中国形成一股热潮，始作俑者即为新时期初的一批现代主义文学传播者。其中，编选《萨特研究》一书的柳鸣九贡献尤为突出。

　　在《萨特研究》的长篇序言中，柳鸣九全面介绍了萨特的生平及其成就。仅就萨特的政治立场而言，柳鸣九认为："特别难能可贵的是，萨特作为一个资产阶级思想家，对于马克思主义又始终抱着一种善意的亲近的态度，与某些资产阶级思想家本能的敌对和随意的谩骂是完全不同的。他承认马克思主义的价值，虽然他并不完全了解马克思主义，甚至还有误解；他试图把存在主义和马克思主义结合起来，虽然他把自己的哲学视为对马克思主义的'补充'，看来似乎有些狂妄。总的说来，他对马克思主义的态度还是赞赏和向往的，这就显示了他作为一个超脱了狭隘阶级局限性的思想家的风度。"① 将萨特对于马克思主义的态度作为评价其政治立场的思想基础，显然有利于论证萨特进步的政

---

① 柳鸣九：《萨特研究》序言，中国社会科学出版社 1981 年版。

治立场。而柳鸣九认为萨特“超脱了狭隘阶级局限性”的观点则语带双关：一方面固然是以超越阶级分野的标准淡化萨特的资产阶级思想家身份；另一方面实则借此暗讽“文化大革命”阶级决定论的思想流毒。

作为造成中国当代社会等级制度的思想根源，阶级决定论及其附属的血统论思想无疑是新时期初思想启蒙运动的批判标靶，它不仅阻碍了社会平等和公义的实现，也在客观程度上影响了存在主义文学的传播。按阶级决定论的标准衡量，由于存在主义文学诞生于西方资产阶级社会，因而也被归入了腐朽没落的资产阶级意识形态体系。在这个意义上说，柳鸣九高度评价一位资产阶级思想家，便具有了批判阶级决定论的启蒙意义。因为萨特的例子说明，即使在资产阶级阵营内部，也有超越狭隘阶级局限性的进步思想家。柳鸣九实际上在肯定萨特政治立场的同时，间接否定了阶级决定论所标榜的普世倾向。这一做法无疑为存在主义文学的传播赋予了一种启蒙色彩。倘若细加追究，又可从柳鸣九的传播策略中一睹新时期初意识形态与启蒙话语的共谋关系。一般说来，作为倡扬理性思想、反对权威的启蒙主义，往往与主流意识形态针锋相对。但在新时期初的中国大陆，由于意识形态改变了“以阶级斗争为纲”的方针政策，转向了建设社会主义现代化的历史方向，因而与追求社会平等和公义的启蒙话语不谋而合，由此自然形成了意识形态与启蒙话语的历史共谋。在此思想语境下，柳鸣九解读存在主义作家政治立场的传播策略便具有了一定的时代特征：关注存在主义作家的政治立场是否正确，是社会主义意识形态话语权威的天然要求，而柳鸣九对于萨特政治立场的启蒙主义解读，则是思想启蒙运动的自然回应。这一做法尽管看似矛盾，但由于意识形态和启蒙话语共谋关系的存在，柳鸣九才会在不触及意识形态权威的前提下，推进了萨特及其存在主义文学的传播。由此也可看出，意识形态和启蒙话语的共谋关系，不仅为中国知识分子传播存在主义文学创造了一个相对含混和自由的语义空间，而且也为传播者们的过度阐释创造了便利条件。

实际上，为达到传播存在主义文学的目的，许多中国知识分子在介绍这一文学流派时都有意对其进行了过度阐释。这种阐释方式在曲解阐释对象的同时，也暗暗传递了阐释者们的主观诉求。如柳鸣九在论证萨特的政治正确时，就有意回避了影响萨特政治立场取向的公共知识分子品性，转而在拔高其政治觉悟方面大做文章。为达此目的，柳鸣九接下来要做的，就是从萨特的生平事迹中寻找事实依据。他说："萨特另一个极为重要的方面，是作为一个思想家投入了当代政治社会的斗争。在这方面，他是资本主义社会现实的批判者，是反动资产阶级的非正义和罪行的抗议者，是被压迫和被迫害者的朋友，是社会主义、共产主义的同路人，是苏联社会主义帝国主义的抗议者。四十年代，他参加过反法西斯斗争，从俘虏营出来后，他组织过'社会主义与自由'的抗敌组织，参加过全国阵线领导下的作家委员会，为法共领导下的刊物撰稿。五十年代，他谴责美帝的侵略战争，'为了抗议法国政府对这种帝国主义行为的屈从'，他与法共接近，关系密切，成为法共的同路人；虽然他对五十年代中期共产主义运动中的一些事件不理解，但也曾为无产阶级专政的必要性进行过辩护。六十年代，他冒着被捕的危险，反对法国对于阿尔及利亚的殖民战争，并不止一次揭露法国殖民者在那里的暴行，1964年，瑞典皇家学院决定授予他诺贝尔奖金，他坚决拒绝，表示'谢绝一切来自官方的荣誉'。六十年代后期，萨特对苏联有了清醒的认识，他曾抗议苏联领导集团对国内的法西斯高压政策，公开谴责苏联出兵侵略捷克斯洛伐克。七十年代，他积极支持工人罢工和学生运动，当法国左派的《人民事业报》受到政府的压制时，他挺身而出，保护这家宣传'毛主义'的刊物，并亲自走上街头叫卖。他还愈来愈多地向苏联及其追随者采取决裂的、对抗的行动，在苏联入侵阿富汗时，他表示了强烈的反对。萨特用自己的行动写下的这份'政治履历表'，充分显示出了一种不畏强暴、不谋私利、忘我地主持正义的精神和任自己的感情真挚地流露而不加矫饰和伪装的襟怀坦白的政治风格。"① 在萨特参加当代的政治斗争活动中，柳鸣九突出强调了萨特进步的政治立场，他被视为"社会主义、共产主义的同路人"，他参加法国抵抗运动，支持一切正义事业，包括为宣传毛泽东主义的刊物撰稿等行为，都被看做其进步政治立场的表现。对于这样一位进步作家的作品，我们怎么不能大力加以宣传介绍呢。因此，柳鸣九从萨特进步的政治立场出发，肯定他的存在主义文学，认为萨特在进步政治立场的指导下，在不畏强暴的精神鼓舞下，"主张'倾向性的文学'，要求作家用文学来为战斗行动服务"的文学主张就具有了合理性——因为尽管对萨特的"倾向性文学"有不同理解，但它与中国当代文学重视战斗的革命现实主义传统显然有契合之处，因此即便萨特的许多文学作品，如1948年出版的《肮脏的手》对无产阶级政党存有"某种偏见"，但这些都不足以掩盖萨特作为一位进步作家的事实。因为按照柳鸣九对萨特政治立场的分析，他的大部分作品都是其进步政治立场的体现，如"剧本《死无葬身之地》（1946）表现被德国占领当局逮捕的

① 柳鸣九：《萨特研究》序言，中国社会科学出版社1981年版。

游击队员威武不屈的英雄主义，《毕恭毕敬的妓女》（1947）尖锐地揭露了美国的种族歧视和上层统治阶级的卑劣，《涅克拉索夫》（1956）对法国反动势力进行了讽刺，《阿尔托纳的隐藏者》（1960）抨击了法西斯的残余势力，根据欧里庇得斯的悲剧改编的《特洛亚妇女》（1966）影射了殖民战争的不正义"，等等。①

在列举了萨特所有进步的政治活动和具有进步政治立场的文学创作以后，柳鸣九总结道："萨特应该得到现代无产阶级的接待，我们不能拒绝萨特所留下来的这份精神遗产，这一份遗产应该为无产阶级所继承，也只能由无产阶级来继承，由无产阶级来科学地加以分析，取其精华，去其糟粕。"② 这番言论发表在萨特逝世不久，颇有为萨特盖棺定论的意味。因此，从柳鸣九的态度中，可以得见当时的中国知识分子渴望引进萨特存在主义文学的急切心情。应该说，柳鸣九对萨特所参加的政治活动的介绍较为准确，这些活动的确显示了萨特进步的政治立场。但是，在解释萨特进步的政治活动时，柳鸣九却过于重视萨特的政治倾向性，反而有意无意地忽略了促使萨特反抗专制主义、不畏强暴的精神动力，那就是萨特作为一个公共知识分子所具有的道德良知和正义感——须知萨特曾经被誉为"20世纪人类的良心"。这种发自人性的正义感和道德感，往往比政治立场更能说明萨特的"倾向性文学"。出于对自由的渴望和对所有专制制度的厌恶，萨特在他的大部分作品中都集中表达了一个公共知识分子的使命感。然而，就萨特存在主义文学的真正内涵而言，这种面向外部世界的斗争显然只是一个侧面，萨特的真正用意却是对其存在主

---

① 柳鸣九：《萨特研究》序言，中国社会科学出版社1981年版。
② 同上。

义哲学的演绎。他在大部分作品中，不仅书写着人类普遍的精神困境问题，还细腻描绘了笔下人物遭受现实异化的生存图景，他对人类恶心式生存体验的叙述，对人类摆脱自在生存方式向自为境地英勇进发的举动，都倾注了远比政治斗争更大的热情。所谓的"倾向性文学"或"战斗文学"，其实质都与人类脱离存在困境的精神苦斗密切相关。柳鸣九等存在主义文学的传播者不是没有看到这一点，但迫于无形的政治压力，他们对此并未做更多的肯定，相反，倒是紧紧抓住萨特的政治立场大做文章。

事实上，柳鸣九本人在后来写的回忆录当中，也从侧面为自己的这种政治误读行为进行了辩护。他认为，萨特所有进步的政治活动"不正是汇入了当代进步正义事业的历史潮流中吗？不是和我们所经历过的路线平行发展的吗？为什么不可以说他是属于无产阶级的？列宁曾把托尔斯泰的名字明确和俄国革命联系在一起。说'属于'，并不是说'等于'，更不是说'就是'，这是常识，不应该引起误解。何况，一切优秀的文化遗产本来都是无产阶级应该继承的"。① 这段文字，实际上已间接说明了萨特及其存在主义文学的传播，从一开始就是一种语言游戏。尽管在反现代主义者看来，"属于"和"等于"的语言游戏无足轻重，但柳鸣九对此问题的强调，却充分表明了新时期初存在主义文学传播所具有的语言游戏特征：出于某种传播策略的需要，柳鸣九等人不惜以误读存在主义文学为代价，希冀通过对萨特的政治解读来推进存在主义文学的广泛传播。同时，从这种传播策略中还可以看到，为了论证西方现代主义作家政治立场的进步性，介绍

---

① 柳鸣九：《浪漫弹指间——我与法兰西文学》，河南文艺出版社 2007 年版，第 129 页。

者们往往采用了"取其一点，不及其余"的实用主义策略，即将西方现代主义作家自身拥有的人性、良知等个人话语转化为一种政治性的集体话语，这种"阐释"西方现代主义文学的方式在确认西方现代主义作家"政治正确"的同时，也无疑为其文学作品的广泛传播获取了一种意识形态许可的合法性因素。因此，"我们"应对这些具有进步政治倾向的西方现代主义作家作品给予"充分的肯定"。①

六

此外，中国学者在传播拉美魔幻现实主义文学时，也同样秉承了"政治正确"的传播策略。有关拉美文学的传播状况将在下文有详尽论述，此处仅以拉美魔幻现实主义作家加西亚·马尔克斯及其代表作《百年孤独》的传播为证，来考量一下彼时中国知识分子"政治正确"的传播策略。

加夫列尔·加西亚·马尔克斯是20世纪拉丁美洲魔幻现实主义文学的杰出代表。1928年出生于哥伦比亚的阿拉卡塔卡镇。父亲原本学医，后来成了当地邮电所的报务员，外祖父马尔克斯·伊瓜兰是受人尊敬的老自由党人。马尔克斯的出生地过去曾是美国公司的香蕉种植园，在"香蕉热"时期有过繁荣阶段。后来，随着国际市场上香蕉价格的暴跌，美国公司也从阿拉卡塔卡镇撤离，当地经济衰退，社会矛盾急剧激化。1928年，香蕉工

---

① 柳鸣九：《现当代资产阶级文学评价的几个问题》，《外国文学研究》1979年第1、2期。

人举行大罢工，政府派军警镇压，死亡八百余人。此后，居民大量外迁，阿拉卡塔卡成了一个孤独萧条之地。马尔克斯自幼在外祖父家长大，经常听外祖父所讲的当地历史故事。而他的外祖母更是一位讲故事能手，诸如印第安人的神话传说给马尔克斯留下了深刻印象。她相信人死后灵魂可以继续存在，为了不让亡灵们感到孤独，她还特地为亡灵们安排了两间空房，以便经常能与他们谈话。马尔克斯的姨妈也笃信鬼神，有一天，她感到自己将要死亡，便坦然躲进自己的房间，成天在里面织尸衣。如此诡谲神秘的家族遗传，以及孤独封闭的阿拉卡塔卡，都给马尔克斯日后的文学创作带来了无穷无尽的想象空间。12岁时，马尔克斯来到首都波哥大教会学校读书。18岁后在波哥大大学读法律，参加了自由党。1948年内战爆发时，马尔克斯也不得不中途辍学，进入报界工作。1954年出任《观察家报》记者兼电影专栏负责人。此后，马尔克斯一面从事新闻工作；一面进行文学创作。他曾到过意、法、英、苏、波、捷、匈等国，1959年回国，担任古巴拉丁社驻哥伦比亚办事处的负责人。1961年任该社驻联合国记者，后迁居墨西哥，至1976年才返回哥伦比亚。为抗议军人政权，马尔克斯曾于当年举行"文学罢工"。1981年因受军政府迫害而流亡墨西哥。至1982年哥伦比亚新政府成立时，马尔克斯才得以返回故土，继续从事文学创作。同年，马尔克斯凭借《百年孤独》一书荣获了诺贝尔文学奖。此外还应法国总统密特朗的邀请，担任法国—西班牙语国家文化交流委员会主席。马尔克斯的代表作有被誉为"再现拉丁美洲历史社会图景的鸿篇巨著"的《百年孤独》，短篇小说《第三次无可奈何》、《格兰德大妈的葬礼》；中篇小说《伊莎白尔在马贡多的观雨独白》、《枯枝败叶》、《周末后的一天》、《一件事先张扬的凶杀案》；长篇小说《恶时辰》、《家长的没落》（1976 年被美国《时代》杂志评为当年世界十大优秀作品之一）、《霍乱时期的爱情》和《迷宫中的将军》，等等。

　　1981 年，陈光孚发表了《论拉丁美洲中等阶层作家的创作实践》一文，在政治层面充分肯定了包括马尔克斯在内的拉美作家，他说：“拉丁美洲当代小说的繁荣与社会的发展和作家队伍的成分有着密切的关系。首先需要指出的是这块大陆上当前文学的主流并不是无产阶级文学。较有影响的作家大都不属于无产阶级。从历史上看，拉丁美洲长期沦为殖民地半殖民地，无产阶级力量一直比较薄弱。”“拉丁美洲当代文学领域中的骨干力量是在政治上反映民族资产阶级愿望的小资产阶级知识分子。用美国与拉丁美洲学者的话来讲，即是中等阶层的知识分子。”[1] 这一阶层的组成人员既有哥伦比亚作家加西亚·马尔克斯，也有阿根廷的路易斯·博尔赫斯。在陈光孚看来，这些享有国际声望的拉丁美洲作家“目前是民主革命的重要力量，也将是社会主义革命的同盟军。他们之中的大多数也必然会随着革命的洪流，改变自己的世界观”。[2] 这就是说，尽管拉美作家还不属于无产阶级，但他们却是无产阶级的“同盟军”。从中等阶层知识分子民主革命的历史目标来看，向无产阶级政治立场的转变，似乎是一个合乎历史逻辑的必由之路。因此，陈光孚在该文中充分肯定了包括加西亚·马尔克斯在内的拉美作家的“政治正确”。与这一叙述策略相近似，在《“拉美之镜”加西亚·马尔克斯——1982

---

　　[1]　陈光孚：《论拉丁美洲中等阶层作家的创作实践》，载《外国文学研究集刊》第 3 辑，中国社会科学出版社 1981 年版。
　　[2]　同上。

年诺贝尔文学奖获得者》一文中，王华称加西亚·马尔克斯的作品具有"深刻的思想内容"，认为他通过小说"反映现实生活和社会问题"，在《百年孤独》中通过对马孔多小镇"人世沧桑的精心刻画，间接地鞭挞了拉美右派军人集团和独裁政权的暴政，有力地抨击了美帝国主义政治上奴役、经济上剥削拉美各国的新殖民主义政策，揭露了封建迷信、社会偏见和保守思想"。同时，马尔克斯还"始终致力于保护拉美各国的政治犯"。[①] 在这段描述中，加西亚·马尔克斯的民主主义立场被充分张扬，由此自然会提升马尔克斯政治立场的进步性。

如果说王华在介绍加西亚·马尔克斯时，还仅仅将政治立场作为介绍《百年孤独》的一个背景的话，那么舒大沅等中国学者则主要以马尔克斯的"政治正确"为阐释对象，希冀通过对作家主体政治立场的阐释，赋予《百年孤独》一种政治进步性。如在《爆发与反响——关于加夫列尔·加西亚·马尔克斯》中，舒大沅称赞马尔克斯"身负殊荣而不骄奢，拒绝接受自己作品的巨额版税。他热爱祖国，坚持人道主义立场，始终为穷人和弱者仗义执言……他对为变革社会而沦入官方监狱的拉美各国的政治犯给予真诚的同情和援助。他对智利前总统阿连德颇有好感，曾为阿连德的被害举行过长达五年的'文学罢工'，以抗议超级大国干涉拉丁美洲内政所带来的罪孽。"舒大沅据此认为："马尔克斯不仅是个优秀的作家，更是一个疾恶如仇的战士。"[②] 正是从这一论据出发，舒大沅才充分发掘了《百年孤独》的政治

---

① 王华：《"拉美之镜"加西亚·马尔克斯——1982年诺贝尔文学奖获得者》，《环球》1983年第1期。

② 舒大沅：《爆发与反响——关于加夫列尔·加西亚·马尔克斯》，《花城》1983年第3期。

学和社会学意义。他在谈到马尔克斯作品中的异化问题时说，《百年孤独》等作品展现了人类的"某些异化状况，并且谴责了这些状况，要求改变他们"。① 尽管《百年孤独》这部作品本身就在反映拉美殖民历史以外，传达了马尔克斯对于人类异化命运的深刻思考，马孔多小镇的历史风云，也不过是人类困境的一个历史寓言。然而，为实践政治正确的传播策略，舒大沅等中国学者在解释马尔克斯作品中的异化问题时，却将这一有关人类终极命运的哲学问题阐释成了一种社会问题。在舒大沅看来，按照马尔克斯的理解，"孤独的翻译词是团结"，② 这是理解《百年孤独》的社会意义的关键。这就是说，《百年孤独》之所以描写人类的异化处境，实则是为了反映拉美殖民者的罪恶，以及对拉美人民"团结"的呼吁。由此可见，在舒大沅的政治阐释下，《百年孤独》最终背离了自身历史寓言的现代主义品格，进而被阐释成了一部在政治立场上较为进步的作品。然而，中国学者的这一传播策略，尽管在客观程度上促进了马尔克斯在中国大陆的传播，但因其对马尔克斯的政治误读，却也改变了《百年孤独》的真实含义。在谈到《百年孤独》与拉美殖民历史等社会现实的关系问题时，马尔克斯说："人们多次谈到，说《百年孤独》是对拉丁美洲历史的象征性概括。如果同意这个说法，那它就是一部不完全的历史。"③ 这意味着，尽管马尔克斯并不否认《百年孤独》对拉美殖民历史的反映，但有关社会现实以外的历史

---

① 舒大沅：《爆发与反响——关于加夫列尔·加西亚·马尔克斯》，《花城》1983 年第 3 期。

② 同上。

③ ［哥］加西亚·马尔克斯：《对马孔多权力的想象》，载《两百年的孤独》，朱景冬译，云南人民出版社 1997 年版，第 69 页。

权力与历史寓言等小说主题，却同样值得关注。而中国学者对于《百年孤独》的政治阐释，显然是一种误读行为。

事实上，许多中国学者为贯彻"政治正确"的传播策略，都在评介马尔克斯时对其进行了主观误读。这种阐释方式在曲解阐释对象的同时，也暗暗传递了阐释者们的主观诉求。如林旸和陈光孚等人在论证马尔克斯的"政治正确"时，就有意回避了影响马尔克斯政治立场取向的人道主义品格，转而在拔高其政治觉悟方面曲为比附。在《哥伦比亚魔幻现实主义作家加西亚·马尔克斯及其新作〈家长的没落〉》一文中，林旸认为马尔克斯的政治态度倾向于社会主义，他援引马尔克斯的原话说："我们必须向反动的社会制度作斗争。我好比一头急急忙忙冲进沙场的斗牛，随时准备发动进攻……我认为，世界应该是社会主义的，它会成为社会主义的，而且我们也必须努力使它尽快地成为社会主义的。"此外，林旸还试图通过马尔克斯对于社会主义国家的态度来证明其政治立场。他认为，即便马尔克斯"对于苏联没有什么好感"，"曾经多次抨击苏联的社会制度和政治生活"，但"对于我国，至今未见加西亚·马尔克斯有什么不友好的言论"。① 以上种种，均成为中国学者论证马尔克斯"政治正确"的充分论据。相较而言，马尔克斯在《百年孤独》中对人类存在困境的历史寓言，以及对民族命运进行细致观察的文学现代性品格，则未被中国学者深入讨论。

通过解读马尔克斯的一系列政治活动，许多中国学者认为，马尔克斯不畏强权、为民请命的正义之举，实与其政治立场密切

---

① 林旸：《哥伦比亚魔幻现实主义作家加西亚·马尔克斯及其新作〈家长的没落〉》，《外国文学动态》1979 年第 8 期。

相关，至于真正支配马尔克斯进步举动的人道主义思想和公共知识分子品性，则在中国学者的政治阐释下付之阙如。按理说，宣扬马尔克斯的人道主义思想，本该是这些中国学者在进行传播活动时的当然之举，但为了赋予其意识形态合法性，就必须在强化马尔克斯的政治正确性方面大做文章。这一传播策略实际上已在中国学界达到了某种共识。1983 年 5 月 5—12 日，加西亚·马尔克斯与拉美魔幻现实主义讨论会在西安召开，与会代表一致认为，马尔克斯的作品深刻反映了拉美人民贫困落后的苦难遭遇，揭露了帝国主义的侵略行径和剥削罪恶，反对军事独裁，抨击社会时弊，具有进步意义。对于马尔克斯的这种政治阐释说明，为促进马尔克斯在中国大陆的意识形态合法化，就有必要将作家对人类孤独命运的普世性象征书写具体为一种意识形态批判，从而在塑造马尔克斯作为资本主义敌人形象的阐释过程中，为其在中国大陆的广泛传播获取意识形态合法性。在这个意义上说，经由中国学者阐释之后的马尔克斯，首先与腐朽没落的资产阶级作家划清了界限，而他的"政治正确"亦为其广泛传播打开了道路。

综上所述，可见在新时期初西方现代主义文学的传播过程中，中国学者首先在西方现代主义作家的政治立场中发掘了由社会主义意识形态许可的合法性因素，并由此肯定现代主义文学作品的政治正确。因此，侧重介绍那些在政治立场上与无产阶级作家较为接近的现代主义作家和作品，便成为中国学者介绍现代主义文学时的一种传播策略。从这一点出发，本章选取了中国学者对于超现实主义、表现主义、萨特的存在主义等西方现代主义文学的传播实例，阐明了中国学者介绍政治立场进步的西方现代主义作家及其作品的具体过程，并在此基础上，认为这一传播策略的形成，主要是受到了政治因素的影响：在社会主义意识形态话语的政治标准衡量下，大部分西方现代主义作家的政治立场都不够合格，甚至有许多现代主义作家因其政治倾向而被意识形态话语目为“反动”作家。因此，介绍哪些西方现代主义作家和作品就不再是一个介绍者的个人兴趣问题，它还关涉介绍者本人的政治立场问题。在经历了“文化大革命”的腥风血雨之后，对于政治运动的本能恐惧业已成为当代中国知识分子的一种集体无意识。正是在这种心理的影响下，中国学者在介绍西方现代主义作家时，往往首先介绍了那些在政治立场上与无产阶级作家较为接近的现代主义作家。而在具体的介绍过程中，中国学者为了论证西方现代主义作家政治立场的进步性，大多采用了“取其一点，不及其余”的实用主义策略，即将西方现代主义作家自身拥有的人性、良知等个人话语转化为一种政治性的集体话语，这种“阐释”西方现代主义文学的方式，在确认西方现代主义作家“政治正确”的同时，无疑也为其文学作品的广泛传播获取了一种意识形态许可的合法性因素。

第三章

思想误读:西方现代主义文学的马克思主义化

一

在新时期初西方现代主义文学的传播过程中,中国的现代主义文学介绍者们还力求返归马克思主义原典,通过马克思主义和西方现代主义文学的比较,寻求现代主义文学和马克思主义的相通之处。在此基础上,为西方现代主义文学的传播赋予一种由马克思主义所许可的合法性依据。

在 20 世纪 70 年代末西方现代主义文学的传播浪潮中,有一种反对现代主义传播的观点至关重要,那就是认为西方现代主义文学隶属于资产阶级意识形态,它与马克思主义背道而驰。这一观点由于将社会主义意识形态的评判标准施加于文学之上,因而在相当长的历史时期内,传播现代主义文学就等同于传播资产阶级意识形态的看法颇为盛行。这显然是一种阶级决定论的观点。因为在反现代主义者看来,传播西方现代主义文学,不仅会动摇社会主义意识形态的根基,更会破坏无产阶级文学的发展。按照这种认识方式,西方现代主义文学往往被称之为"资产阶级文学"。^① 既然这种"资产阶级文学"与马克思主义相抵触,那么在 20 世纪 70 年代末 80 年代初的现代主义传播运动中,它又是怎样被介绍进中国的呢?一个显而易见的事实是,中国的现代主义文学介绍者们普遍采用了历史唯物主义的辩证法,用一种既批判又肯定的态度介绍西方现代主义文学。为提取现代主义文学的合理性因素,他们致力于从马克思主义的原典中去发掘现代主义文学传播的合法性依据。

　　大体而言,中国学者充分发挥了马克思在《〈政治经济学批判〉导言》中提出的"物质生产的发展同艺术生产的不平衡关系"的论点,并将其视为传播现代主义文学的重要依据。按照这一论断,尽管 20 世纪的资本主义已发展到"垂死"与"腐朽"的帝国主义阶段,但西方现代主义文学仍有其进步性。在现代主义文学的介绍者们看来,现代主义文学首要的进步因素就在于它"表现了资本主义文明的危机",是"资本主义社会现实的反映"。它"揭示了资本主义社会的某些阴暗面和矛盾"。^② 这一判断的理论依据正是"物质生产与艺术发展的不平衡关系",用当时的话说就是"把一个时代的文学与那个时代或那个时代的一个阶级的历史地位完全等同起来,是完全站不住脚的"。^③ 从这种思维方式中可以看到,中国学者将现代主义文学对人类普遍存在困境的揭示具体到资本主义社会语境中,从而使西方现代主义文学获得了一种对于资本主义社会的"批判性"。

---

　　① 柳鸣九:《现当代资产阶级文学评价的几个问题》,《外国文学研究》1979 年第 1、2 期。

　　② 陈焜:《漫评西方现代文学》,《春风译丛》1981 年第 4 期。

　　③ 同上。

那么，中国学者对于马克思的"物质生产的发展同艺术生产的不平衡关系"的理解是否准确呢？这一观点是马克思恩格斯提出的有关艺术生产与物质生产之间关系的学说，他们认为艺术活动的发展与人类生产劳动的发展并不总是同步，或快或慢，有时甚至呈反方向发展。这种"不平衡"关系在表现方式上有两种典型情况：其一是在生产发展相对低级的阶段，只能盛行神话和史诗等文艺类型；其二则是艺术生产与物质生产的发展水平往往不成正比，某些在经济上比较落后的国家反倒有可能在艺术上取得领先地位。如恩格斯在《德国状况》一文中谈到 18 世纪末的德国时就指出了这一现象。在他看来，虽然德国的手工业、商业、工业和农业"极端凋敝"，"一切都烂透了，动摇了，眼看就要坍塌了，简直没有一线好转的希望"，但就在政治和社会方面均是"可耻"的时代，却诞生了无数伟大的文学家和艺术家。因为正是出于对社会腐败的愤怒，他们才会有恩格斯所谓的"反抗当时整个德国社会的叛逆的精神"，[①] 反过来，这种叛逆精神又极大地催生了天才们的艺术本能，从而推动了德国文学艺术的发展与繁荣。针对这一情况，马克思在《〈政治经济学批判〉导言》中曾将其概括为物质生产的发展同艺术生产的不平衡关系。他说："关于艺术，大家知道，它的一定的繁盛时期决不是同社会的一般发展成比例的，因而也决不是同仿佛是社会组织的骨骼的物质基础的一般发展成比例的。例如，拿希腊人或莎士比亚同现代人相比。就某些艺术形式，例如史诗来说，甚至谁都承认：当艺术生产一旦作为艺术生产出现，它们就再不能以那种在

---

① ［德］恩格斯：《德国状况》，载《马克思恩格斯全集》第 2 卷，人民出版社 1957 年版，第 634 页。

世界史上划时代的、古典的形式创造出来;因此,在艺术本身的领域内,某些有重大意义的艺术形式只有在艺术发展的不发达阶段上才是可能的。如果说在艺术本身的领域内部的不同艺术种类的关系中有这种情形,那末,在整个艺术领域同社会一般发展的关系上有这种情形,就不足为奇了。"① 这就是说,在某种情况下,物质生产的发展同艺术生产存在一些不平衡的现象。一是在社会发展的低级阶段有可能形成艺术的繁盛时期,如古希腊的神话、史诗,就是在社会生产力的发展还处于不发达的阶段上出现的。由于受到生产力的束缚,人们在无法战胜和驾驭自然的困惑中,便往往通过创作神话和史诗的方式去征服自然,于是"用想象和借助想象以征服自然力,支配自然力,把自然力加以形象化;因而,随着这些自然力之实际上被支配,神话也就消失了"。二是当时的社会发展条件,并不排斥"一切神话地对待自然的态度和一切把自然神话化的态度",② 因而神话式的幻想能获得人们的支持与接受,符合人们的愿望。可随着社会的发展,神话故事中所表现出来的某些对于自然现象的信仰,也就逐渐消失了。除此之外,关于物质生产的发展同艺术生产的不平衡现象还存在着另一种情况,那就是在历史发展过程中,艺术生产的发展水平与物质生产的发展水平,并不都是时时成正比的。例如19世纪俄国的物质生产水平远远落后于英美两国,可在艺术上却出现了一个繁荣发展的时期。在同一国家的不同时期也有类似情况,比如英国近代工业生产较之文艺复兴时期的物质生产水平

---

①　《〈政治经济学批判〉导言》,载《马克思恩格斯选集》第2卷,人民出版社1972年版,第112、113页。

②　同上书,第113页。

就有很大的发展，但它的艺术并没有按正比出现一个比文艺复兴时代更加繁荣的时期。这些现象说明，如果仅仅从一定社会的物质生产水平去考察文学艺术的繁荣与发展，就不能真正揭示其深层原因。只有同时兼顾上层建筑其他因素的相互影响和探讨文艺发展本身的继承关系，以及关注到统治阶级文化政策的权力制约，才有可能科学地阐明文学艺术发展过程中的诸多复杂现象。

应当说，中国学者在新时期初传播西方现代主义文学时，充分参照了马克思的"物质生产的发展同艺术生产的不平衡关系"这一论点，为西方现代主义文学的传播赋予了一种被马克思主义所许可的合法性依据。但同时也必须看到，为了传播现代主义文学，中国学者将马克思主义的这一论点绝对化了。如果充分考虑到马克思提出这一观点的上下文语境，就会发现马克思所谓的不平衡关系并非一种文学艺术发展的绝对规律。恩格斯在《致符·博尔吉乌斯》中说："在所有这样的社会里，都是那种以偶然性为其补充和表现形式的必然性占统治地位……我们所研究的领域愈是远离经济领域，愈是接近于纯粹抽象的思想领域，我们在它的发展中看到的偶然性就愈多，它的曲线就愈是曲折。如果您划出曲线的中轴线，您就会发觉，研究的时间愈长，研究的范围愈广，这个轴线就愈接近经济发展的轴线，就愈是跟后者平行而进。"[①] 在这里，恩格斯描述了精神生产（包括艺术生产）与经济（物质生产）发展、社会一般发展关系的平衡不平衡的复杂规律。"经济发展的轴线"即"可以用自然科学的精确性指明的变革"，而精神生产（包括艺术生产）发展的曲线则指难以

---

① 《致符·博尔吉乌斯》，载《马克思恩格斯选集》第 4 卷，人民出版社 1972 年版，第 507 页。

"用自然科学的精确性指明的变革"。马克思在《剩余价值理论》中更具体谈到物质产品价值量能精确计算,而精神产品价值量只能靠猜测。① 马克思和恩格斯的上述观点说明了"物质生产的发展同艺术生产的不平衡关系"取决于主客体两方面:一方面取决于研究客体本身价值量的性质(精确与不精确),也就是说越是"远离经济领域"的"纯粹抽象的思想领域",即精神生产和艺术生产领域,影响其发展的偶然性因素越多,所以所谓绝对的"平衡论"并非马克思主义的原意;另一方面还取决于研究主体的特殊视角,也就是说如果从微观上研究,选择艺术生产的"一定的繁荣时期",即某一特定的历史时期,那么它就与物质生产的发展水平不平衡。但如果越是宏观地研究,即恩格斯所说的"研究的时间愈长,研究的范围愈广",艺术生产就越发与物质生产"平行而进"。可见在马克思主义看来,物质生产决定艺术生产的发展水平才是"存在决定意识"的唯物主义普遍规律,精神生产、艺术生产的发展与物质生产、社会一般发展的关系是微观渐趋不平衡和宏观渐趋平衡的统一,但不可能是绝对平衡。据此可以看到,在新时期初的现代主义文学传播浪潮中,中国学者为了赋予西方现代主义文学合法性,将马克思主义有关"物质生产的发展同艺术生产的不平衡关系"论点绝对化,从而为西方现代主义文学的传播寻找到了一个源自马克思主义的合法性依据。此外,尽管马克思主义经典作家重视和喜爱现实主义文学创作,但是他们并不排斥其他流派的文学艺术创作。如马克思一贯提倡的"莎士比亚化"正是尊重艺术创作形式多样化的具体

----

① 《剩余价值理论》,载《马克思恩格斯全集》第 26 卷卷一,人民出版社 1972 年版,第 289 页。

体现，而列宁对于马雅可夫斯基创作的支持亦可说明马克思主义的文艺理论本质是鼓励和尊重文学艺术创作自由。这就是说，既然马克思主义者也不排斥非现实主义的创作方法，那么也理所当然地不应排斥西方现代主义文学。因此，从马克思主义中寻找西方现代主义文学的合法性，业已成为新时期初中国学者传播现代主义文学的一种传播策略。

如前所述，在新时期初，中国学者利用马克思主义赋予了西方现代主义文学对于资本主义社会的"批判"性，但与此同时，中国学者也意识到了西方现代主义文学和马克思主义之间所存有的巨大分歧。因此，如何本着一种唯物辩证法的态度，从马克思主义中寻找西方现代主义文学传播的合法性依据，就成为中国学者的一项基本任务，而这一任务的实质，则是对西方现代主义文学进行思想误读。

二

在介绍存在主义文学时，中国学者感兴趣的一个话题既是存在主义和马克思主义的关系。他们认为，存在主义受到马克思主义的影响是一个显而易见的事实，但存在主义对于马克思主义的修正显然是错误的。如冯汉津在《萨特和存在主义》一文中介绍说，萨特"在《辩证理性批判》这一哲学著作中，考察了存在主义与马克思主义之间的关系，认为两者在有关人与社会的辩证关系方面具有一致性。但是他又认为马克思主义把经济条件作为人的行为的前提条件并受其制约，这是'消极的'。他主张以'自由—人'来代替'客体—人'。他说过，如果说上帝是不存在的,那么人的任何行为都是允许的"。① 在解释了萨特对"人类的自由"的定义后,冯汉津进而指出了萨特对于马克思主义的肯定态度。他从萨特极其称赞马克思的"叛逆精神"出发,援引萨特的评语说:"马克思就是社会的叛逆,他说过:'我们要改变世界',他用这句简单的话表示:'人是自己命运的主人'。"② 那么,萨特对于马克思主义的理解是否符合中国学者心目中的马克思主义原貌呢?事实上,萨特不过是借用马克思的原话来论证自己的哲学体系罢了。因为在萨特看来,"人是自己的命运的主人"即意味着人有选择的自由:"究竟是逆来顺受地接受命运的安排呢,还是起来反抗命运",完全取决于个人的自由选择。正是在这个意义上,萨特才肯定了马克思所说的"人是自己命运的主人"。③ 这与马克思对于人类必将从必然王国走向自由王国的理解显然有所不同。实际上冯汉津在《萨特和存在主义》一文中已经意识到了这个问题,但或许是出于介绍萨特及其存在主义文学的需要,冯汉津并未深究萨特和马克思主义之间的区别,反而更进一步说明了萨特对于马克思主义的拥护。他说:"萨特曾经在《环境》一书中说过:'对于我们来说,马克思主义不仅仅是一种哲学,它是我们思想得以滋养的培养基,是黑格尔称之为客观精神的真正实践。我们把马克思主义看成是左派的文化遗产。不特如此,自从资产阶级思想死亡以后,马克思主义是唯一的文化,因为唯有马克思主义才能使人们理解人类、作品和事件。'"④ 特别是为了说明萨特对于马克思主义的态度,

---

① 冯汉津:《萨特和存在主义》,《当代外国文学》1980 年第 1 期。
② 同上。
③ 同上。
④ 同上。

冯汉津还举例说："萨特甚至由于加缪在《造反者》一书中隐隐约约攻击了社会主义态度，攻击了马克思、列宁以及'借造反的名义建立起某种邪恶的制度的人们'，而对加缪进行了严厉的批判。他在《致阿尔贝·加缪的信》中，指责加缪是一个'垂死的资产阶级自由派的思想家'，并与他割断了多年的友谊从此分道扬镳。"因此在冯汉津看来，正是由于萨特对于马克思主义的捍卫，才证明了他是一位"资产阶级进步作家"。① 尽管冯汉津在这篇文章中也指出了萨特和马克思主义在很多根本原则方面"完全背离"，② 但并未就此做出具体说明，反而抓住萨特对于马克思主义的肯定态度大做文章，这不能不说是一种出于介绍萨特及其存在主义文学的需要。

需要注意的是，在《萨特和存在主义》一文中，冯汉津肯定萨特思想的论据主要有两个：一是萨特和加缪的决裂问题；二是萨特与马克思主义的关系问题。前者作为一种史实依据，证明了萨特及其存在主义文学的政治正确；后者则作为一种思想依据，将萨特的形象马克思主义化。为更清楚明了《萨特和存在主义》一文的传播策略，有必要就上述两个论据的适用性问题展开讨论。

首先来看萨特和加缪的决裂事件。与萨特齐名的法国存在主义作家阿尔贝·加缪（1913—1960）生于阿尔及利亚的蒙多维。幼年丧父，靠奖学金读完中学后，在亲友的资助和半工半读中念完了大学课程并取得哲学学士学位。1942 年，加缪离开阿尔及利亚前往巴黎，开始秘密地活跃于抵抗运动中，曾主编过地下刊

---

① 冯汉津：《萨特和存在主义》，《当代外国文学》1980 年第 1 期。
② 同上。

物《战斗报》。在这个时期,加缪卷入了许多政治事件,他反对歧视北非的穆斯林,援助过西班牙流放者,也同情斯大林时期的受害者。他的许多重要作品如小说《局外人》、《鼠疫》,哲学随笔《西西弗的神话》和长篇论著《反抗者》都在这个时期问世。中篇小说《局外人》不仅是他的成名作,也是荒诞派文学的代表作。该作与同年发表的哲学论文集《西西弗的神话》,在欧美世界产生了巨大影响。长篇小说《鼠疫》(1947)曾获法国批评奖,它进一步确立了加缪在西方当代文学中的重要地位。1957年,加缪因为"作为一个艺术家和道德家,通过一个存在主义者对世界荒诞性的透视,形象地体现了现代人的道德良知,戏剧性地表现了自由、正义和死亡等有关人类存在的最基本的问题"而被授予诺贝尔文学奖。1960年,加缪在一次车祸中不幸身亡。在短暂的创作生涯中,加缪赢得了巨大的声望,他的哲学及其文学作品对后期荒诞派戏剧和新小说影响很大。评论家认为加缪的作品体现了适应工业时代要求的新人道主义精神,萨特则称赞他在一个把现实主义当做金牛膜拜的时代里,肯定了精神世界的存在。

　　作为法国存在主义文学的两个代表人物,萨特和加缪的决裂堪称20世纪思想史上的一个重要事件。按冯汉津的说法,促使两人反目的主要原因在于加缪错误的政治立场,似乎萨特写下那封著名绝交信的真正动机,是为了捍卫马克思主义。从表面上看,冯汉津的这一理解方式与萨特的绝交信内容并无多大出入,但若深入了解整个决裂事件,就会发现在萨特的绝交信中,还隐含着一个有关爱与正义的伦理冲突问题。相较于表面的政治立场差异,这一潜文本似乎更能说明决裂事件的真正原因。那么,萨特和加缪的决裂是怎样发生的?在萨特的绝交信中,又有着怎样的政治意识和伦理思考？

　　1943 年夏天，当时的法国还处于德国占领之下，萨特和加缪结识于萨特戏剧《苍蝇》的首演式上。双方的友谊大概维持了 10 年，期间两人虽屡有争论，但在很多方面都还算得上是志同道合。不过好景不长，随着 1951 年加缪的新著《反叛者》出版，双方终因一场激烈的论战而导致决裂。加缪在该书中反对斯大林主义的鲜明立场获得了许多保守派和反共分子的赞赏，但也招致了萨特阵营的批判。1952 年，属于萨特阵线的弗朗西斯·让松发表了批判文章《阿尔贝·加缪或反抗的灵魂》。在这篇长达 26 页的文章中，让松激烈批判加缪陷入了"一种革命的伪历史的伪哲学中"。由此也引发了加缪的愤怒，他随即写下了针对登载让松作品的《现代》杂志的公开信，而这本杂志的负责人正是萨特。于是一场争论全面爆发，萨特也写下了著名的绝交信《致阿尔贝·加缪的信》。在信中，萨特说："我们的友谊来之不易，我将感到惋惜。今天您中断友谊，或许是因为它到了该中断的时候。许多事情使我们接近，很少事情让我们分开。但这个很少也已经够多了，友谊本身也变得专制起来。要么完全一致，要么分道扬镳。"他指责加缪否定了自己作品中的主人公："加缪，默尔索在哪里？西西弗又在何方？那些充满激情、宣扬长期革命的托洛茨基分子今天又到哪儿去了？或许被杀害了，或许被流放了。一种粗暴而体面的独裁占据您的内心，它依托抽象的官僚主义，奢谈推行道德规范。"① 之后加缪保持沉默，不再参与论战，而只是在日记中写道："《现代》杂志。他们接受罪恶但是拒绝

---

　　① 转引自［美］埃尔贝·R. 洛特曼《加缪传》，肖云上、陈良明、钱培鑫等译，漓江出版社 1999 年版，第 553 页。

宽容——渴望殉道……他们唯一的借口是这可怕的时代。他们身上的某种东西,说到底,向往奴役。"① 直至 1960 年春,加缪因车祸去世,这场争论才画上了句号。

如若深入分析双方的决裂事件,就会发现促使萨特写下绝交信的真正原因,既不是"马克思主义/资本主义"这两种意识形态话语的权力之争,也不是因批评与反批评所引发的门户之见,而是萨特与加缪两种伦理思想激烈碰撞的结果——这就是有关爱与正义的价值冲突问题。尽管这一事件发生在萨特与加缪绝交之后,但却更能反映出两人争端的历史背景。20 世纪50 年代中期,阿尔及利亚战争爆发,这既是法国的殖民地,也是加缪的故园。不幸的是,加缪被夹在了中间,他不可能像知行合一的左派萨特那样,毫不犹豫地选择支持阿尔及利亚的独立,也不愿站在殖民者法兰西政府的一边,而是陷入了一种两难的历史境遇之中。面对如此局势,加缪不仅不出言表明立场,反而却三缄其口。1957 年 12 月 12 日,就在参加完诺贝尔文学奖颁奖典礼的两天之后,加缪来到了斯德哥尔摩大学与学生见面。原本安排的是自由座谈,但最后却演变成了一场政治讨论。会上,当加缪谈到阿尔及利亚问题时,一位穆斯林青年指责加缪乐于评论东欧事件,却对阿尔及利亚战争不置一词。面对会场的混乱,加缪在激动中说出了一段引发巨大争议的话,他宣称自己"历来谴责恐怖活动,我必然也谴责比如说在阿尔及利亚街头盲目肆虐的恐怖活动,这种恐怖主义也许有一天会落在我母亲或者我的亲人身上,我相信正义,但是在捍卫

---

① 转引自［美］埃尔贝・R. 洛特曼《加缪传》,肖云上、陈良明、钱培鑫等译,漓江出版社 1999 年版,第 556 页。

正义之前，我先要保卫我的母亲"。① 这就是说，母亲先于正义，或爱先于正义。尽管加缪的诚实和勇气博得了赞颂，但随之而来的却几乎都是责难。以致加缪在后来不得不修正他的言论，赋予"爱"以"正义"的价值。对于加缪的中间派态度，主张介入的萨特会作何感想呢？加缪担忧阿尔及利亚的暴力组织危及母亲的安全，而萨特的母亲，包括他自己，却都险些遭受政治敌对者的黑手，但这并不影响萨特对"正义先于爱"，以及对暴力的鼓吹。

　　是爱先于正义，还是正义先于爱？这其实是一个伦理悖论，因为爱是维系人类社会秩序的道德基准，正义却是保证社会公平的尺度。当爱与正义发生冲突时，人往往会陷入道德与正义的两难境地——如同加缪在阿尔及利亚战争中的选择那样。其实对于加缪而言，爱与正义的辩难就如同荒诞英雄西西弗的行为那样难以抉择。西西弗的神话故事表明，不论人做出怎样的行为选择，最终都只不过证明了生命的荒诞本质。这就是说，不论爱先于正义，还是正义先于爱，都只是一种道德抉择，它从本质上无关生命价值。如若加缪的思想仅仅止步于此，就会堕入虚无主义的深渊。然而，在加缪看来，西西弗却是一位荒谬英雄，"因为他的激情和他所经受的磨难。他藐视神明，仇恨死亡，对生活充满激情，这必然使他受到难以用言语尽述的非人折磨：他以自己的整个身心致力于一种没有效果的事业。而这是为了对大地的无限热爱必须付出的代价"。② 当加缪如此理解西西弗这个古代神话人

---

① 转引自［美］埃尔贝·R.洛特曼《加缪传》，肖云上、陈良明、钱培鑫等译，漓江出版社1999年版，第671页。

② ［法］阿尔贝·加缪：《西西弗的神话》，杜小真译，陕西师范大学出版社2003年版，第143页。

物时，一种伦理优先的意识原则就进入了那个古代神话。他赞美西西弗这个抗争荒谬的英雄，是因为他怀有对大地的无限热爱，爱这一伦理意识，足以对抗生命的荒诞本质。由此也可理解加缪的一生，他之所以能在悲观中乐观生存，积极介入生活与社会，与命运抗争，与政敌抗争，与一切不正义的现象抗争，等等，皆是出于对生命的无限热爱。而这一关乎生命抗争主题的伦理意识，最终促使加缪在爱与正义之间选择了前者。

　　但是，加缪这一伦理优先的意识原则，在萨特看来却变成了一种真正的不道德。出于对加缪伦理思想的不满，萨特早于1952年就批评了加缪的伦理道德意识。在《致阿尔贝·加缪的信》中，他批评加缪"您的道德标准首先转化成道德主义，今天它只表现在文学作品中，明天可能成为不道德的言行"。① 这就是说，在萨特看来，加缪的道德首先是变成了泛道德主义，他鼓吹的爱和非暴力只不过是空话，明天则可能变为不道德。这一点说明引发萨特和加缪之间论战的真正原因，并不完全是起源于两种截然不同的政治梦想，而是由爱与正义的价值冲突所引发的思想斗争。然而，对于新时期初的中国学者而言，如若在思想层面深入解读萨特和加缪的决裂事件，势必会将萨特的形象复杂化。与其如此，倒不如紧紧抓住双方的政治立场问题大做文章。至于形成双方政治立场的思想原因，则在中国学者的思想误读中被深深遮蔽。从这个角度说，《萨特和存在主义》一文的作者，所使用的传播策略仍然是一种思想误读。

　　其次，有关萨特与马克思主义的关系问题，本身就是一个错

---

　　① 转引自〔美〕埃尔贝·R. 洛特曼《加缪传》，肖云上、陈良明、钱培鑫等译，漓江出版社1999年版，第554页。

综复杂的思想和哲学命题。但中国学者在考察这一问题时，几乎都毫无例外地赞赏了萨特对于马克思主义的肯定态度。至于隐含其后的历史、思想和哲学动机，却未被中国学者纳入考量范畴。即使深入钻研过萨特思想的柳鸣九，也仅仅以"同情无产阶级"等论断贸然说明了萨特的思想转向。这就是说，每当中国学者论及萨特与马克思主义的关系问题时，都往往习惯从政治层面进行思想解读。这么做的后果，固然可以为萨特哲学赋予一种马克思主义的合法性依据，但与此同时，也深深遮蔽了萨特思想转向的种种深层动机。如果从中国学者的论述逻辑来看，他们在谈到萨特和马克思主义之间的关系问题时，大多使用的是一种陈述句式。而这一句式的问题，就在于仅仅给出了事实的结果，至于事实发生的过程和原因则付之阙如。那么，中国学者为什么不就萨特转向马克思主义的原因展开深入讨论呢？若想回答这一问题，就首先要从萨特自身的思想路径去加以考察。

在《思想的旅程》中，萨特说："另一天，我重读了我为这些剧本——《恶心》、《密室》等等——的一个集子所写的一篇序言，我当时真的为之惊骇不已。我在那篇序言中竟然写道：'无论处境如何，无论置身于何处，一个人总是可以自由地选择是否成为一个叛国者的……'当我读到这句话的时候，我自言自语道：这是难以置信的，而我确实相信过它！"① 在萨特的思想路径中，这段话只不过是他对自己早期自由哲学的反思和批判。对萨特来说，由于受到海德格尔和马克思的共同影响，他已不再确信那种绝对的自由哲学，也对主观自由具有战胜外在环境

---

① ［美］理查德·沃林：《文化批评的观念：法兰克福学派、存在主义和后结构主义》，张国清译，商务印书馆 2000 年版，第 197、198 页。

的先验力量等哲学判断产生了深刻怀疑。从这个时期开始，萨特逐步面对了一种历史的明晰性问题：即"某人如何才能把生活经验之先于历史的决定同人类对于自由的渴望协调起来的问题"。① 萨特为此确信，假如人的自由问题在真正意义上，即在历史意义上被提出来的话，那么与马克思主义的遭遇便具有某种绝对命令的地位。这是因为"自由必须在历史上，即在世界中，得到实现"。② 而马克思对于自由问题的历史唯物主义思考，显然恰切补充了萨特进行自我哲学反思的需要。这就是说，萨特之所以转向马克思主义，并不仅仅因其对于无产阶级的同情心理，而是萨特循自我思想路径展开哲学反思的结果。假如事实如此，那么萨特的马克思主义者形象就有可能被彻底颠覆，或者说这一形象会变得模糊起来：因为他曾经是一位先验的寂静主义者，一位视人之自由为绝对律令的存在主义者。尽管他转向了马克思主义，但这一转向却并非出于对无产阶级运动的同情，反而是唯心主义意义上哲学反思的结果。萨特的这一形象显然与作为行动哲学家和战士形象的萨特有着云泥之别。更为危险的是，萨特还遵循个人思想路径的方向，试图修正马克思主义……如此等等，势必会颠覆中国学者从政治正确层面所苦心经营的萨特形象。从这个角度说，柳鸣九、冯汉津等中国学者对萨特和马克思主义关系的肯定，显然是一种思想误读的传播策略。

　　尽管中国学者在介绍存在主义文学时抓住了萨特对待马克思主义的某些肯定态度，但如何在理论层面上切实解决存在主义和

---

　　① ［美］理查德·沃林：《文化批评的观念：法兰克福学派、存在主义和后结构主义》，张国清译，商务印书馆 2000 年版，第 203 页。
　　② 同上书，第 202 页。

马克思主义的关系，进而为存在主义文学的传播寻找马克思主义许可的合法性依据，却在一个相当长的历史时期内变成了悬而未决的问题。其实何止存在主义文学，整个西方现代主义文学的传播都面临着从马克思主义中寻找合法性依据的艰巨任务。中国学者对于这一问题的关注和讨论，早已超越了单一的文学领域，转而在包括哲学、历史等整个人文社会科学领域内展开了关于马克思主义和西方现代主义关系的讨论。在 20 世纪 70 年代末开始的这场讨论中，中国学者对于马克思主义一些基本问题的认识，大多建立在和西方现代哲学的比较之中。循此逻辑，如若能够澄清马克思主义和西方现代哲学之间的关系，那么作为体现西方现代哲学精神的现代主义文学，就有可能在与马克思主义的比较中获取某些相似性，而这些相似性通过中国学者的阐释，往往能成为西方现代主义文学在中国大陆传播的意识形态合法性依据。

三

在 20 世纪 70 年代末马克思主义和西方现代哲学的比较中，有两个话题与西方现代主义文学的传播密切相关，那就是异化和人道主义问题。在当时的中国学者看来，西方现代主义文学不仅是对资本主义社会中人的异化现象的描述，更在这种异化描写的基础上，宣扬了一种资产阶级的人道主义思想。问题的关键在于，西方现代主义文学中的异化和人道主义思想，与马克思主义之间究竟有没有一种共通之处呢？如果有，那么西方现代主义文学的传播便无疑获得了一种由马克思主义所许可的合法性。因此，对于西方现代主义文学中的异化和人道主义问题的研究，将有助于我们认识当时西方现代主义文学在思想层面的传播策略。

首先需要讨论的即是西方现代主义文学中的异化问题。一般而言，在20世纪70年代末80年代初，中国学者普遍认为西方现代主义文学是一种异化文学，认为它反映了"分崩离析的现代西方资本主义社会里个人与社会、个人与他人、个人和物质、自然和个人与自我之间的畸形关系，以及由此产生的精神创伤、变态心理、悲观绝望情绪和虚无主义思想"。① 此处所谓的"畸形关系"，便是西方社会中常见的一种异化现象。因此，中国学者认为"异化文学是西方各国文坛上带有普遍性的现象。它的出现符合西方各国历史发展的规律。"② 那么，西方异化文学的理论基础是什么呢？在中国学者看来，这一理论基础"并不是马克思主义的异化观，而是资产阶级的异化观"。从表面上看，这两种异化观由于隶属于不同阶级的意识形态体系，因而很难有共通之处，但中国学者却认为在西方异化文学的发生发展过程中，"确曾受过、而且至今仍受着马克思主义异化观的重大影响"。③ 姑且不论这一观点是否正确，但它至少说明在中国学者的认识中，西方现代主义文学的异化主题与马克思主义密不可分。特别是"七八十年来异化文学所开出的'病之花'，以其独特的姿态，争芳斗艳，蔚为奇观"。这一文学现象在"给马克思主义者提供了通过改造以认识西方世界的极为珍贵的形象资料与思想资料"的同时，也为"无产阶级坚持并发展马克思主义异

① 袁可嘉:《欧美现代派文学概述》,《百科知识》1980年第1期。
② 许汝祉:《异化文学与两种异化观》,《南京师范学院学报》1982年第3期。
③ 同上。

化观"提供了"符合时代特色的新的概括"。① 这说明在当时中国学者的思想解读中，尽管重视并研究西方的异化文学是为了发展马克思主义，但隐含于这一目的之外的对于西方异化文学的宣传却更为重要。换句话说，通过马克思主义对于西方异化文学的影响说，以及出于发展马克思主义异化观的目的说，中国学者寻找到了一种传播西方异化文学，亦即西方现代主义文学的意识形态合法性依据。

　　但在西方异化文学的传播过程中，若想对这种文学类型加以肯定，就有必要在社会实践层面解决这样一个问题，即在中国的当代社会到底存不存在异化现象？有关这一问题的认识，曾在新时期初引起过激烈争论。尽管在"文化大革命"时期，由于国人理性认知的集体迷误，社会正义与人性价值的彻底崩毁，中国大众也经历了一个严重的精神异化过程。但出于维护社会主义意识形态的需要，许多人对此现象并不加以重视，反而认为中国社会并不存有异化现象。针对这一问题，周扬在1982 年 6 月 23 日的《人民日报》发表了题为《一要坚持，二要发展》的文章，具体阐述了异化问题的重要性。他认为"社会异化，无论经济异化，思想异化，或政治异化……至少现在还有，至少有阶级或阶级残余的存在，异化现象就不会消逝。"② 1983 年 3 月 7 日，中共中央宣传部、中共中央党校、中国社会科学院和教育部在北京联合举办全国纪念马克思逝世一百周年的学术报告会。在这次会议上，周扬作了题为《关于马克思主义的几个问题的探讨》的演讲，试图清算几十年来中国

---

　　① 许汝祉：《异化文学与两种异化观》，《南京师范学院学报》1982 年第 3 期。
　　② 周扬：《一要坚持，二要发展》，《人民日报》1982 年 6 月 23 日。

"左的政治思想路线的哲学根源"。① 在根据这一讲话整理的文章中,周扬阐述了马克思早期著作《1844 年经济学—哲学手稿》中的"异化"概念,认为马克思、恩格斯理想中的人类解放,不仅是从剥削制度中解放出来,而且是从一切异化形式的束缚下解放出来。他由此认为,不但在资本主义,而且在社会主义条件下也存在着"异化"现象,它包括经济领域的异化,政治领域的异化(或者叫权力的异化)和思想领域的异化(最典型的就是个人崇拜),等等。② 尽管这篇文章在发表后很快就受到了激烈批评,但至少说明在当时的中国知识分子看来,社会主义中国也同样存在着异化现象。既然如此,那么引进西方异化文学就具有了一种认识中国社会异化现象的功能。但问题在于,如何从马克思主义中寻找西方异化文学的传播依据呢?对于那些致力于传播西方异化文学的介绍者而言,一个最有效的方法就是对马克思主义和异化文学进行思想误读,唯有这种将阐释对象纳入阐释者主观意图的阐释方式,才最有可能为异化文学寻求到马克思主义的合法性依据。

在讨论西方异化文学的发展和马克思主义之间的关系时,有中国学者首先从西方文学自身的传统中梳理了异化文学的渊源。如许汝祉在《异化文学与两种异化观》一文中认为,"西方异化文学的渊源,可以追溯到古希腊、古罗马的神话传说",其思想基础则"不止可以追溯到黑格尔与费尔巴哈",甚至早在卢梭《论人类不平等的起源和基础》一文中就已出现了有关异化问题

① 周扬:《关于马克思主义的几个问题的探讨》,《人民日报》1983 年 3 月 16日。

② 同上。

的讨论。但真正把西方异化文学推进到一个崭新阶段的大事，却是"马克思的光辉著作《经济学—哲学手稿》（1844）的发现与发表"，"马克思的非常辉煌、极端深刻的异化观一发表，对思想界、文艺界以及工人运动、国际共产主义运动的冲击是巨大的"。① 在中国学者看来，正是这样一部光辉著作的发现与发表，才将西方异化文学的发展进一步推向了高峰。值得注意的是，为说明西方异化文学所受到的马克思主义影响，许汝祉重点介绍了卢卡契、海德格尔以及萨特等理论家对于马克思异化观的肯定与传播。如在介绍西方马克思主义理论家卢卡契对于异化文学的贡献时，许汝祉称赞他在异化观的发展史上占据了一个"相当特殊的地位"，认为他"在不知道有马克思异化学说的情况下，根据《资本论》第一卷中关于商品拜物教的有关论述来理解物化的问题。他不仅推论出了拜物教的范畴，而且推论出了异化的范畴"。② 至于德国的存在主义者海德格尔，则"在《手稿》发表之前便论述了卢卡契在《历史和阶级意识》中提出的异化观。《手稿》发表以后，海德格尔这个保守思想家也高度赞扬马克思的异化观，认为'马克思的历史观超越任何哪一位思想家'"。③ 可以说从卢卡契到海德格尔，无论他们对于异化观的发展作出了何等贡献，都离不开马克思主义的理论影响。由此推论，西方异化文学的理论基础无疑深受马克思异化观的影响。更为重要的是，为了进一步说明西方异化文学所受的马克思主义影响，许汝祉在《异化文学与两种异化观》一文中，还将马克思异化观的

---

① 许汝祉：《异化文学与两种异化观》，《南京师范学院学报》1982 年第 3 期。
② 同上。
③ 同上。

传播归功于法国存在主义思想家。他说:"对马克思异化观的传播,法国的存在主义思想家……多半在客观上作出了贡献。""在三十年代,特别是在第二次世界大战以后,在法国,对马克思和黑格尔的异化观掀起了广泛的讨论,影响极大,热心讨论的人中,包括有萨特、列斐弗尔、加罗第以及科耶佛、希波里特、费沙特、梅罗–庞德以及其他一些人。萨特曾经明确说过,他从卢卡契的著作,特别是《历史和阶级意识》中的异化观得益不浅。萨特也是《手稿》的热心传播者。"① 尽管许汝祉在这篇文章中也批判了西方思想家对于马克思异化观的歪曲和改造,但他却指出:"西方异化文学对我们坚持和发展马克思的异化观,有无可能提供点滴的启发?譬如说,研究一下社会主义国家有无可能产生异化现象?如果可能,与资本主义国家的根本区别何在?在这个问题上,中国、东欧各国的学者们的意见是有分歧的,多数否定,也有少数人认为可能产生。值得重视的是哲学家王若水在今年四月说:'建国以来,的确发生过政治权力对它的经济基础漠不关心,甚至不惜破坏经济基础的情况,文化大革命这场政治运动,就是朝违反经济发展方向起作用的。政治斗争冲击了一切,包括自己的基础。人民赋予的权力脱离了人民的控制,反过来给人民带来了严重灾难。在这种异化的情况下,文艺为政治服务的口号起什么作用呢?'王若水同志肯定了社会主义国家还可能出现异化。当然这个问题将会在较长的时期内展开争论。但由此可知对西方异化文学的研究,对于我们坚持和发展马克思的异化观,以作出符合时代特色的新的概括,是大有益处的。"② 由

---

① 许汝祉:《异化文学与两种异化观》,《南京师范学院学报》1982 年第 3 期。
② 同上。

此可见，中国学者在介绍所谓的西方异化文学时，不仅从马克思主义的异化观出发，具体阐明了其对西方异化文学的深远影响，更通过这一影响所提供的合法性依据，在对中国社会异化现象的分析中表达了传播西方现代主义文学的必要性：那就是传播西方现代主义文学不仅有助于"坚持和发展马克思的异化观"，同时也可以帮助我们认识中国社会的异化现象。在此基础上，西方现代主义文学的传播便获得了一种由马克思主义所许可的合法依据。

四

　　与异化问题相联系，中国学者认为，在表现资本主义社会异化现象的西方现代主义文学中，同时还宣扬了一种人道主义思想。在他们看来，尽管这一人道主义思想仍然隶属于资产阶级的人道主义范畴，但它却与马克思主义的人道主义有着莫大关联。那么，为何分别隶属于不同意识形态范畴的两种人道主义之间，会存有这种密切联系？如果从新时期初中国社会的思想语境出发，当可明了这一联系的发生实与中国学者的思想误读密切相关。可以这样说，为配合与西方现代主义文学传播同步进行的人道主义大讨论，中国学者不惜以思想误读的方式，力图在西方现代主义文学所宣扬的"人道主义"和"马克思主义的人道主义"之间去寻求一种思想的共通性，从而为现代主义文学的传播赋予意识形态合法性。

　　大致从 20 世纪 70 年代末开始直到 80 年代中期，中国的知识界曾在全国范围内展开了关于人道主义问题的大讨论。这场论争几乎涉及所有的人文社会科学领域。概括而言,有关人道主义讨论的问题主要集中在以下几个方面:首先是对人性的概念界定问题,以及在人类社会中是否存在着一种超阶级的、普遍的共同人性;其次则是对人道主义内涵的讨论,那种超越阶级和历史的人道主义(即"广义的人道主义"或"一般的人道主义")是否存在;再次是马克思主义是不是一种人道主义,以及要不要宣传和实行社会主义的人道主义等问题;最后是有关异化问题的讨论,等等。这实际上是一场以"人性复归"为主题的思想解放运动。应该说当时人性问题的提出,主要是针对极"左"政治下的阶级斗争扩大化,其主旨是反对把阶级斗争和阶级性绝对化,认为人在阶级性之外还存在着普遍的人性,主张人和人之间应该建立起超阶级的关怀关系,并在这种关系中允许个体实现自己的价值等。通过讨论,人们初步认识到人的问题和人性问题并不是资产阶级的专利,不应成为我们理论上的禁区,马克思主义也重视人与人的价值,应加强对这个长期忽视的领域的研究。由于这场争论的缘起主要在于反思现实生活中所出现的摧残人性、践踏人性等不人道的社会现象,因此在总结历史教训的同时,中国的知识分子们便往往倾向于澄清这样一个理论问题,即马克思主义也是一种人道主义,它比资产阶级抽象的人性论和人道主义更具有人道主义内涵。

作为思想解放运动的发端,人道主义大讨论毕竟是初始性的,它主要局限于从政治上、思想上对"文化大革命"中的反人道现象做出情感评价和道义谴责,而对人性、人道主义和异化问题的讨论虽屡有涉及但都没有深入展开。不过值得肯定的是,这次人道主义大讨论不仅为呼唤人性、提倡人道主义作出了巨大贡献,同时也在马克思主义和人道主义关系的思考中,为西方现代主义文学在中国的广泛传播提供了一个合法性依据：如果马克思主义也是一种人道主义，那么致力于宣传人道主义的西方现代主义文学，就必然会在关心人的价值与尊严等方面与马克思主义取得某种一致性，而这种一致性正是中国学者所希冀寻求的传播西方现代主义文学的合法性依据。因此，为理解马克思主义的人道主义和西方现代主义文学中人道主义思想的关系，就有必要简单回顾一下这两种人道主义的历史发展和思想内涵。

首先来看看西方人道主义思想的发展。应该说西方最早的人道主义思想在古希腊时代就已出现，经过智者派和毕达哥拉斯、苏格拉底、柏拉图、亚里士多德以及晚期斯多葛派的努力，这种以善行和教化为中心的人道主义思想初步形成。不过，这种人道主义思想由于受到当时具体社会环境的制约，不可能具有最大范围的普遍性，它只是一种城邦的人道主义。而在西方现代思想家中，海德格尔则认为人道主义起源于古罗马，它深受希腊人道主义思想的"教化"。在《关于人道主义的书信》中，海德格尔详尽论述了人道主义思想的起源。[①]　由此可见，西方人道主义思想的历史几乎和西方文明的历史同样悠久。而西方文明中最典型的人道主义思想，则主要起源于西欧的文艺复兴时期。由于这种人道主义是与人从神权统治下的解放运动紧密相连的，因而它也就以反对宗教的形式出现。它视上帝为暴君、专制者，认为只有打倒神，人才能获得解放，所以它把文艺复兴看做人类反抗神权的光荣起义。与此相关，随着科学主义思想的兴起及发展，这种人道主义进一步反对信仰而弘扬理性，高举"自由、平等、博爱"的旗帜，为人类提供了一个理想的社会蓝图。这种人道主义即为

---

①　参见孙周兴编选《海德格尔选集》上卷，上海三联书店1996年版。

启蒙—理性的人道主义,它以康德的名言"人是目的,而绝不能是手段"为其最高成就。随着西方现代哲学的多元化,西方人道主义思想在 20 世纪则呈现出了多元发展的趋势。在这个世纪,先后出现了存在主义的人道主义、实用主义的人道主义、西方马克思主义的人道主义、现代基督教的人道主义、唯科学主义的人道主义,以及"反人道主义"(这实际上也是一种人道主义),等等。不论各种学派在哲学、宗教和社会问题上持何种观点,但在人的价值和尊严问题上却往往持有相近的态度,即它们都充分肯定人的价值和尊严。不过在对待自文艺复兴以来的启蒙—理性的人道主义思想时,20 世纪西方现代哲学则又持一种批判和否定的态度。

为什么会形成这种局面呢?大致从 19 世纪中期开始,西方哲学发生了一个重要转折,出现了以叔本华、克尔凯郭尔和尼采等人为代表的反理性主义,亦即人本主义的哲学思潮。他们往往也自称为人道主义者,但在表现形式上与启蒙—理性的人道主义却大相径庭:"他们大都对资本主义社会的各种危机和矛盾、对生活于资本主义社会中的人在物质上和精神上受到的压抑作了许多描绘和揭露,对人的自由的丧失和人的个性的被扼杀以及人的道德的堕落表示了极大的忧虑和愤慨。"[①] 对于资本主义社会中人性异化现象的种种成因,西方现代哲学家们将其归结为理性和科学发展的必然结果。正因为如此,叔本华、克尔凯郭尔和尼采"以及他们的许多后辈群起对理性派哲学以及一切与理性主义相关的意识形态猛烈抨击,对科学和文明的发展百般诅咒,对现实

---

① 刘放桐:《存在主义与文学》,《文艺报》1982 年第 8 期。

的物质幸福极为鄙视，对未来悲观失望"。① 这一切都意味着他们否定了自西欧文艺复兴以来就已形成的启蒙—理性的人道主义传统。在此基础上，那些标榜自我为人道主义者的西方现代哲学家们，"要求恢复被理性主义所压抑和沉沦（也就是'异化'）了的人性，提出新人道主义"。② 由此可见，西方人道主义思想在发展到 20 世纪时，已经从它自身的内部生长出了一种自我否定的人道主义潮流，这一 20 世纪独有的人道主义潮流是反理性和反科学的，它集中反映的是 20 世纪的非理性主义潮流。

　　对于西方人道主义思想的这一变化，有中国学者评价说："这种新人道主义虽然仍然要求把人作为关注的中心、出发点和归宿，但它要求重新考虑人的活动本身的实质、它的价值和意义，改变关于人与世界的关系的传统观念。总的说来，它要求把人与外部世界、他人和社会分离开来。从人本身的存在来考虑人。也就是研究人的内在心理结构，人的内心世界，即人的主观性本身。总之，要剥去压抑和歪曲人的本质的物质和精神（理性）以及社会等'虚伪的'外壳，回复到人的原始的、独特的、内在的本性。"③ 如果抛开中国学者对于 20 世纪西方"新人道主义"悲观虚无内涵的批判，就可以看到在中国学者的思想解读中，20 世纪西方的"新人道主义"思潮具有批判自西欧文艺复兴以来就形成的启蒙—理性的人道主义传统的进步思想因素。为什么这样说呢？因为在新时期初的中国思想界，仍然存有这样一种偏见，即认为西欧文艺复兴以来的启蒙—理性的人道主义由于

---

① 刘放桐：《存在主义与文学》，《文艺报》1982 年第 8 期。
② 同上。
③ 同上。

高举"自由、平等、博爱"的旗帜,因而被看做一种"温情脉脉的资产阶级面纱",在"自由、平等、博爱"的口号下,遮盖的是资本主义社会制度对人的深重奴役。因此,启蒙—理性的人道主义,当时也被中国学者们称之为"资产阶级的人道主义",就是维护资本主义社会制度的"虚伪外壳"。正是从这个意义上说,西方20世纪反启蒙—理性人道主义的"新人道主义",显然具有了针对资产阶级人道主义这一虚伪外壳的批判功能,而这一批判功能,恰恰有助于维护社会主义意识形态的话语权威。与此同时,西方现代主义文学中的新人道主义,也在批判"资产阶级人道主义"这一层面,暗暗契合了下文将要论及的马克思主义的人道主义。

尽管西方现代主义文学的各个流派对于人道主义的理解都不尽相同,但至少有一点是相通的,即但凡具有人道主义精神的现代主义作家,都在作品中致力于描绘世界破碎的生存图景,并与此同时,传达现代主义作家对于人类精神困境的叙事关怀,这一关怀即为现代主义文学共有的深度模式。简单地说,在这种深度模式中,现代主义作家首先凭借自我的生命意识和历史经验,描绘和书写着20世纪人类普遍遭遇的精神困境。而在涉及造成这种存在困境的异化根源时,现代主义作家的批判锋芒则往往指向了人类的人性弱点和文明危机。但不论其批判对象是什么,都传达了现代主义作家凭借文学叙事关怀人类的人道主义精神。这种人道主义精神的形成除了上文所说的是西方人道主义思想潮流自我发展和自我否定的结果以外,同时还是西方资本主义社会现状的反映。就西方现代主义文学的发展过程来看,它所具有的"新人道主义"的形成是诸多历史合力作用的产物。作为人类有史以来最为复杂的一个世纪,20世纪的文明现状显得十分混乱,仅从社会层面来说，就有两次世界大战，社会主义的兴起和挫折，第三世界的民族觉醒和独立，以及世纪末的资本主义全球化。而从人的内在层面看，则有弗洛伊德发现了人的潜意识的存在，荣格发现了集体无意识，存在主义发现了生存的荒诞和非理性，西方马克思主义发现了人的物化和异化本质，等等。① 与这种复杂的文明现状相适应，西方现代主义文学也在发展过程中变得日益复杂，它致力于表现上述复杂文明的存在形式及生成原因，并关注人类在这一复杂文明现状中的生存困境。在涉及人类的异化现象时，许多优秀的现代主义作家都致力于对人类生存困境进行某种叙事拯救——卡夫卡、乔伊斯、伍尔夫、艾略特、萨特等人莫不如此。只不过这一叙事拯救往往因文明现状的复杂性而变得徒劳无功：现代主义作家们凭借自己对于世界的观察，在文学文本中呈现给读者一个支离破碎的经验世界，一个只有漂泊没有归宿的世界，这一世界是和文明现状相吻合的。同时，西方现代主义作家又总是幻想文学能够呈现出某种整体的世界图式，这就是通过对世界的整合，实现对人类支离破碎的生存经验的整合，它传达了现代主义作家深重的人道主义精神。但这种整合世界的企图（体现在现代主义文学中就形成了借助叙事关怀人类生存困境的深度模式）却因为世界的无法整合而显得没有明确的价值归宿，由此自然会形成现代主义文学中常见的荒诞感和虚无感。在这一点上来说，西方现代主义文学中的人道主义并不是一种自欧洲文艺复兴和启蒙运动以来的以"自由、平等、博爱"为旗帜的启蒙—理性的人道主义，它毋宁说是一种人本主义。

---

① 参见吴晓东《从卡夫卡到昆德拉：20 世纪的小说和小说家》，三联书店2003 年版。

五

在新时期初的中国学者看来,部分现代主义文学流派,如存在主义文学等等由于对人在具体历史背景和时代环境下异化问题的关注,从而获得了一种尊重个人价值和尊严的人道主义品质。然而在新时期初,对于西方人道主义的认识却不完全一致,这种认识上的分歧导致了两个结果:一是将西方现代主义文学中的人道主义理解为西欧文艺复兴以来的启蒙—理性的人道主义,由此出发,呼吁被"文化大革命"所遗弃的人性与人道;二是视西方现代主义文学中的"新人道主义"为反启蒙—理性的人道主义,并在此基础上捍卫马克思主义的人道主义,批判西方启蒙—理性的人道主义,亦即资产阶级的人道主义,这种状况显然较为复杂,但两者之间却有一点是共同的,即在新时期初的中国学者看来,无论西方现代主义文学中的"新人道主义"是什么,它都同时具有间接维护社会主义意识形态权威和批判"文化大革命"反人道主义的思想解放功能,因此也契合了当时中国内地以人道主义复兴为标志的思想解放运动。由此出发,西方现代主义文学中所谓的"新人道主义"便得到了中国学者的广泛关注。

在简要回顾了西方人道主义思潮的历史发展和具体内涵后,紧接着的一个问题就是何谓马克思主义的人道主义?其实在新时期初的那场人道主义大讨论中,首当其冲的并非是马克思主义的人道主义内涵,而是讨论在马克思主义中究竟有没有一种人道主义因素。换句话说,在界定马克思主义的人道主义之前,首先必须厘清马克思主义有无人道主义这一关键问题。事实上,在新时期初的人道主义大讨论中，由于破除对极"左"思想的迷信乃当务之急，因此，高举人性旗帜的启蒙思想者，并未真正从理论层面澄清马克思主义和人道主义的关系。由于过去在意识形态领域中长期实行无产阶级专政，使得任何理论和思想都要与马克思主义相符合，而不能与之相违背，人道主义也因此不能有所例外。在相当长的一个历史时期内，人道主义被看做腐朽没落的资产阶级的意识形态，它始终处于一种被批判的地位，而这一点也是造成"文化大革命"发生种种反人道主义暴行的根源之一。从对于人道主义的这种偏见出发，许多人都误以为人道主义是"温情脉脉"的反马克思主义思潮，讲人道和人性就是反动思想，就是修正主义；反之，非人道与反人道的思想和行为才是正确的，才是符合马克思主义和无产阶级利益的，才是坚定的无产阶级立场与深厚的无产阶级感情之体现。这种错误意识的余绪延伸到新时期初，便与那些呼唤人道主义复归的启蒙主义者之间发生了激烈碰撞，由此引发了20世纪80年代初规模宏大的人道主义大讨论。

在这场人道主义大讨论中，马克思主义和人道主义的关系问题争议最大。这一问题的提出，既是对马克思主义是否具有人道主义因素这一根本问题的回答，也是为其他意识形态体系中人道主义思潮的传播打开局面："文化大革命"虽然已经结束，但是思想领域的封闭与专制仍未被彻底扭转。如果在此时提出重新评价人道主义的理论问题，就会在打破思想禁锢的同时为人道主义赋予一种合法性。这就是说，要证明人道主义是符合马克思主义的，至少需要证明它是不违背马克思主义的。如果争不到这种合法地位，人道主义的传播就不可能真正展开。在这个意义上说，20世纪80年代的人道主义大讨论，实质上是人道主义为自己争取在中国生存权的精神苦斗。正因如此,那场大讨论也就必然会带有自身的局限性。这一局限性突出表现为讨论的核心内容只有一个,即人道主义与马克思主义的关系问题。对立的双方,一方主张人道主义符合马克思主义,其观点是认为共产主义是最高的真正的人道主义;另一方则延续了"文化大革命"极"左"的意识形态标准,认为人道主义是资产阶级的意识形态,是从根本上反对马克思主义的。由于这是关乎人道主义生死存亡的重大问题,因此它也就不可能被其他问题所代替。由此也决定了那场大讨论的局限性:它并没有对人道主义本身的理论问题(包括对象、定义、内容、起源、历史、演变,等等)进行深入讨论。尽管如此,那些拥护人道主义的启蒙主义者,对于马克思主义就是一种人道主义的理解,却为西方现代主义文学的传播赋予了一种合法性依据。

为批驳反人道主义者的观点,传播和弘扬人道主义思想,一些呼吁人道主义复归的中国学者致力于在马克思主义和人道主义之间寻找共同点。在那些认为马克思主义具有人道主义因素的中国学者中,汝信的观点颇具代表性。1980 年 8 月 15 日,《人民日报》登载了汝信的长篇论文《人道主义就是修正主义吗?——对人道主义的再认识》。该文在为新时期初人道主义思潮的辩护过程中,阐述了这样一个观点,即马克思主义本身就具有人道主义内涵。在这篇文章中,汝信首先驳斥了人道主义和马克思主义是两种"绝对对立、互不相容"的观点。他认为对于人道主义的理解应区分狭义和广义两个概念:所谓狭义的人道主义,就是"欧洲文艺复兴时期新兴资产阶级反封建、反宗教神学的一种思想和文化运动";而广义的人道主义,则是"一般主张维护人的尊严、权利和自由,重视人的价值,要求人能得到充

分的自由发展等等的思想和观点"。① 由此出发，汝信认为新时
期初受到批判的人道主义，其实是一种广义的人道主义。从汝信
对于人道主义概念的区分方式中，可以看到中国学者为了宣传和
提倡人道主义，首先剥离了人道主义具有的资产阶级意识形态属
性，即那种狭义的、产生于西欧文艺复兴以来的资产阶级的人道
主义，进而将其上升为具有普遍意义的对于人的尊重。在此，汝
信等中国学者剥离人道主义概念中资产阶级意识形态属性的真正
目的，实际上是为人道主义寻找源于马克思主义的某些合法性依
据。

从广义的人道主义出发，汝信概括道："用一句话来简单地
说，人道主义就是主张要把人当做人来看待。人本身就是人的最
高目的，人的价值也就在于他自身。"② 在他看来，这一观点其
实早已蕴涵在马克思主义的原典著作之中了。如马克思在
《1844 年经济学—哲学手稿》中批判资本主义社会时，就指出了
资本主义社会表现为人的完全丧失。对于马克思在这部著作中的
资本主义批判，汝信总结说："资本主义的罪恶不仅仅是一个阶
级对另一个阶级的压迫和剥削，而且更在于它导致了整个人类的
沦丧和奴役。正因为这个缘故，所以共产主义革命的目的决不仅
限于推翻资本主义制度，使工人阶级从资本家的统治下获得解
放，而是为了谋求全人类的解放。也正因为这个缘故，所以马克
思在展望共产主义远景的时候，提出了'人的复归'的问题。"③
这意味着马克思所谓的"人的复归"，其实是一种人道主义思想

---

① 汝信：《人道主义就是修正主义吗？——对人道主义的再认识》，《人民日
报》1980 年 8 月 15 日。
② 同上。
③ 同上。

的体现。为论证这一观点,汝信引用了许多马克思的原话,如马克思说:"共产主义是私有财产即人的自我异化的积极的扬弃,因而是通过人并且为了人而对人的本质的真正占有;因此,它是人向自身、向社会的(即人的)人的复归,这种复归是完全的、自觉的而且保存了以往发展的全部财富的。"在这个意义上,共产主义就是"人的本质对人说来的真正的实现","人的本质作为某种现实的东西的实现"。"这种共产主义"就是"作为完成了的自然主义,等于人道主义"。此外,马克思还说过,共产主义就是"以扬弃私有财产作为自己中介的人道主义"。[①] 这些观点在汝信看来,都集中体现了马克思主义的人道主义内涵。

在反驳人道主义和马克思主义是两种"绝对对立、互不相容"的观点时,汝信还就马克思主义和人道主义被人为对立起来的原因做出了颇有意味的概括。他认为那些"出于善良的愿望,想在马克思主义和人道主义之间划一道不可逾越的鸿沟"的人,唯恐自己和"某些西方资产阶级的'马克思学'研究者'同流合污'"的担心完全是不必要的,因为"这些研究者的真正错误不在于把《经济学—哲学手稿》中的马克思看做人道主义者,而在于:第一,他们把青年马克思同成熟时期的马克思截然对立起来,硬说什么后期的马克思'背弃'了自己青年时期的人道主义思想;第二,把马克思的人道主义同过去的资产阶级人道主义混为一谈,抹煞了它们之间的原则区别"。[②] 这一观点的重要性在于首先批驳了一些人对于青年马克思思想的否定,认

---

① 汝信:《人道主义就是修正主义吗?——对人道主义的再认识》,《人民日报》1980 年 8 月 15 日。

② 同上。

为青年马克思的人道主义思想与成熟期的马克思主义之间具有一种"延续性和内在联系",从而为人道主义思想在整个马克思主义体系中的合法性地位予以了重新确认;其次,把马克思主义的人道主义同西欧文艺复兴以来的"资产阶级人道主义"对立起来,从而为马克思主义的人道主义赋予了一种针对资产阶级人道主义的批判属性。前者可以说是为人道主义正名,而后者则在对于西欧文艺复兴以来的"资产阶级人道主义"(即启蒙—理性的人道主义)的批判中,为马克思主义的人道主义和西方现代主义文学中的人道主义之间寻找到了一个共同点。因为在中国学者的理解中,西方现代主义文学中的"新人道主义"思潮同样是对"资产阶级人道主义"的批判。因此,许多西方现代主义文学的传播者就在这一共同点方面大做文章,为现代主义文学的传播寻找由马克思主义赋予的合法性依据。

从上文对于西方现代主义文学中的"新人道主义"和马克思主义人道主义的简要分析中,可以看到这两种原本隶属于不同意识形态体系的人道主义思潮开始在中国学者的论争中趋于合流,它们的共同点都是对人之价值和尊严的捍卫,以及对"资产阶级人道主义"(启蒙—理性人道主义)的反思与批判。正是从这一共同点出发,中国学者在传播西方现代主义文学的过程中,开始不断寻求传播西方现代主义文学的合法性依据,这一合法性依据往往契合了马克思主义的人道主义。接下去,本章致力于探讨的另一个问题,就是西方现代主义文学中的"新人道主义"如何在传播实践中与马克思主义的人道主义合流。

在西方现代主义文学的"新人道主义"和马克思主义人道主义两个共同点中,第一点,即对人的价值和尊严的捍卫,不仅促使新时期初中国文学界在反思"文化大革命"方面不断趋向深入,而且还有助于中国知识分子澄清文学与政治的关系问题。那么,西方现代主义文学中的"新人道主义",究竟是如何帮助中国知识分子理解文学与政治之间的复杂关系?如果从中国学者的思想误读来看,由于西方现代主义文学的"新人道主义"思想将批判锋芒从外在的社会制度批判转向了人的内在心理世界的剖析,因此促成了中国当代文学对于政治问题的疏离,从而让文学返回到对人内心世界的探索中去。这一文学方向的转移,不仅应和了新时期初中国文学界对于文学过度政治化倾向的反拨,同时也促成了后来中国文学的整体向内转趋势。而西方现代主义文学中的"新人道主义"思想,无疑在对人心理世界的描绘和对生存现状的考察中,为文学政治化的反动提供了一个重要参照。在这方面的一个典型例子即是西方马克思主义的传播。

众所周知,西方马克思主义者卢卡契、本雅明等人对于异化问题的研究和对马克思主义人道主义内涵的深入发掘,都曾深刻影响了西方现代主义文学的发展。而对于中国学者来说,西方马克思主义者对于人的主体性和艺术审美自律性的强调也让他们如获至宝。马尔库塞在其名作《审美之维》的开篇,即对苏联及东欧的机械的马克思主义美学进行了批判。在他看来,这一美学的主要观点是:"(1)在艺术与物质基础之间、在艺术与生产关系总体之间,有一种定形的联系……(2)在艺术作品与社会的阶级之间,也有一种定形的联系。只有上升阶级的艺术才是唯一真诚的、真实的、进步的艺术。它表达着这个阶级的意识。(3)所以,政治和审美,革命的内容和艺术的性质,趋于一致。(4)作家的责任,就是去揭示和表现上升阶级的利益和需求(而在资本主义,上升阶级就是无产阶级)。(5)没落的阶级或它的代表,只能创造出'腐朽的'艺术。(6)现实主义(以多种不同含义）被看做最适应于表现社会关系的艺术形式，因而是'正确的'艺术形式。"① 这些观点对于新时期初的中国学者而言，似乎就是在直接描述着中国社会的现实情况。而马尔库塞针对这些美学观点所展开的理论批判，显然也契合了中国学者的思想解放意图。如马尔库塞认为，上述过分强调艺术与政治关联的美学观点，反倒束缚了艺术的政治功能，由于"文学并不因为它写的是工人阶级，写的是'革命'，因而就是革命的。文学的革命性，只有在文学关心它自身的问题，只有把它的内容转化为形式时，才是富有意义的。因此，艺术的政治潜能仅仅存在于它自身的审美之维"。② 这就是说，教条马克思主义对于艺术审美形式的忽视来自于他们低估了人之主体的力量，忽略了人之主体的"意识与潜意识的力量"，因为个人主体并不完全等同于他的阶级性，"个体的内在历史尤其是在个体的非物质的层面上，炸开了阶级的框架"。③ 这些论述无疑迎合了新时期中国文坛的需要。在马尔库塞等西方马克思主义者的启发下，新时期文坛掀起了表现自我、强调艺术形式以及呼唤人之主体性的浪潮。马尔库塞的理论也由此被视为是对教条马克思主义美学的批判，它强调人之主体性和艺术自律性的观点在中国大行其道。由于马尔库塞等西方马克思主义者的观点大多与青年马克思主义密切相关，因此，西方马克思主义者凭借对人异化问题的研究所提出的人道主义思想，就往往被看做马克思主义人道主义的表现。在这个意义上说，西方马克思主义对人主体性的重视，还原了马克思主义人道

---

① ［德］马尔库塞：《审美之维》，李小兵译，三联书店 1989 年版，第 208 页。
② 同上。
③ 同上书，第 210 页。

主义的基本内涵,即共产主义是"人的自我异化的积极的扬弃……是人向自身、向社会的(即人的)复归"。① 这就意味着马克思主义的人道主义,并不仅仅要求文学对政治主题的表现,而是强调对"人的复归"。在此意义上,西方现代主义文学对人的关注,便在西方马克思主义和马克思主义人道主义的这种相通中,获得了一种疏离政治、关注人性的进步因素。

此外,在西方现代主义文学的"新人道主义"和马克思主义人道主义所拥有的两个共同点中,第二点,即对于"资产阶级人道主义"(启蒙—理性人道主义)的批判显得尤为重要。一个显在的事实是,在新时期初中国学者的思想误读下,西方现代主义文学中的"新人道主义"思想凭借对人内在心理结构的观察、对生命直觉和意识本能等非理性因素的倡扬,从而对西欧文艺复兴以来的启蒙—理性人道主义传统拥有了一种鲜明的批判意识。而这一批判意识所具有的重要认识价值在于,通过对"资产阶级人道主义"的批判,西方现代主义文学的"新人道主义"不仅可以间接维护社会主义意识形态和马克思主义人道主义的权威地位,同时也能够为自身赋予一种源自马克思主义的合法性依据。

在西方现代主义文学的传播过程中,一个比较典型的例子就是中国学者对于卡夫卡作品的解读。在他们的解读方式中,可以看到卡夫卡的小说常常被赋予了一种"新人道主义"内涵。在此前提下,经过中国学者阐释之后的卡夫卡作品,往往具有间接维护社会主义意识形态和马克思主义人道主义权威地位的话语功

---

① 汝信:《人道主义就是修正主义吗?——对人道主义的再认识》,《人民日报》1980年8月15日。

能。与此同时，卡夫卡还在被阐释的命运中获得了一种启蒙合法性。这就是说，在中国学者的思想误读下，卡夫卡拥有了意识形态与启蒙话语的双重合法性。那么，卡夫卡的双重合法性是怎样获得的呢？

从中国学者的论述过程来看，尽管卡夫卡小说里的这种"新人道主义"具有前文所谓的"进步性"，但它仍旧属于一种"资产阶级的人道主义"，无论它对正统的资产阶级人道主义（启蒙—理性的人道主义）做出了如何有力的批判，都不得不承受来自中国学者的质疑与责难。这说明中国学者对于卡夫卡小说的解读其实是相当矛盾的：一方面要论证卡夫卡小说中"新人道主义"思想对"资产阶级人道主义"的批判，证明卡夫卡作品具有间接维护社会主义意识形态和马克思主义人道主义的"进步性"，从而为卡夫卡的传播寻找合法性依据；另一方面，又迫于社会主义意识形态的话语权力，不得不同时批判卡夫卡小说里的这种"新人道主义"思想。因此，中国学者如何解读卡夫卡的小说，就典型体现了他们在传播西方现代主义文学时所采用的思想误读策略。此处仅以卡夫卡在新时期初中国大陆的传播为研究个案，力求阐明中国学者借助思想误读，为卡夫卡赋予意识形态合法性的历史过程。

六

弗朗茨·卡夫卡生于捷克首府布拉格的一个犹太商人家庭，是家中长子。自幼爱好文学，18 岁进入布拉格大学，初习化学、文学，后习法律，获博士学位。毕业后，在保险公司任职。三次订婚,又三次退婚,因而终生未娶。41 岁时死于肺痨。1904 年,卡夫卡开始发表小说,他的早期作品颇受表现主义影响,生前共出版 7 本小说的单行本和集子。在卡夫卡去世后,他的好友布劳德替卡夫卡整理遗稿,出版 3 部长篇小说和书信、日记,等等,并替他立传。卡夫卡一生的作品并不多,但对后世文学的影响却极为深远。他的创作活动主要时期是在第一次世界大战前后,家庭因素与社会环境,造成了他与社会的隔绝。卡夫卡终生生活在痛苦与孤独之中,面对社会腐败、政治矛盾与民族危机的多重困扰,敏感抑郁的卡夫卡时刻感受到了内心的苦闷。于是,有关对社会的陌生感、孤独感与恐惧感等心理内容,就成了卡夫卡创作的永恒主题。在他笔下,无论主人公如何抗争努力,都无法摆脱强大无形的外来力量的控制,由此形成的异己感伴随了小说人物的命运始终。卡夫卡曾将巴尔扎克“我能摧毁一切障碍”的格言改成了“一切障碍都能摧毁我”。他追随过自然主义,也受过巴尔扎克、狄更斯、易卜生、高尔基等作品的影响,并对其十分赞赏。但卡夫卡的卓越成就却不是因袭前者,而是逃避现实世界,追求纯粹的内心世界和精神慰藉,表现客观世界在个人内心心理所引起的反应。这一切都与 20 世纪人类的精神现实密切相关。因此,美国诗人奥登认为,卡夫卡与我们时代的关系最近似但丁、莎士比亚、歌德与他们时代的关系。后世的许多现代主义文学流派如荒诞派、法国新小说派等都把卡夫卡奉为鼻祖。而对于新时期的中国文学而言,卡夫卡的影响力同样是无远弗届:从 1980 年袁可嘉等人介绍卡夫卡开始,经历 20 世纪 80 年代中期先锋文学的“卡夫卡热”,再到当下以谈论卡夫卡为时尚的文学潮流,这位生前寂寂无名的小说家业已重塑了中国当代的文学版图。然而,身后曾以现代主义经典作家名世的卡夫卡,却在新时期初首先被阐释成了一位现实主义作家兼资本主义制度的批判者。嗣后，中国知识分子又围绕卡夫卡的现代主义身份展开了一场耐人寻味的文学论争。值得注意的是，在这种被阐释的命运中，卡夫卡不仅摆脱了原本属于敌对阶级阵营的意识形态标签，而且在由现实主义向现代主义作家的身份转换中，获得了社会主义意识形态与启蒙思想的双重合法性，从而名正言顺地登陆中国文坛。当卡夫卡登陆中国文坛之时，正是人道主义与异化问题方兴未艾之日。围绕卡夫卡小说异化问题的文学论争，实际上已经构成了人道主义和异化问题的讨论内容之一。因此，卡夫卡在新时期初被阐释的命运，就不仅仅受制于意识形态的权力规避，同时亦取决于中国社会思想启蒙的需要：引进卡夫卡，可以凭借其对人类异化图景的深刻观察，反衬"文化大革命"带给国人的精神创伤。在这个意义上，传播卡夫卡及其文学本身，便具有了适应思想解放潮流的启蒙功能。

在新时期初介绍和评价卡夫卡小说创作的各类文章中，叶朗的《卡夫卡——异化论历史观的图解者》一文颇具代表性。在分析这篇文章之前，有必要说明的是，尽管叶朗这篇文章的主旨在于批判卡夫卡的异化论历史观，但其中许多分析异化问题的论述都涉及西方现代主义文学中的"新人道主义"思想，而在西方现代主义文学中，异化与人道主义问题往往是同一个问题。许多现代主义作家批判资产阶级人道主义（启蒙—理性的人道主义）的出发点，即是资本主义社会对人的异化。在他们看来，不止是资本主义社会，几乎所有的社会形态都存有对人的异化问题，这就是叶朗所说的"异化论历史观"。只有首先书写出了人类生存的异化景观，才能借助"新人道主义"思想，实现对遭受异化了的人类的叙事关怀。在这个意义上说，西方现代主义文学对于异化问题的书写本身，就是通过对人类异化景观的描绘展示着资产阶级人道主义思想的虚伪性：那种人与人、人与社会、人与自然以及人与自我的畸形异化关系，处处说明了资产阶级人道主义者所宣扬的"自由、平等、博爱"是多么的虚假，唯有荒诞和孤独才是人类的生存本质。因此，西方现代主义文学的异化论历史观，从本质上就是一种对资产阶级人道主义虚伪性展开深刻批判的新人道主义思想。

在《卡夫卡——异化论历史观的图解者》一文中，叶朗首先概括了西方国家的异化理论，并将其称之为"异化论历史观"："主张这种历史观的人，把人（人性）的异化说成是普遍的、绝对的、永恒的规律，把人类社会说成是一个与人的本性相敌对的异化的世界，把人类历史说成是一部人（人性）的异化的历史……他们认为，各种社会生活条件和社会关系，都是和人的本性相敌对的异己力量，它们支配人、压迫人、奴役人，使人丧失人的本质而异化成为'非人'。他们认为这种异化论是对于人类历史的最科学的说明和最深刻的理论。"[1] 如若细致分析叶朗这段关于异化理论的概括，我们就可以得出这样一个结论，即异化论历史观认为，人类任何社会制度都会造成人的异化。换句话说，无论是资本主义制度还是社会主义制度都会造成人的异化。如此一来，异化论历史观的批判锋芒就指向了人类社会的任何一种现存制度，它自然也包含了对于资本主义制度异化人类的批判，而这一点恰恰就是西方现代主义文学中"新人道主义"对于"资产阶级人道主义"（启蒙—理性的人道主义）进行批判

---

[1]　叶朗：《卡夫卡——异化论历史观的图解者》，载北京大学哲学系编《人道主义和异化问题研究》，北京大学出版社1985年版，第185页。

的理论依据。与此同时，异化论历史观的这种普世性倾向，显然不可避免地将批判矛头也指向了社会主义制度。这一点不可能不引起叶朗等中国学者的注意。因此，这一绝对主义意义上的异化论历史观必然会存有这样一种悖论：一方面它对于资本主义制度的批判功能被中国学者所利用，并将其与马克思主义的人道主义在批判资产阶级人道主义方面相联系，进而为异化论历史观中所包含的"新人道主义"思想汲取合法性因素；另一方面，为了维护社会主义制度的权威性，中国学者也必然会对这种绝对的异化论历史观展开批判。而在《卡夫卡——异化论历史观的图解者》一文的论述逻辑中，实际上就隐含了肯定和批判异化论历史观的两种叙述策略。相比之下，批判异化论历史观的叙述部分无疑是显在的，这与作者叶朗自觉保持政治正确的行文意识密切相关。至于他对异化论历史观的潜在肯定意见则需要我们做进一步的发掘。如果卡夫卡小说的异化论历史观被暗暗赋予了针对"资产阶级人道主义"的批判功能的话，那么这一点就足以构成传播卡夫卡小说的合法性依据。

那么，叶朗对于卡夫卡小说中异化论历史观的解读，究竟有没有一种肯定的叙述策略呢？在具体解读卡夫卡小说之前，叶朗引用了部分西方评论家的观点，将形成"卡夫卡热"的原因归结为这样一点：即"评论家们普遍认为，卡夫卡所以引起人们的兴趣，并不在于他描写了资本主义世界一般的贫富不公的现象，也不在于他揭露、批判了资本主义世界的各种社会弊病和统治阶级的暴虐与腐败。卡夫卡所以引起人们的兴趣，他的'独特之处'，他的'杰出成就'，是在于他用象征的手法，指出人类社会是一个与人的本性相敌对的异化的世界，即梦魇的世界，从而'向我们揭示了生活的真谛'"。西方评论家的观点显然和中国学者的认识大相径庭。在新时期初引进和介绍卡夫卡的过程中，中国学者肯定的正是卡夫卡对于资本主义制度的批判。但在西方学者看来，这种制度性批判只是卡夫卡作品中一个无关宏旨的方面，比起有关人类生存现状的异化描写显然无足轻重。卡夫卡小说中的核心部分，即是"用象征的手法，指出人类社会是一个与人的本性相敌对的异化的世界，即梦魇的世界，从而'向我们揭示了生活的真谛'"。① 换句话说，叶朗引用西方学者的观点，其意正在说明新时期初中国学者对于卡夫卡的思想误读。在这篇文章的结尾部分，叶朗说："近几年国内有些评介卡夫卡的文章认为卡夫卡'尖锐地接触到现代资本主义社会若干带本质性的问题'，'卓越地完成了他真实而深刻地描绘自己所生活的那个时代的任务'，'达到了揭露和批判资本主义社会罪恶的目的'，因此，卡夫卡的作品乃是'资本主义制度的抗议书'。……像这样一些评价，我以为并不恰当。"② 其实在叶朗看来，卡夫卡的批判矛头并不是单纯指向资本主义制度的，而是将"资本主义社会固有的矛盾形容为人类的永恒的矛盾"，③ 进而批判了所有造成人类异化的内在和外在因素，这就是卡夫卡的异化论历史观。叶朗在这篇文章中试图表明，他之所以要批判卡夫卡，就是因为这位奥地利作家的异化论历史观是错误的。然而最为吊诡的地方也正在于此，尽管叶朗批判了卡夫卡的异化论历史观，但通过他对卡夫卡作品的解读，我们却发现了这样一个意味深长的结果：即卡夫卡在批判资本主义制度之外所进行的对于世

---

① 叶朗:《卡夫卡——异化论历史观的图解者》，载北京大学哲学系编《人道主义和异化问题研究》，北京大学出版社1985年版，第186页。

② 同上书，第199页。

③ 同上书，第194页。

界荒诞性的批判（异化论历史观的表现形式），使得他将异化论历史观上升到了对于资产阶级人道主义的批判，并因此暗合了同样致力于批判资产阶级人道主义的马克思主义的人道主义。

在分析卡夫卡的《变形记》时，叶朗认为这部作品集中呈现了资本主义世界中人的异化景观。他说："我们在读这篇小说时可以深刻地感受到，这种异化图景的实质，乃是作者内心的灾难感、恐怖感、孤独感、陌生感。格里高尔·萨姆沙的遭遇，表明人掌握不了自己的命运。灾难常常毫无缘故地降临。人在突如其来的灾难面前，根本无能为力，也根本无法逃脱。这就是作者内心的灾难感和恐怖感。这种灾难感和恐怖感，也就是所谓的梦魇感。"① 这段话表明，尽管叶朗认为异化论历史观是一种唯心主义的历史观，并对其持一种批判态度，但他的这种阅读体验却正好与他所引述的西方评论家的观点不谋而合。如前所述，西方评论界普遍认为卡夫卡小说的杰出成就即在于"用象征的手法，指出人类社会是一个与人的本性相敌对的异化的世界，即梦魇的世界"。② 而叶朗在揭示《变形记》所描绘的人的"梦魇感"，不就是重复了西方评论家的这一观点吗？由此可见，叶朗在一种最原初的阅读体验中，首先从情感层面确认了西方评论界的普遍看法。在此基础上，叶朗通过引用陀思妥耶夫斯基的观点，进一步阐明了《变形记》这部作品的"梦魇感"所具有的异化论历史观内涵："所谓梦魇感，就是被不可知的力量压倒、被透进无限黑暗德望深渊中去的恐怖绝望的感觉，以及怎么挣扎也没有用

---

① 叶朗：《卡夫卡——异化论历史观的图解者》，载北京大学哲学系编《人道主义和异化问题研究》，北京大学出版社 1985 年版，第 184 页。

② 同上书，第 186 页。

的无能为力的感觉。格里高尔·萨姆沙的变形,就是卡夫卡内心这种可怕的梦魇感的投影。格里高尔·萨姆沙的遭遇,也表明人是孤独的,人和人的关系是极端冷漠、残酷的。人生活在一个陌生的世界里,遭遇到的是轻蔑、厌弃和迫害,而不是同情、友爱和帮助。"① 这一观点的实质就是对资产阶级人道主义(启蒙—理性人道主义)的深刻批判。因为在西方资产阶级的人道主义(启蒙—理性人道主义)看来,人与人之间的关系,以及人的价值和尊严、人的本质属性等,均集中表达在"自由、平等、博爱"的口号之中了。如果《变形记》将人与人的关系看做极端冷漠和残酷的话,那么岂不就等于推翻了西方自文艺复兴和启蒙运动以来的人道主义传统?而这一颠覆恰恰就是卡夫卡小说中的"新人道主义"思想,它致力于描绘资产阶级人道主义(启蒙—理性人道主义)所宣扬的"自由、平等、博爱"的谎言,在揭示世界的荒诞本质中,传达了卡夫卡对于所谓的"温情脉脉"的资产阶级人道主义的深刻批判,并在这种批判中暗含了卡夫卡对于人类遭受异化的深切同情。而蕴涵于这一批判中的对于人类的爱,正是20世纪西方现代主义文学中普遍存在的"新人道主义"思想。

在分析卡夫卡的另外几部作品时,叶朗进一步阐述了他对于卡夫卡小说的认识。在他看来,卡夫卡的小说并不是如某些中国学者所说的那样是对于资本主义制度的批判,而是具有存在主义哲学意味的对于异化论历史观的图解。这一利用文学形式图解异化论历史观的做法,集中表达了卡夫卡对于资产阶级人道主义

---

① 叶朗:《卡夫卡——异化论历史观的图解者》,载北京大学哲学系编《人道主义和异化问题研究》,北京大学出版社1985年版,第188页。

（启蒙—理性人道主义）的反动。如《审判》这部作品"也是写异化，是人和法律、人和国家机器、人和外部世界的关系上表现出来的异化，或许可以称之为'政治异化'或'权力异化'吧"。如果按此逻辑，那么卡夫卡在表现人的异化时理应将批判锋芒指向法律、国家机器等社会制度层面，但叶朗却认为这些因素并不是卡夫卡的批判对象。在他的理解中，卡夫卡通过《审判》这部作品重点描绘了人类对于世界的梦魇感受："K 灾难是由于整个外部世界（包括国家机器和法律，但并不限于国家机器和法律）丧失了人性，成了人的异己力量。法官和法律不过是这种无法接近和无法了解的异己力量的象征而已。这种异化的图景，实质也是作者内心灾难感和恐怖感的投影。人的灾难与生俱来，无处不在。……而且是无缘无故的，是荒诞的，反理性的。"[①] 如果法律和国家机器都不是造成 K 异化的根源的话，那么人对外部世界的灾难感和恐怖感，就不是来源于客观的现实世界，而是人与生俱来的一种本质性存在。这一本质性存在说明，任何社会制度，无论资本主义社会还是社会主义社会都改变不了人的异化本质，这就是异化论的历史观。由此也可说明，无论政治学还是社会学的批判方式，都不可能真正追究人的异化现象从何而来，因为正是人自身的弱点才造就了悲剧的诞生。这对于新时期初的启蒙运动而言，无疑具有重大的启示意义。以对反思"文化大革命"用力甚勤的伤痕文学为例，由于伤痕文学的许多作品都未能触及国人灵魂，因此仅凭对"四人帮"的政治控诉，显然无法真正推进启蒙运动的深入。相较而言，叶朗对卡夫卡异化论历史观的阐释方

---

① 叶朗：《卡夫卡——异化论历史观的图解者》，载北京大学哲学系编《人道主义和异化问题研究》，北京大学出版社 1985 年版，第 190 页。

式,不仅可以纠正启蒙运动的社会政治学倾向,亦能将新时期的思想启蒙导向更为深入的人性反思。因此,一旦经过中国知识分子的阐释,卡夫卡便具有了符合新时期启蒙运动的合法性。

从叶朗的上述分析中,庶几可见一部卡夫卡在中国大陆的传播历史。在新时期初,中国学者往往按照反映论的思维模式,将卡夫卡理解成了一位近似于再现社会现实的现实主义作家,他的作品如"《审判》(1914)对奥匈帝国官僚制度的腐朽作了相当深刻的揭露"。① 而叶朗显然有意忽略了卡夫卡的这一资本主义批判指向,转而将卡夫卡界定为一位致力于书写人的异化本质的现代主义作家。应该说,叶朗对于卡夫卡的理解较之袁可嘉等人,已向前迈进了一大步,更接近西方评论界对于卡夫卡的阐释。更重要的是,通过淡化卡夫卡的现实批判因素(资本主义制度批判)、凸显卡夫卡的异化论历史观(人的存在本身就是异化的历史),叶朗事实上已将卡夫卡的"新人道主义"思想隐秘地揭示了出来。而在解读《城堡》时,叶朗则更进一步阐述了卡夫卡的异化论历史观问题:"小说笼罩着神秘的、梦魇的气氛。城堡(统治机构)本来是人建立的,现在它与人之间有一道不可逾越的鸿沟,而且成了一种超现实的统治力量。这当然也属于异化。"但在叶朗看来,这一指向社会制度的异化描写仍然不是小说的重点:"但是小说的寓意不仅在于此。作者通过这种异化的图景,是为了表达他对于人类命运和前途的一种悲观绝望的情绪。"②

---

① 袁可嘉:《欧美现代派文学概述》,《百科知识》1980 年第 1 期。

② 叶朗:《卡夫卡——异化论历史观的图解者》,载北京大学哲学系编《人道主义和异化问题研究》,北京大学出版社 1985 年版,第 191 页。

　　在叶朗的解读中，卡夫卡首先与批判资本主义制度等现实因素相隔离，进而被阐释成了一位对于人类命运和前途"悲观绝望"的作家。那么，卡夫卡为什么对人类的命运和前途感到悲观绝望呢？按照叶朗的理解，卡夫卡的悲观绝望并不仅仅是因为人类受到了法律、国家机器等社会现实因素的制约，而是人类各种关系的异化，是人与人、人与社会、人与自然以及人与自我等所有关系的异化。这其实是卡夫卡从对于人存在状况的考察出发，发现了人的异化本质，进而对人类历史上的所有乌托邦思想进行了无情颠覆，这其中就包括对于资产阶级人道主义（启蒙—理性的人道主义）的颠覆。因此，从叶朗剥离卡夫卡的资本主义批判因素那一刻起，卡夫卡便在中国学者的心目中成了一位异化论历史观的图解者，成了一位颠覆人类所有乌托邦思想，当然也包括资产阶级人道主义的批判者。而在中国学者看来，卡夫卡对于资产阶级人道主义的批判无疑是具有"新人道主义"因素的，他与马克思主义的人道主义在批判资产阶级人道主义这一点上达成了一致，从而为自身的广泛传播获取了源于马克思主义合法性依据。

　　与卡夫卡的传播个案相类似，中国学者在传播存在主义文学时也紧紧抓住了人道主义问题大做文章。从中国学者的传播策略来看，存在主义文学之所以能够在新时期初进入中国大陆，甚至一度形成热点，都与中国学者在进行传播活动时的思想误读策略息息相关。具体来说，为全面推进存在主义文学在中国大陆的传播，许多中国学者都借助思想误读的传播策略，对存在主义文学中的"新人道主义"思想予以了深入分析。这一传播策略的阐释后果，便是为存在主义文学寻求到了一种间接维护社会主义意识形态和马克思主义人道主义的话语功能，从而为自身赋予了一种源自马克思主义的合法性依据。

前文说过,在介绍和传播西方现代主义文学时,有关现代主义文学中"新人道主义"的问题历来就存有争议。大部分中国学者都对现代主义文学的"新人道主义"思想持否定和批判意见,但他们又往往从唯物辩证法的立场出发,在批判和否定这股"新人道主义"思想潮流的同时,也承认这一思潮所具有的进步因素。由此形成的一个传播现象,便是为新人道主义暗暗赋予了一种针对资产阶级人道主义,即启蒙—理性的人道主义的批判功能,而这一点恰恰被许多现代主义文学传播者视为新人道主义的合法性因素。

在1980年第5期的《外国文艺》上,发表了由中国学者翻译的萨特的《存在主义是一种人道主义》。这篇文章的翻译和发表,标志着存在主义思潮也加入了当时的人道主义大讨论。发生于1979—1980年间的人道主义大讨论,尽管主要是从马克思主义中汲取人道主义因子,但也有部分学者从存在主义中窥见了人性之光。正是出于对人道主义的渴望,萨特的《存在主义是一种人道主义》才备受瞩目。那么,萨特的《存在主义是一种人道主义》对于新时期初的人道主义大讨论而言究竟有何意义?这篇文章在存在主义文学的传播过程中,又起到了怎样的作用?

作为一篇具有自辩性质的文章,《存在主义是一种人道主义》实际上是萨特对于存在主义实践价值的肯定性论述。萨特的存在主义,因其把人类的存在状况归结为孤独和荒诞,故而受到了来自于基督教、共产主义者等多方面的严厉批判,存在主义被指责为安于绝望的"无为主义"。对此,萨特说:"我将尽量来答复这些不同的指责。这也就是我为什么把这短文题为'存在主义是一种人道主义'的理由。许多人对于我在这里提到

'人道主义'一词，可能会感到惊讶，但是我将试图寻出我们所
了解的意义。无论如何，我们一开始就可以说，存在主义乃是使
人生成为可能的一种学说；这种学说并宣称任何真理和行为都包
含着环境和人的主观性。"① 萨特首先称自己为"无神论的存在
主义者"，而"无神论的存在主义者"的主张是："如果上帝不
存在，那么至少有一种东西它的存在是先于它的本质的，它是在
可能被任何概念所界定以前就已存在了的，这样的东西，就是
人，也就是如海德格尔所说的人的实在性。"② 那么，人的"存
在先于本质"究竟是什么呢？萨特解释道："我们的意思是：人
首先存在着，首先碰到各种际遇，首先活动于这世界——然后，
开始限定了自己。若依存在主义者看来，一个人如果无法予以限
定，那是因为人在开始的时候还没有成为什么。只是到了后来，
他才成了某种东西，他才把自己创造成他所要成为的东西。因
此，就无所谓人的天性，因为没有上帝来给予它一个概念。人赤
裸裸地存在着，他之赤裸裸并不是他自己所想象的，而是他是他
自己所意欲的——他跃进存在之后，他才意欲自己成为什么东
西。人除了自我塑造之外，什么也不是。这是存在主义的第一个
原则。也就是人们称它为主体性（subjectivity）。"③ 在此基础上，
萨特进一步解释说："然而，假如存在先于本质是真实的话，人
就要对他自己负责。因此，存在主义的第一个作用是它使每一个
人主宰他自己，把他存在的责任全然放在他自己的肩膀上。由
是，当我们说人对他的本质负责时，我们并不只是说他对他个人

---

① ［法］萨特：《存在主义是一种人道主义》，周煦良译，《外国文艺》1980 年第 5
期。
② 同上。
③ 同上。

负责而已,而是对所有的人负责。'主体论'具有两种意义,而我们的反对者只是接触到其中的一个而已。主体论一方面是指个人主体的自由,另一方面则指人是无法超越人类的主体性。后者才是存在主义比较深层的意义。"① 这就意味着萨特所说的存在主义,实质上是一种强调人的主体性和创造性的哲学主张,它反对一切对于人的先验的历史和现实设定:"假如上帝不存在,也就没有任何价值或命令给予我们以规范我们的行为。因此,在我们的前后都没有一个光辉的价值领域,都没有任何理由或借口。我们孑然孤立,没有任何理由可寻。这就是我所谓的人是被注定为自由的意义。说是被注定,乃由于人并不会创造自己,然而又是自由的,自从人被抛进这个世界,他就要对他所做的任何事情负责。存在主义者不相信热情的力量。他不同意一往向前的热情是决定性的引导人们于行动的一道急流,因而就可以把它作为人的一种托词。他认为一个人对于自己的热情也应该负责。存在主义者不认为一个人可以借发现什么预兆,去帮助他决定未来行动的方向。因为他认为一个人在选择的时候,就自行解释了这预兆。所以他认为每一个人,无须任何的支持或援助,人,是时时刻刻都注定要去创造自己的。"② 从萨特的解释中,可以看到他所谓的存在主义,由于强调了人的主体性和创造性,认为"没有任何价值或命令给予我们以规范我们的行为",因而是一种"人道主义"。这一观点对于新时期初的中国学者而言,显然具有十分重要的参考价值。因为在中国学者看来,存在主义所具有

---

① 〔法〕萨特:《存在主义是一种人道主义》,周煦良译,《外国文艺》1980 年第 5 期。

② 同上。

的这种"人道主义"，因其对人之主体性和创造性的强调，故而
十分有利于批判"文化大革命"中的个人崇拜和政治迷信。因
此，萨特的《存在主义是一种人道主义》一被介绍进来，便成
为新时期初中国学者在进行思想解放运动时一个非常有力的启蒙
武器。

　　与此同时，为强化存在主义的这种人道主义性质，中国学者
还以简化存在主义的方式彰显其人道主义品格。他们把萨特复杂
的存在主义思潮简化为"存在先于本质"、"自由选择"等几个
核心命题，认为"它强调了个体的自由创造性、主观能动性，
这就大大优越于命定论、宿命论；它把人的存在归结为这种自主
的选择和创造，这充实了人类的存在的积极内容，大大优越于那
种怠惰寄生的哲学和依靠神仙皇帝的消极处世态度；它把自主的
选择和创造作为决定人的本质的条件，也有助于人为获得优秀的
本质而做出主观的努力，不失为人生道路上一种可取的动力。"[①]
这段评论中提及的"命定论"和"宿命论"无疑与"文化大革
命"的"血统论"属于同一语义系统。肯定存在主义的"存在
先于本质"论和"自由选择"论，便隐含着反对"文化大革命"
"血统论"（命定论）的人道主义性质，正是在这个层面上，"存
在主义是一种人道主义"的命题获得了积极的启蒙功能。事实
证明，唯有推论出存在主义文学所具备的启蒙合法性，才能使其
获得广泛而坚实的民间思想支持。在反思"文化大革命"、呼唤
人性的思想启蒙运动中，存在主义文学最终成为人们表达"文
化大革命"异化梦魇、批判阶级决定论的思想武器。

---

　　① 柳鸣九：《现当代资产阶级文学评价的几个问题》，《外国文学研究》1979
年第 1、2 期。

　　不过在中国知识分子看来，若想促进存在主义文学在中国大陆的传播，仅仅具备民间思想的支持还远远不够，除非在意识形态层面证明其合法性，才能真正推进存在主义文学的广泛传播。因此，中国知识分子在讨论存在主义文学的人道主义属性时，也充分重视对其意识形态合法性的证明。

　　饶有意味的是，尽管对于存在主义文学的人道主义属性认识歧义丛生，但中国知识分子却在理解其意识形态的合法性方面殊途同归。以柳鸣九为代表，萨特的存在主义文学被看做一种资产阶级上升时期的人道主义思想的延续，即启蒙—理性的人道主义；而刘放桐却认为存在主义是一种"新人道主义"，其实质是对柳鸣九所谓的"资产阶级上升时期的人道主义"的反拨。尽管这两种观点南辕北辙，但它们却都在中国知识分子的语言游戏中，成为论证存在主义文学意识形态合法性的有力论据。

　　按照柳鸣九的理解，萨特的存在主义是一种资产阶级上升时期的人道主义思想的延续，他说："资产阶级上升时期的思想家不少人都赞颂过人的力量、人的创造性、人的开拓精神，人是世界的主人。法国18世纪一位启蒙作家这样满怀热情地写道：'凭着他的智慧，许多动物被驯服了；凭着他的劳动，沼泽被踏平、江河被防治、险滩被消灭、森林被开发、荒原被耕作……一个新大陆被发现，千千万万孤立的陆地是置于他的掌握之中……'我们从萨特对于存在主义的解释中，难道不能听到资产阶级上升时期思想家这类论述的某种余音？"① 由此推断，柳鸣九认为萨特的存在主义属于正统的资产阶级人道主义，也就是

---

　　① 柳鸣九：《现当代资产阶级文学评价的几个问题》，《外国文学研究》1979年第1、2期。

西欧自文艺复兴和启蒙运动以来所形成的启蒙—理性的人道主义，它以康德的名言"人是目的，而绝不能是手段"为其最高成就。尽管在中国当代社会，启蒙—理性的人道主义传统因其资产阶级语境一度被视为"温情脉脉的资产阶级面纱"而屡遭批判，但它对人类自由精神的弘扬，却暗合了新时期初呼唤人性与正义的思想启蒙运动。更为重要的是，柳鸣九将存在主义文学整合到启蒙—理性人道主义传统中去的真正目的，固然是出于论证存在主义文学启蒙合法性的需要，但通过这一方式，柳鸣九同样也能论证存在主义文学的意识形态合法性，因为启蒙—理性的人道主义实则是封建主义的天敌，它所具有的反封建功能，恰恰是意识形态在进行社会主义现代化建设时必不可少的思想资源。因此，在谈论萨特的政治立场时，柳鸣九极力强调萨特的反封建性，目的就是要论证萨特的政治正确，而政治正确无疑是萨特及其存在主义文学具有意识形态合法性的有力证明。在这个意义上说，柳鸣九论证存在主义文学的启蒙—理性人道主义属性，本身就是对存在主义文学意识形态合法性的确认。不过话说回来，尽管柳鸣九的传播策略可以为存在主义文学的传播打开意识形态壁垒，但却严重误读了萨特的存在主义。实际上，西方的人道主义思想在20世纪已经发生了一个显著转变，这一转变正如前文所述，是一种对于"启蒙—理性人道主义"的反动，它被部分中国学者称之为"新人道主义"。而萨特的存在主义正是这一"新人道主义"的集大成者。换句话说，萨特存在主义并非如柳鸣九所说的那样，是启蒙—理性人道主义的余绪，相反，萨特的人道主义与启蒙—理性人道主义的乐观向上不同，它是建立在世界的荒诞性和人生的无意义这样一个基础之上的。只不过萨特并不因此认为人就应该无所作为，而是在"使人生成为可能"的意

义上,将存在主义称为"人道主义"。因此,萨特实际上借助对
人非理性世界的探询,用存在主义这一"新人道主义"批判了
启蒙—理性的人道主义,亦即柳鸣九所说的资产阶级上升时期的
人道主义,它在当时被中国学者称之为资产阶级的人道主义。①

　　与柳鸣九不同,部分中国学者如刘放桐等人就看到了萨特的
存在主义对于启蒙—理性人道主义的反拨。在《存在主义与文
学》一文中,刘放桐认为,萨特的存在主义是反理性主义的:
"作为萨特人道主义基础的人正是敌视外部客观世界、社会和他
人的人,是对周围一切感到厌倦、恐惧、迷惘的人,是对现实采
取极端虚无主义态度的人,一句话,是非理性的人。"据此,刘
放桐总结道:萨特存在主义中的人道主义"与古典资产阶级人
道主义对人的那种充满信念、乐观的描述是迥然有别的"。② 然
而,在刘放桐看来,存在主义文学却是一种反启蒙—理性传统的
"新人道主义"。他将 20 世纪以来的存在主义的人道主义和实用
主义的人道主义、西方马克思主义的人道主义等均称为"新人
道主义"。这些新人道主义批判和否定了自文艺复兴以来的启蒙
—理性的人道主义思想,"要求恢复被理性主义所压抑和沉沦
(也就是'异化')了的人性"。他认为新人道主义集中反映了
20 世纪的非理性主义潮流,"要剥去压抑和歪曲人的本质的物质
和精神(理性)以及社会等'虚伪的'外壳,回复到人的原始
的、独特的、内在的本性"。③ 值得注意的是,如果剥离了人的
社会属性,那么新人道主义就有可能被贴上唯心主义的标签。但

---

　　① 柳鸣九:《现当代资产阶级文学评价的几个问题》,《外国文学研究》1979
年第 1、2 期。
　　② 刘放桐:《存在主义与文学》,《文艺报》1982 年第 8 期。
　　③ 同上。

在评价新人道主义时，刘放桐却巧妙绕开了"唯心/唯物"的二元对立，转而在新人道主义的批判功能上大做文章。在他看来，新人道主义的颇可观瞻之处，就是对资产阶级人道主义，亦即启蒙—理性人道主义虚伪性的批判。由于萨特的存在主义"与古典资产阶级人道主义对人的那种充满信念、乐观的描述是迥然有别的"，[①] 因此，存在主义文学本身就是新人道主义的集大成者，它对于启蒙—理性人道主义传统的批判，正暗合了社会主义意识形态维护自身权威、批判资产阶级人道主义的需要。在这个意义上，刘放桐认为存在主义作为新人道主义的重要流派，具有一种间接维护社会主义意识形态的思想功能。因此，存在主义文学也相应地具备了意识形态合法性。

由上述观点可以看到，尽管柳鸣九和刘放桐等人在认识存在主义文学的人道主义属性方面存有分歧，但他们通过语言游戏，为存在主义文学争取意识形态合法性的努力却不言自明：柳鸣九将存在主义文学整合到启蒙—理性人道主义传统中去的目的，是想在反封建角度为传播存在主义文学获取意识形态合法性；而刘放桐对存在主义文学"新人道主义"性质的界定，则是利用新人道主义对资产阶级人道主义的批判功能，赋予存在主义文学一种间接维护意识形态权威的话语功能。因此，从柳鸣九和刘放桐的语言游戏中，充分可见中国知识分子推进存在主义文学传播的主观意图和叙述策略。

其实，中国学者对于萨特的《存在主义是一种人道主义》在认识上的差异，只不过是当时西方现代主义文学传播过程中的一个典型例证。在新时期初，由于人们对西方人道主义的认识并

---

① 刘放桐：《存在主义与文学》，《文艺报》1982 年第 8 期。

不完全一致,因此这种认识上的分歧最终导致了两个结果:一是将西方现代主义文学中的人道主义,如萨特的存在主义理解为西欧文艺复兴以来的启蒙—理性的人道主义,由此出发,呼吁被"文化大革命"所遗弃的人性与人道;二是视西方现代主义文学中的"新人道主义"为反启蒙—理性的人道主义,并在此基础上捍卫马克思主义的人道主义,批判西方启蒙—理性的人道主义,亦即资产阶级的人道主义。饶有意味的是,无论中国学者怎样理解萨特的存在主义是一种人道主义,都体现了萨特人道主义的某些合法性:柳鸣九试图将萨特的存在主义整合到思想启蒙运动中,使其充分发挥资产阶级上升时期的人道主义,亦即启蒙—理性人道主义尊重个人主体性和创造性的先天优势,进而凭借启蒙话语赋予的合法性传播存在主义;刘放桐则试图通过对萨特存在主义"新人道主义"性质的界定,使其在批判"温情脉脉"的资产阶级人道主义,亦即启蒙—理性人道主义的过程中,赋予其间接维护社会主义意识形态和马克思主义人道主义权威性的合法性依据,进而实现对存在主义文学的传播。因此,不论中国学者从哪个角度去理解存在主义,都从客观上体现了他们传播存在主义的主观意图。

七

综上所述,从本章对于西方现代主义文学传播策略的研究中可以见到,出于一种传播西方现代主义文学的考虑,中国学者必须为西方现代主义文学赋予一种由马克思主义所许可的合法性依据。为实现这一目的,中国这些西方现代主义文学的传播者们大多采用了一种思想误读的传播策略。他们首先立足于马克思主义的原典著作，从马克思在《〈政治经济学批判〉导言》中提出的"物质生产的发展同艺术生产的不平衡关系"的论点出发，认为西方现代主义文学尽管诞生于20世纪"垂死"与"腐朽"的帝国主义阶段，但依据"物质生产的发展同艺术生产的不平衡关系"，西方现代主义文学仍有其进步性。这一进步性被中国学者概括为"表现了资本主义文明的危机"，是"资本主义社会现实的反映"，它"揭示了资本主义社会的某些阴暗面和矛盾"。因此，"把一个时代的文学与那个时代或那个时代的一个阶级的历史地位完全等同起来，是完全站不住脚的"。① 从本章的研究结果来看，中国学者对于马克思主义的"物质生产的发展同艺术生产的不平衡关系"的理解有绝对化之嫌：因为马克思所谓的这种不平衡关系并非一种文学艺术发展的绝对规律。在马克思主义看来，物质生产决定艺术生产的发展水平才是"存在决定意识"的唯物主义普遍规律，精神生产、艺术生产的发展与物质生产、社会一般发展的关系是微观渐趋不平衡和宏观渐趋平衡的统一，但不可能是绝对平衡。据此可以看到，在新时期初的现代主义文学传播浪潮中，中国学者为了赋予西方现代主义文学的合法性，将马克思主义有关"物质生产的发展同艺术生产的不平衡关系"论点绝对化，从而为西方现代主义文学的传播寻找到了一个源自马克思主义的合法性依据。

其次，为在理论层面上切实解决西方现代主义文学和马克思主义的关系，进而为现代主义文学的传播寻找马克思主义许可的合法性依据，中国学者在包括哲学、历史、文学等整个人文社会

---

① 陈焜：《漫评西方现代文学》，《春风译丛》1981年第4期。

科学领域内展开了关于马克思主义和西方现代主义关系的讨论。从 20 世纪 70 年代末有关马克思主义和西方现代主义的比较中，中国学者集中讨论了异化和人道主义这两个与西方现代主义文学的传播密切相关的话题。在他们看来，如果西方现代主义文学中的异化和人道主义思想与马克思主义之间具有一种共通性的话，那么西方现代主义文学的传播就会获得一种由马克思主义所许可的合法性。因此，中国学者便致力于从异化和人道主义问题中寻找西方现代主义文学和马克思主义的共通性。

在异化问题方面，中国学者认为西方现代主义文学的异化思想深受马克思主义异化观的重大影响，并且可以为无产阶级坚持并发展马克思主义的异化观有所助益。正是在这个意义上，中国学者在介绍所谓的西方异化文学时，坚持从马克思主义的异化观出发，具体阐明了其对西方异化文学的影响。而中国学者更通过这一影响所提供的合法性依据，在对中国社会异化现象的分析中表达了传播西方现代主义文学的必要性：那就是传播西方现代主义文学不仅有助于坚持和发展马克思的异化观，甚至还可以帮助我们认识中国社会的异化现象。在此基础上，西方现代主义文学的传播便获得了一种由马克思主义所许可的合法依据。

而在人道主义问题方面，中国学者则致力于梳理西方现代主义文学中的人道主义思想和马克思主义人道主义的共通性。但这一比较的前提却是马克思主义具有一种人道主义的内涵。因此，中国学者在进行西方现代主义文学和马克思主义的人道主义比较时，首先依据马克思的《1844 年经济学—哲学手稿》和其他马克思主义的原典著作，论证了马克思主义也是一种人道主义。与此同时，中国学者还通过对西方人道主义思想的流变，梳理出了两条人道主义思想潮流：一是自西欧文艺复兴和启蒙运动以来就形成的启蒙—理性的人道主义传统，这一传统在新时期初被称之为"资产阶级人道主义"；二是西方现代主义文学中的"新人道主义"，这一人道主义潮流具有批判资产阶级人道主义，亦即启蒙—理性人道主义传统的"进步性"。这里所谓的进步性，是指西方现代主义文学中的"新人道主义"，通过批判资产阶级人道主义（启蒙—理性人道主义），与同样批判资产阶级人道主义的马克思主义人道主义相合流。因此，西方现代主义文学中的"新人道主义"就具有间接维护社会主义意识形态权威和马克思主义人道主义的功能。从这个意义上说，由于中国学者将"温情脉脉"的资产阶级人道主义树立成了西方现代主义文学的"新人道主义"和马克思主义人道主义的共同敌人，因此使得西方现代主义文学的"新人道主义"获得了一种由马克思主义人道主义所赋予的合法性，进而促进了西方现代主义文学的传播。

　　总之，中国学者在传播西方现代主义文学时，充分利用了马克思主义的原典著作，在马克思主义的"物质生产的发展同艺术生产的不平衡关系"、马克思主义的异化观，以及马克思主义的人道主义等方面发掘出了西方现代主义文学传播的合法性依据，进而充分展示了新时期初中国学者依据马克思主义传播西方现代主义文学的传播策略。

第四章

美学误读:西方现代主义文学的现实主义化

一

在西方现代主义文学的传播过程中，中国学者从现代主义与现实主义的关系出发，在文学创作的技巧层面肯定现代主义文学的创作方法，同时刻意混淆现代主义和现实主义之间的美学差别，将西方现代主义文学现实主义化。他们希冀通过这一方式促进现代主义文学在中国大陆的传播。因此，将现代主义文学现实主义化，无疑是新时期初中国学者所采用的又一重要传播策略。从本质上说，这一传播策略实际上是一种美学误读。尽管在将西方现代主义文学现实主义化的阐释过程中，许多中国学者都不局限于美学层面的创造性误读，但他们所有阐释行为的最终指向，却都与现代主义和现实主义这两种文学思潮的美学规范问题息息相关。而促使这一传播策略出现的历史原因，则取决于现实主义文学主潮的意识形态属性。由于当代中国的现实主义文学以马克思历史唯物主义为哲学基础，因此这一文学潮流先天就具备意识形态的合法性。由此，取消现代主义与现实主义文学之间的对立和差异，便意味着清除现代主义文学中的反意识形态因素，进而为其在中国大陆的广泛传播争取社会主义的意识形态合法性。本章通过对现代主义文学传播实例的考察，试图探询中国知识分子将现代主义文学现实主义化的传播策略，也希冀从中一窥知识的文化旅行究竟具有怎样的意义衍变。那么，中国学者是如何通过美学误读的传播策略，将现代主义文学现实主义化的呢？

事实上，自西方现代主义文艺思潮传入中国大陆之日起，它就被常常拿来与现实主义文学做对比，而比较的结果，又常常淡化了现代主义文学自身的美学特质，由此自会令两者之间的关系混淆难辨。若细加追究，则造成这一混乱局面的原因或多或少都与中国知识分子的美学误读相关。值得注意的是，一些中国知识分子的误读行为并不代表他们对于现代主义文学美学规范的陌生，恰恰相反，他们正是在融合本土现实主义文学新变的基础上，试图通过对西方现代主义文学的美学误读，为现代主义的传播寻求一种源于现实主义文学的合法性依据。因此，尽管现代主义与现实主义在美学观念上存有巨大差别，但一些中国学者却希冀调和这两者之间的美学差异，并力求在一种历史主义的发展观中，去论证西方现代主义文学的合法性。而这一误读方式的便利之处，就在于历史主义自身所具有的先验合法性。由于历史主义强调以发展的眼光去看待认识对象，因此历史主义者往往将唯物辩证法视为自身的认识论。由此视角出发，显然可将现代主义文学看做现实主义的新发展。直至 1986 年，在西方现代主义文学已获得广泛传播的历史时期，仍有许多中国学者以这种历史主义的眼光去评判现代主义文学。这一年，《北京文学》编辑部邀请了部分在京的文艺理论工作者，举行了一次"现实主义及其发展"的专题讨论会。会上许多学者的观点，恰恰说明了他们对于现代主义和现实主义关系的历史主义态度。李陀在会上指出，现实主义的一个重大发展就是现实主义自身的多元化。他认为现实主义在国外已分裂出魔幻现实主义、心理现实主义、结构现实主义等多种形态，中国也正在面临着这个问题。因此，对现实主义不仅要做发生学的研究，还要做形态学的研究。此外，中国的现实主义正处于从 19 世纪的古典现实主义概念向现代的现实主义过渡的时期。现实主义已失去了唯一正确的正统地位，这对它"在同形形色色的创作方法的竞争中发现自身的局限而言未尝不是一件好事"。[①]

如果按李陀的叙事逻辑，那么由（19）85 新潮所推动、演化和形成的中国文学多元化格局，就主要归功于"现实主义的发展"。而这也意味着在（19）85 新潮中风行一时的现代主义文学，只不过是现实主义文学的多元化表征，现代主义成了李陀所谓的现实主义文学多元化的产物。此处需要辨析的一个问题是，现实主义的多元化究竟是动力，还是结果？换句话说，是现实主义文学的多元化催生了现代主义？还是现代主义的广泛传播造成了现实主义文学的多元化？如果抛开中国学者在现实主义发展观背后所隐含的历史主义认知方式，联系 20 世纪 80 年代中期以来的文学革新浪潮，就可发现所谓的现实主义多元化，实际上正是现代主义文学传播的结果，是包括朦胧诗、先锋小说在内的现代主义文学实践改变了中国大陆的文学格局，甚至还深深影响了传统现实主义文学的基本观念和表现方法。既然如此，那为何不干脆说当代文学格局的变化，是现代主义和现实主义等不同文艺思

---

① 参见《北京文学》编辑部《现实主义在发展，创作方法在丰富——本刊举行"现实主义及其发展"座谈会》，《北京文学》1986 年第 7 期。

潮多元共生的结果呢？为什么要将现代主义对于中国大陆文学的显在影响归结为现实主义的多元化？凡此种种，均牵涉到了新时期初西方现代主义文学的传播策略问题。

在 20 世纪 70 年代末西方现代主义文学的传播运动中，有一种现象较为普遍，那就是译介现代主义文学的中国学者常常通过有意无意地误读，将西方现代主义文学现实主义化：他们往往在现代主义和现实主义文学之间寻找共同点，有时甚至刻意混淆现代主义文学的美学特质，将它解释成为一种开放的现实主义文学，据此为西方现代主义文学的传播寻找一种源于现实主义文学的合法性依据。其实造成这种情况的原因不难理解，现实主义作为当时的文学主潮，其哲学基础是马克思主义的历史唯物主义，它与意识形态话语在本质上具有同一性，因此，取消现代主义与现实主义的对立性和差异性，就意味着清除现代主义文学中的反意识形态因素，进而为它自身的广泛传播获取意识形态许可的合法性因素。

在《外国文学动态》1980 年第 1 期上，登载了一篇名为《苏联社会主义现实主义理论的新阶段》的文章，其中介绍了 20 世纪 70 年代以来苏联社会主义现实主义理论的新发展。文章称"以苏奇科夫和马尔科夫为代表的"学派认为，"社会主义现实主义是'真实地描写生活的历史的开放体系'"，"在艺术中达到审美效果的手段和方式是多种多样的，其中包括非现实主义的手段和方式"，"所谓开放性，对社会主义现实主义来说，就是'客观地认识不断发展的现实生活是没有界限的，题材的选材是没有限制的，因而表现生活的真实的艺术手段也是没有限制的'"。这些论点将现实主义的创作方法视为一种开放体系，从理论上将现实主义变成了"无边的现实主义"，它的涵盖范围相当广泛。在这个意义上，现代主义文学中的创作方法，诸如意识流、心理分析、荒诞描写等都可以纳入这一无所不包的体系，以至于有学者将新时期文学中的现代主义文学理解为"心理现实主义"、"生命现实主义"、"象征现实主义"等以"现实主义"冠名的文学流派。对于 20 世纪七八十年代之交的现代主义文学介绍者而言，这种现实主义理论符合了他们的传播策略，"现代主义和现实主义构不成一对矛盾"的理论提法在当时并不少见，"真正有价值的'现代主义'作品也是'反映'现实的，其中往往也有广义的现实主义，也有广义的浪漫主义"，① "苏联文学的赞美机器，歌颂集体，讴歌社会主义的未来美景，西欧文学的歌颂大都市、摩天大楼，强调个人，分析潜在意识，这一切五光十色的新型文学，都是属于现代主义"。② 在这里，现实主义与现代主义似乎达成了一致，做出这种判断的卞之琳、施蛰存都是三四十年代现代主义文学的实践者，他们的说法也因此更具影响力。

同时，为了更进一步肯定西方现代主义文学，中国学者还借助经典现实主义作家对于现代主义文学的评价，去发掘蕴涵于西方现代主义文学中的某些被现实主义作家所许可的合法性依据。如中国学者就曾经参考了高尔基对于西方现代主义文学的某些肯定意见，并据此推断出了西方现代主义文学在创作技巧层面的进步性。高尔基曾于 1913 年在写给德·尼·谢苗诺夫斯基的信中谈到了西方现代主义文学。他说："不用说，小儿病在我国的现在的条件下是一定会害上的，但是像模仿——哪怕是不由自主地

---

① 卞之琳：《现代主义和现实主义构不成一对矛盾》，《读书》1983 年第 5 期。
② 施蛰存：《关于"现代派"一席谈》，《文汇报》1983 年 10 月 18 日。

模仿——现代主义这样的流行病，是可以想办法避免的。因为现代主义在我国并不是如通常所设想的那样受到人们的重视的。"①高尔基在信中提到的"现代主义"，是指"十九世纪末和二十世纪初同现实主义相对抗的各种文学流派。在许多场合下，他用'颓废派'这个术语。就所论及的文学现象、作家、创作风格来看，高尔基是把现代主义和颓废派视为一体的。到了后期，他又用形式主义这个术语来论述这些流派"。② 如果仅从上文来看，高尔基对于现代主义文学无疑是持否定态度的。事实上，高尔基在《保尔·魏伦和颓废派》（1896）、《还是一名诗人》（1896）、《文学札记》（1900）、《论未来主义》（1905）等文章中均对西方现代主义文学做出了批判性的结论，他严厉批判了西方现代主义文学中存在的悲观主义、唯心主义、神秘论和个人主义等思想，并指责"脱离现实"的现代主义文学仅仅是为了"掩饰心灵的空虚与贫乏"，等等。③ 作为一位经典现实主义作家，高尔基必然会反对现代主义文学中有悖于马克思主义世界观和认识论的创作因素，但这并不代表高尔基对于现代主义文学的态度就是全盘否定。中国学者在谈到这一问题时特别指出，高尔基在1931年写信给女诗人拉丽莎·巴雷舍娃的信中指出："您还不太了解勃柳索夫、勃洛克等（19世纪）九十年代到二十世纪最初十年诗人所锻炼出来的诗歌语言。在我们这个时代，不依靠这种语言来写诗几乎是不行的。"④ 信中提到的勃柳索夫、勃洛克等人均为现代主义诗人。据此，中国学者认为高尔基"对现代派

---

① 转引自白嗣宏《高尔基论现代主义》，《外国文学研究》1981年第3期。
② 白嗣宏：《高尔基论现代主义》，《外国文学研究》1981年第3期。
③ 同上。
④ 同上。

的态度，除了批评的一面以外，还有肯定的一面。作为一种资产阶级社会主义文化危机的产物、作为一种文艺倾向，现代主义遭到了高尔基的严厉批评。但是，如果把高尔基对现代主义的态度仅仅局限于这一方面，是不公正的"。① 可见高尔基对于现代主义的态度除了批判，还有肯定。那么按中国学者的理解，高尔基肯定了现代主义文学的哪些因素呢？从高尔基对于现代主义文学的各种评论中，可以看到他从唯物辩证法出发，在批判现代主义的同时，高度肯定了现代主义文学的创作技巧："他对现代派作家的艺术技巧一贯是称赞的，而且建议青年作家学习他们驾驭语言的能力。"高尔基在肯定现代派作家的才华时，认为巴尔蒙特和勃柳索夫"使诗歌在形式、技巧上丰富起来"，巴尔蒙特"固然是一个颓废派，可是他把语言掌握得好极了。语言就是文学的武器，正如步枪是士兵的武器一样"。正因如此，尽管高尔基并不喜欢索洛古勃这个人，但也承认他"确实是一个出色的诗人"，"一个才华横溢的诗人"。在对索洛古勃作品中所宣扬的思想持批判态度外，高尔基着重肯定了索洛古勃作品的形式魅力。他说："我认为您的作品《炽烈的圆圈》是形式方面的典范，我常常向初学写作者推荐这本书，认为它在形式方面是极有教育的。"② 至于西方表现主义戏剧大师斯特林堡，高尔基更是推崇备至。他在评价斯特林堡时说："这是一个伟大的人物，他的心灵是勇敢的，他的头脑是清晰的，他不掩饰自己的恨，也不隐匿自己的爱。我认为，现代的牲畜们因为他是会整夜睡不着的。他

---

① 白嗣宏：《高尔基论现代主义》，《外国文学研究》1981 年第 3 期。
② 同上。

是一个心灵伟大的人物。"① 可见高尔基对于现代主义文学的态度也较为复杂。他在严厉批判现代主义文学思想内容的同时，也肯定了现代主义文学的艺术实验。在这种"一分为二"的认识方式中，现代主义文学必然会获得现实主义者一定程度的认可。中国学者援引高尔基对于现代主义文学的评语，无非是想说明这样一个道理，即在经典现实主义作家的眼中，西方现代主义文学因其在形式方面的有益探索，同样有助于促进现实主义文学的发展。由此可见，在文学的技巧层面肯定现代主义文学的创作方法，并将其与现实主义文学的发展联系起来考察，是中国学者传播西方现代主义文学的重要策略。

不过在许多中国学者看来，尽管现代主义和现实主义构不成一种矛盾，但这种单纯从技巧层面肯定现代主义文学的传播策略，显然不足以真正促进现代主义文学的传播。原因就在于，如果一味强调现代主义文学在创作技巧层面的合理性，势必会让现代主义文学的影响力仅仅局限于纯文学领域，如此结果自然有悖于中国学者借此实施思想启蒙的传播初衷。为了让西方现代主义文学的传播范围不断扩大，就有必要从思想内容层面进一步肯定现代主义文学。但这一问题显然非常棘手，既然现代主义文学隶属于资产阶级意识形态，那么中国学者们又如何肯定这种过去被视为"反动"的文艺思想呢？他们所使用的传播策略就是将西方现代主义文学现实主义化。如果西方现代主义文学与中国的现实主义文学在思想内容方面不谋而合的话，那么陌生新奇的现代主义文学就有可能被熟悉现实主义文学的中国读者所接受。大致从 20 世纪 70 年代后期开始，中国学者借助美学误读的传播策

---

① 转引自白嗣宏《高尔基论现代主义》，《外国文学研究》1981 年第 3 期。

略，试图将西方现代主义文学现实主义化。在具体分析这一传播策略之前，有必要简单梳理一下现代主义和现实主义之间的诸多差别。

由于文化语境和文学传统的差异，西方现代主义文学与中国现实主义文学无论在表现对象、思想内容还是艺术形式方面都存有鸿沟。仅就西方现代主义文学的发展而言，它虽然是资本主义垄断时代的产物，但却并不以表现资本主义社会的历史进程为己任。与现实主义文学对社会历史的宏大再现相比，现代主义文学更关心人类生存境遇的精神命题。自19世纪末期以来，西方社会科学技术飞速发展，工业化程度不断提高，资本主义文明也进入一个新的发展阶段。然而伴随着这一历史过程，人类社会却付出了巨大代价。尤其是两次世界大战的烟云，无情地毁灭了人类的尊严和生存权利。战后频繁发生的经济危机和冷战局势，使西方各国的社会问题层出不穷。人与人、人与社会、人与自然，以及人与自我，均失去了和谐存在的必然性基础。人们面对的是一个动荡不安的社会环境，文明的发展日益与人的生存现实相对立，以理性主义为基础的西方价值观受到怀疑。基于这样一个社会现实，现代主义文学转向了人类内部幽暗的精神世界，它探讨人被现实社会异化后的生存困境，关注上帝死亡之后人生意义的虚化，表达着对于人类置身其间的精神荒原的无奈。因此，现代主义文学尽管也部分表现了西方资本主义社会的文明危机，但它对于人类精神世界的探询，却从根本上与再现社会历史进程的中国现实主义文学相去甚远。至于现代主义文学的艺术特征，则更加与现实主义文学截然不同，如现代主义文学对文学真实观的重新阐释、作品存有的主题深度模式、人物个性化特征的消失和作品结构中因果逻辑关系的拆解，等等，处处体现了现代主义文学对于现实主义文学观念的反拨。既然现代主义和现实主义文学差别如此之大，那么，中国学者又是怎样将现代主义文学现实主义化的呢？

若细致辨析中国学者在新时期初写下的现代主义译介文本，就会发现当时的传播者普遍以反映论的思维模式去认识现代主义文学。尽管表述方式不尽相同，但现代主义文学的介绍者们都认为西方现代主义文学是"反映"现代西方资本主义社会现实的文学流派，它反映了"分崩离析的现代西方资本主义社会里个人与社会、个人与他人、个人和物质、自然和个人与自我之间的畸形关系，以及由此产生的精神创伤、变态心理、悲观绝望情绪和虚无主义思想"。① 很明显，将西方现代主义文学对资本主义社会现实的反映置于对人类精神困境的表现之上，无疑会使西方现代主义文学获得一种认识西方社会历史进程的再现功能。在这种介绍方式中，西方现代主义文学变成了一面认识资本主义社会的镜子，它也因此具有了一种现实主义的反映论特性。循此观念，中国学者在介绍西方现代主义文学时便往往会做出这样一种判断，即"大多数西方现代派作家虽说以象征手法为主，（但）目的还是在反映现实生活，只是侧重从内心世界来写"。② 这就意味着现代主义文学和现实主义文学在本质上都是反映现实生活的，只不过它们在反映现实生活的手法方面不尽相同。按照这种思维逻辑，中国学者批判了这样一种论断，即"贬低现代主义，把它笼统地斥为反浪漫主义或反现实主义，

---

① 袁可嘉：《欧美现代派文学概述》，《百科知识》1980 年第 1 期。
② 同上。

这是很不全面的"。[①] 因此，西方现代主义文学与现实主义文学在反映论层面的一致性，便使得西方现代主义文学获得了某些现实主义品格。

二

按前文所述，如果西方现代主义文学是反映资本主义社会现实的文学流派，那么在中国学者看来，许多现代派作家就自然而然地变成了现实主义作家。在这方面一个最突出的例子就是有关卡夫卡的传播个案，他在被介绍进中国时就曾经被视为一位现实主义作家。作为西方现代主义的文学大师，卡夫卡在小说中对人类异化境地的象征性描写，以及对人类普遍生存困境的深刻观照，历来就被视为一位经典的现代主义作家。但中国学者在介绍卡夫卡时，却按照反映论的思维模式，认为卡夫卡是一位真正再现了社会现实的现实主义作家，他的作品如"《审判》（1914）对奥匈帝国官僚制度的腐朽作了相当深刻的揭露"。[②] 甚至有中国学者援引西方马克思主义理论家卢卡契的说法，试图证明卡夫卡的现实主义作家身份："……然而卢卡契本人直到被捕的时候方才恍然大悟，意识到自己正经历着卡夫卡小说中描写的人的处境，深有感触地说'卡夫卡确实是一个现实主义作家。'"[③] 值得注意的是，尽管卢卡契称卡夫卡为

---

① 袁可嘉：《欧美现代派文学概述》，《百科知识》1980 年第 1 期。
② 同上。
③ 李士勋、舒昌善：《表现主义》，《作品与争鸣》1981 年第 4 期。

现实主义作家，但他所理解的"现实"观念显然和中国学者的理解有所不同。在中国的现实主义文学传统中，现实通常指向的都是我们置身其间的所谓的客观现实，它不仅包含了物质世界，亦指涉着本质、规律等历史理性主义思想因素。在 20 世纪 80 年代中期以前，中国的现实主义文学在庸俗社会学和机械唯物论的影响下，一味强调对客观现实的再现，不仅使文学一度沦为历史的附庸，而且还遗忘了对人物内心世界，亦即心灵现实的关注。在此背景下，卡夫卡小说对人类心灵现实异化现象的描写，显然与中国当代文学对客观现实的再现截然不同。而对于卢卡契而言，当他经历了残酷现实的磨难之后，从疲惫不堪而又支离破碎的生命体验出发，自然会对于卡夫卡小说中有关灵魂异化的描写产生深刻共鸣。但对于介绍卡夫卡的中国学者而言，这两种现实观念的差异显然无足轻重，他们只需证明卡夫卡是一位"现实主义作家"就已足够。实际上，卡夫卡在新时期初的各类介绍性文章中，同时还被看做一位表现主义作家。但由于卡夫卡的现实主义化，也使得表现主义文学在部分程度上被现实主义化了。如有中国学者在概括表现主义的基本特征时认为，表现主义主张"艺术应当干预生活"。他们援引表现主义诗人巴尔的话说"新的艺术应当'使社会从极端的阴谋和权力的统一之中得到复兴'。"① 在这种说法中，表现主义实际上具有了两种现实主义性质：一是对生活的干预；二是让文学承担改造社会专制局面的功能。这两点都与中国新时期初现实主义文学的使命较为接近。颇堪玩味的地方正在于此，"表现自我"这一表现主义的核心未被中国

---

① 李士勋、舒昌善：《表现主义》，《作品与争鸣》1981 年

而对其外在的社会改造功能给予了极大关注，由此自会通过掩盖作家的自我意识而将表现主义文学现实主义化。

与表现主义的传播个案相类似，中国学者在介绍和传播法国意识流作家普鲁斯特时，也借助美学误读对其进行了现实主义阐释。马塞尔·普鲁斯特（1871—1922）是法国意识流小说大师，生于奥特伊市，为家中长子。父亲是名医，母亲是犹太人，信仰罗马天主教。普鲁斯特在中学时代就开始写诗，也为报纸写过专栏文章。后入巴黎大学和政治科学学校钻研修辞与哲学，热衷于弗洛伊德的精神分析学和柏格森的直觉主义理论，并尝试将其运用到小说创作中。从 1892 年起开始发表短篇小说和随笔。1896 年，普鲁斯特将已发表过的十多篇作品收集成册，以《欢乐与时日》为题出版，法朗士为之作序。1896—1940 年，普鲁斯特撰写了长篇自传体小说《让·桑特依》，主要讲述自己的童年记忆，但直到 1952 年才得以出版。此外，普鲁斯特还翻译过英国美学家约翰·罗斯金的著作。1903—1905 年，普鲁斯特的父母先后去世，他开始闭门写作，除阐述美学观点的论文《驳圣·伯夫》以外，普鲁斯特将其毕生的精力，都倾注到了《追忆似水年华》的创作中。1912 年，他将小说前三部交给出版商，受到冷遇。1913 年，普鲁斯特自费出版了第 1 部《斯万之家》，但反应却很平淡。1919 年，小说第 2 部《在花枝招展的少女们身旁》由卡里玛出版社出版，并获龚古尔文学奖，普鲁斯特因此一举成名。1920—1921 年间，发表小说第 3 部《盖尔特之家》第 1、2 卷；1921—1922 年发表第 4 部《索多梅和戈莫勒》第 1、2 卷。作品的后半部第 5 部《女囚》（1923）、第 6 部《逃亡者或失踪的阿尔贝蒂娜》（1925）和第 7 部《过去韶光的重现》（1927），都是在作者去世后发表的。《追忆似水年华》共 15 册

3200 页，被誉为法国文学的代表作。1984 年 6 月，法国《读书》杂志公布了欧洲各地读者评选的欧洲 10 名 "最伟大作家"，普鲁斯特名列第 6，他的文学史地位于此可见一斑。

作为法国意识流文学的扛鼎之作，《追忆似水年华》不仅传达了普鲁斯特对人类意识世界的深刻叩问，亦充分显露出拒斥理性秩序的美学现代性追求。小说在故事情节方面没有连贯性，中间还经常插入作者的各种感想、议论和倒叙，语言独具风格，令人回味无穷。这部作品改变了世人对小说的传统观念，革新了小说的题材和写作技巧，普鲁斯特也因此作为意识流小说的开山鼻祖而名垂青史。但中国学者却以反映论为据，从中寻绎出了一套典型的现实主义文学规范："《追忆往昔》不仅细腻地描绘了人物的精神世界，并也刻画了人物所生活的社会。有人称它为二十世纪的《人间喜剧》型的社会画幅。但是《追忆往昔》只限于前后二十年左右的资产阶级上流社会的变迁，无论从社会阶级的多样复杂性还是从作品所蕴含的社会意义来看，《追忆往昔》都不足以与《人间喜剧》相抗衡。但是它却真切地反映了资产阶级高等社会的衰朽和没落，反映了生活在这个社会里的人们思想上的彷徨、苦闷、空虚以及其他种种病态的心理特征。从这一点上说，《追忆往昔》是资产阶级社会某些侧面的忠实写照。"[1] 倘若对这段评论稍加分析，便可注意到论者根深蒂固的现实主义观念：首先，该文作者按照反映论的思维模式，认为《追忆似水年华》实际上与巴尔扎克的《人间喜剧》一样，都是对资本主义社会的忠实写照。但与

---

　① 冯汉津：《法国意识流小说作家普鲁斯特及其〈追忆往昔〉》，《外国文学报道》1982 年第 5 期。

宏大的《人间喜剧》相比，《追忆似水年华》再现的社会场景仅仅局限于资本阶级的上流社会，它不像《人间喜剧》那样，是"资本主义社会的百科全书"。因此，《追忆似水年华》与《人间喜剧》无法抗衡。这一误读方法显然将《追忆似水年华》与现实主义的鸿篇巨制《人间喜剧》等量齐观。尽管它不如后者那样伟大，但却凭借对资产阶级上流社会的忠实写照而获得了一种现实主义品格。其次，该文作者还认为《追忆似水年华》在再现社会阶级的多样性和复杂性方面存有不足，这一观点明显没有摆脱此前阶级决定论的影响。按照现实主义者的理解，只有那些全面反映社会阶级构成和阶级斗争的作品才符合现实主义的最高标准。以此衡量，《追忆似水年华》显然有所不足。然而，尽管论者并未正确评价《追忆似水年华》的美学价值，但这种误读方式却在为作品赋予现实主义品格的同时获得了一种意识形态合法性。由这一传播策略可见，为达到传播西方现代主义文学的目的，中国学者往往通过美学误读的方式将现代主义文学现实主义化，由此获得的意识形态合法性，自然推进了现代主义文学在中国大陆的传播。

三

在将西方现代主义文学现实主义化的过程中，有关存在主义文学的介绍也颇堪玩味。袁可嘉在《欧美现代派文学概述》一文中称赞存在主义文学"敢于处理重大的政治社会题材"："既表达了对于人生存在价值的否定，也表现了以个体的选择和创造性活动来赋予生活以意义的积极精神。他们中的许多人曾经投身于法国抵抗运动，某些作品也反映了现实生活，支持了民主进步力量。"① 在这段评论中，袁可嘉对于存在主义文学的肯定，正是因为存在主义文学处理重大政治题材的做法符合了中国现实主义文学的一贯传统。就中国当代文学的现实主义传统而言，自20世纪40年代毛泽东发表《在延安文艺座谈会上的讲话》以后，在相当长的一段历史时期内，政治标准便成为衡量现实主义文学的唯一准绳。事实上，政治问题本应属于文学创作的"题材"范畴，它与家庭婚姻、爱情题材一样，都只不过是文学作品的表现对象，但在中国特殊的文学语境中，"政治标准第一，艺术标准第二"却始终影响着现实主义文学的创作。因此，肯定存在主义文学对政治题材的处理，无疑强化了存在主义文学和现实主义文学之间的联系。此外，认为存在主义文学是对当代西方社会真实写照的论点也比比皆是，这说明中国学者在介绍存在主义文学时，尽管也客观说明了存在主义文学对人类精神困境的描绘和荒诞恶心的生存体验，但他们却尤为看重存在主义文学的政治属性，这一做法无疑会在部分程度上将存在主义文学现实主义化。循此思路，萨特的文学观念也在被翻译和介绍的过程中被最大程度地现实主义化。

如果说肯定萨特生平活动与其创作之间的密切关联、说明其倾向性文学的现实主义属性还较为合理，那么刻意简化萨特思想的中国知识分子则在证明萨特反对"为艺术而艺术"的同时，进一步误读了萨特的现实主义品格。而这一推论的依据来自于萨特的著名论文《为何写作》。在《为何写作》的"译后记"中，译者认为萨特有关作品创作和阅读的分析，都不过是对"为艺

---

① 袁可嘉：《欧美现代派文学概述》，《百科知识》1980年第1期。

术而艺术"观点的反拨。[①] 然而，倘若细加分析，便可注意到萨特在该文中有关写作与阅读活动的分析，实有论证其存在主义哲学的主观意图。在萨特看来，"一切文学作品都是一种吁求。写作就是向读者提出吁求，要他把我通过语言所作的启示化为客观存在"。[②] 由此出发，萨特认为写作者向读者提出吁求的主要原因，就在于希望通过读者的自由阅读活动去"完成某种可能"的行为，写作的目的就是对读者存在自由性的某种确认过程。因此，像康德所谓艺术是"无目的的终结"显然并不恰当。通过对康德的反动，萨特其实在说明写作和阅读关系的过程中，再一次论证了人的自由选择（阅读行为本身就是一种人的自由选择）等存在主义哲学命题。这当中固然包含了反对"为艺术而艺术"的因素，但萨特对唯艺术论的批判，却不过是他在论证存在主义哲学过程中的一个附属产物。但在中国文学的传统语境中，由于为艺术而艺术历来与为人生的文学这一现实主义文学传统相对立，因此，假若能够证明萨特对唯艺术论的批判，就能在此二元对立的文学秩序中证明萨特的现实主义品格。在这个意义上说，中国学者对萨特《为何写作》一文的理解方式，依然体现了一种将萨特现实主义化的传播策略。那么，将萨特这篇纲领性文学论文现实主义化的真实意图究竟是什么呢？如果综合中国学者的诸多论断，就可发现这一阐释策略的最终目的，仍是为了论证萨特的"政治正确"。

在《〈萨特研究〉编选者序》中，柳鸣九谈到《为何写作》一文时说，萨特"虽然是从以个体为中心的人本思想出发，但

---

① 薛诗绮：《为何写作》译后记，《文艺理论研究》1980 年第 2 期。

② ［法］萨特：《为何写作》，薛诗绮译，《文艺理论研究》1980 年第 2 期。

却达到了正确的结论；他始终抓住根本的哲理，从作者与读者、创作与阅读、美与审美各对关系，阐明了个体人的创作活动的社会性和严肃性；他的论述充满了辩证法的运用，他明确地以'为艺术而艺术'以及巴拿斯派的'艺术家不动感情'的形式主义美学观为对立面，完整地论述了他的艺术既不能脱离'别人'和社会，同时也必须是为'别人'、为社会的美学哲理"。① 在这段论述中，柳鸣九通过行文语气的转折，以"虽然"一词否定了萨特的人本主义思想，这是中国学者对于资产阶级人性论的习惯性批判，进而又通过对"个体人"社会性和严肃性的论证，在肯定萨特辩证法的基础上，暗暗张扬了萨特的一种集体主义思想。换句话说，由于运用了现实主义的解读策略，柳鸣九自然不会过度关注萨特在《为何写作》中对自由选择等存在主义哲学命题的论述，而是通过萨特为别人、为社会，以及反对"为艺术而艺术"的论证，充分揭示了萨特文艺思想的进步性。用柳鸣九的原话说："萨特的论述，响彻了高昂的资产阶级民主主义的声音，它是资产阶级美学理论中优秀传统在二十世纪的一次复兴，如果把它和萨特本人总是力求通过写作为进步事业服务、总是把批判的矛头指向腐朽反动的社会阶级力量、指向不合理的资本主义现实的创作实践联系起来，那末，更可以看出，在这篇抽象的思辩性的美学论文中，实际上有着非常进步的时代社会内容，它在当代资产阶级文艺理论中，是难得的力作，理应得到我们格外的重视。"② 因此，通过将萨特现实主义化的阐释策略，中国学者再度肯定了萨特的政治立场。

---

① 柳鸣九：《萨特研究》序言，中国社会科学出版社 1981 年版。
② 同上。

四

此外，在介绍当代拉丁美洲的文学流派时，中国学者也异常注重其现实主义特性。不过与传播其他西方现代主义文学流派相比，拉美文学的传播状况更为复杂。对许多中国知识分子而言，引进拉美文学，不仅可以表达中国知识分子对于现代主义文学的天然渴慕，亦有借助拉美文学之力叩询中国文学现代化前景的潜在追求。实际上，在经过中国知识分子现实主义式的美学"误读"之后，拉美文学业已成为新时期作家进行文学现代化试验的一个重要传统。这一传统性质驳杂，其中既有中国知识分子对现实主义文学多元化的思考，亦承载了新时期文坛走出西方中心主义、追求文学现代化的良苦用心。而在理解这一重要命题之前，有必要简单回顾一番拉美文学的历史与现状。

在 20 世纪中叶以前，拉丁美洲诸国尽管也有自己的小说与小说家，但影响与名声均十分有限。不过在 20 世纪中叶以后，这一状况却发生了翻天覆地的变化。彼时拉美文坛名家辈出、佳作不断：以巴勃罗·聂鲁达（智利）、若热·亚马多（巴西）、胡里奥·科塔萨尔（阿根廷）、阿莱霍·卡彭铁尔（古巴）、加西亚·马尔克斯（哥伦比亚）、巴尔加斯·略萨（秘鲁）、卡洛斯·富恩特斯（墨西哥）、何塞·多诺索（智利）、路易斯·博尔赫斯（阿根廷）、胡安·鲁尔福（墨西哥）、埃内斯托·萨瓦托（阿根廷）等人为代表，拉美作家开始闪耀世界文坛。其中，胡里奥·科塔萨尔、加西亚·马尔克斯、巴尔加斯·略萨、卡洛斯·富恩特斯这 4 个人更是拉美"文学爆炸"的主力军。至于

《百年孤独》（1967）、《家长的没落》（1975）、《城市与狗》（1963）、《绿房子》（1966）、《酒吧长谈》（1969）、《阿尔特米奥·克鲁斯之死》（1962）、《跳间游戏》（1963）、《淫秽的夜鸟》（1970）等作，更是在世界范围内产生了深远影响，拉美文学，特别是魔幻现实主义开始在20世纪六七十年代进入了全盛期。1982年，加西亚·马尔克斯荣获诺贝尔文学奖，这一标志性事件进一步使魔幻现实主义文学风行世界。其实早于1979年，中国学者便开始关注拉美的魔幻现实主义文学。陈光孚曾撰文介绍《百年孤独》，称"《百年孤独》（1967）刚一问世就引起了整个拉丁美洲的轰动，六个月内出版了五次，仍然供不应求，不久便被译成英文和法文，畅销欧洲、北美。到目前为止，此书仅在阿根廷就再版了不下四五十次。"① 面对拉美文学的成功，新时期初的中国知识分子在心生艳羡之时更是感受到了巨大鼓舞。同为第三世界国家，中国文学界始终徘徊于"现实主义/现代主义"的两难抉择之中，而拉美诸国却能在师法西方现代主义文学的同时另辟蹊径，不仅能突破地域去索求人之价值，亦能持之以恒地叩问民族自我意识，这种融民族认同于魔幻历史的现代文学样式，自然会激起中国知识分子的普遍关注："这种关注与其说是由于拉丁美洲新小说是当今世界上公认的一流文学，还不如说是因为较之西方文学，它更使我们产生贴近感……文学与社会是不可分的，文学具有时代感。中国和拉美当代文学的相通也许主要来自两个大陆相似的历史命运和历史使命。当某些中国读者读萨特的《恶心》或乔伊斯的《尤利西斯》时，会为其新颖、宏伟的艺术构思深深折服，但对其中的内容却多少有一种若明若

---

① 陈光孚：《拉丁美洲当代小说一瞥》，《外国文学动态》1979年第3期。

暗的隔世之感；然而在读到哥伦比亚作家加西亚·马尔克斯的《百年孤独》或危地马拉作家阿斯图里亚斯的《总统先生》时，情况就有所不同了。对那种落后、愚昧造成的荒谬，对那种个人在专制重压下所产生的梦魇，我们深有同感。"① 这种因历史背景类似而产生的认同感，直接引发了中国知识分子传播拉美文学的热情。

　　然而，在新时期初的中国内地，由于受外国文学研究传统和启蒙思潮所暗含的西方中心主义影响，中国文学界对拉丁美洲文学的传播却远远落后于欧美文学和俄苏文学。有学者在论及这一现象时说："与国内俄苏文学及欧美文学翻译界的高手们相比，我们只能以'后生'自居，甘拜下风，想出一本书太困难了。曾有人认为，拉丁美洲没有什么文学，让搞欧美、俄苏文学的人捎带研究一下就行了。这种冷言冷语是一种极大的偏见，使我们感到莫大的悲哀。"② 这一局面在 1978 年以后开始有所转变。1979 年，中国成立了西班牙、葡萄牙、拉丁美洲文学研究会。在该研究会成立之初，就有学者沈国正作了加西亚·马尔克斯生平与创作情况的报告。1980 年，外国文学出版社出版了阿斯图里亚斯的《总统先生》。而《外国文学动态》则先后发表了《博尔赫斯答记者问》、《博尔赫斯就诺贝尔奖问题答记者问》等文章。拉美文学，尤其是魔幻现实主义文学开始逐步被人们所熟悉。至 1982 年，随着哥伦比亚作家马尔克斯获得诺贝尔奖，中国知识分子对于魔幻现实主义的传播也进入了一个高潮阶段。同

---

　　① 文刃：《来自拉美当代小说的启示》，《读书》1987 年第 2 期。

　　② 段若川：《安第斯山上的神鹰——诺贝尔奖与魔幻现实主义》，武汉出版社2000 年版，第 6 页。

年，《世界文学》杂志发表了《百年孤独》的选译片段，上海译文出版社则出版了《加西亚·马尔克斯中短篇小说集》。从 1982年 8 月西拉美文学研究会第一届年会所提交的论文来看，赵德明的《拉美新小说初探》，孙家堃的《〈百年孤独〉艺术手法的分析》，以及丁文林的《拉美魔幻现实主义和超现实主义》三篇论文，分别从文艺思潮、艺术手法和拉美新小说的整体情况等方面对魔幻现实主义进行了较为全面的分析。1983 年，由沈国正、黄锦炎和陈泉等人翻译的《百年孤独》出版，更是在文学界引起了巨大反响。至 1984 年，随着加西亚·马尔克斯暨魔幻现实主义研讨会在西安的召开，以及由高长荣翻译的《百年孤独》全译本在北京十月文艺出版社的出版，使拉美文学的影响力与日俱增。此外，中国社会科学出版社的《当代拉丁美洲短篇小说集》、中国青年出版社的《拉丁美洲名作家短篇小说选》和《拉丁美洲短篇小说选》、山东文艺出版社的《族长的没落》、漓江出版社的《霍乱时期的爱情》也纷纷出版。在这股传播热潮中，有关拉美文学的研究论著也如雨后春笋，层出不穷。影响较大者有花城出版社的《魔幻现实主义》、中国社会科学出版社的《未来主义、超现实主义、魔幻现实主义》、南开大学出版社的《加西亚·马尔克斯研究资料》和漓江出版社的《拉丁美洲当代文学评论》等书。

在这场拉美文学的传播热潮中，中国知识分子的传播心态颇为复杂。如前所述，引进拉美文学不仅可以表达他们对于现代主义文学的天然渴慕，亦有借其探询中国文学现代化前景的主观意图。而拉美文学作为第三世界民族文学的成功典范，不仅为第三世界国家的文学现代化树立了样板，同时也能在某种程度上缓解中国知识分子的焦虑。对大部分中国知识分子而言，尽管他们并不承认文学现代化就等同于现代主义化这一简单模式，但新时期初西方现代主义文学的强势影响，却已然对中国知识分子构成了巨大威胁。因为若想追求文学现代化道路，就必须反对和颠覆日趋僵化了的现实主义，然而走出现实主义之后，中国文学的现代化似乎又只有现代主义化这一条道路。现实主义抑或现代主义这一非此即彼的文学方向性问题，极大困扰了新时期初中国知识分子的文学抉择。在 1982 年兴起的现代派论争中，除却文化保守主义者和激进派，有相当一部分学者认为应走"现实主义/现代主义"之外的第三条道路，这一文学现代化之路应能在符合世界文学的潮流中秉有中华民族的自我意识，如此才能在"世界文学"的现代化追求中不失民族自我。而拉美文学的适时出现，至少在理论层面解决了中国文学的现代化方向问题。后来曾有学者撰文总结说："融现代主义精神、社会政治热情与民族文化传统于一体的拉美文学，对那些力图写出表现当代中国人深层精神危机的真正具有现代主义品格的作品的新时期作家而言，是一种鼓舞，亦是一种借鉴和参照。"① 这一观点可以充分说明中国知识分子对于拉美文学以及文学现代化的理解方式。在此背景下，拉美文学在新时期初中国文坛的广泛传播可谓是时势使然。

但问题在于，既然中国知识分子将拉美文学看做"现实主义/现代主义"之外的第三条道路，那为何还要将拉美文学现实主义化？其主要原因就在于"现实主义"这一概念在新时期初已发生了重要变化。在中国知识分子看来，现实主义尽管已逐步

---

① 远浩一：《现实主义的新发展——读拉美魔幻现实主义有感》，载柳鸣九主编《未来主义、超现实主义、魔幻现实主义》，中国社会科学出版社 1987 年版，第446 页。

趋于僵化，但它作为一种文学范式，却可随着历史的发展不断更新。中国知识分子的这一进化论思维体现在理论界定上，就是对现实主义文学的多元化理解。循此思路，拉美文学尽管是作为"现实主义/现代主义"之外的第三条道路而被引进，但中国知识分子却在现实主义多元化理论的参照下，仍然以现实主义的方式去理解和传播拉美文学。如陈光孚就坚持认为马尔克斯的作品是"具有强烈政治觉悟的现实主义小说流派"，[①] 这其实仍是一种为传播马尔克斯获取意识形态合法性依据的策略性行为。作为传统文学主潮，现实主义的哲学基础是马克思主义的历史唯物主义，它与意识形态在话语本质上具有同一性。因此，将马尔克斯现实主义化，即意味着在哲学基础上确认其政治正确。至 1982年后，陈光孚的这种传播策略仍被中国学者广泛采用，但其内涵却发生了变化。如前所述，主张走"现实主义/现代主义"之外第三条道路的中国学者，一旦将马尔克斯树立为中国文学实现现代化的借鉴样板，就必须在传播过程中证明马尔克斯既非现代主义作家，也非传统意义上的现实主义作家。因此，证明马尔克斯新现实主义作家的文学身份就成为一个核心问题。

　　对于中国学者而言，所谓的"第三条道路"其实就是对现代主义与现实主义的融合，他们将此称之为"心理现实主义"、"生命现实主义"和"象征现实主义"，等等。从创作方法上讲，这些称谓将现实主义变成了一种"无边的现实主义"。尽管这一理论看似中庸，但细究起来却仍与传统的现实主义理论一脉相承。在所谓的新现实主义中，"内容"多为社会历史等客观现实，只不过在作为表现手法的"形式"方面有所创新，"内容/

---

① 陈光孚：《"魔幻现实主义"评介》，《文艺研究》1980 年第 5 期。

形式"的等级秩序依然森严。正是基于这样一种理论参照，本该被阐释成新现实主义作家的马尔克斯，才会在中国学者的解读下变成了一位传统意义上的现实主义者。在解释学意义上说，尽管中国学者试图从阐释马尔克斯的过程中去提炼出某些对中国文学可资借鉴的现代性经验，但在其期待视野与阐释后果之间，却因所持理论武器的暧昧而无法实现视界融合。

在 1982 年 8 月出版的《拉丁美洲名作家短篇小说选》中，编者认为"魔幻现实主义小说所表现的并不是魔幻，而是现实，是通过魔幻世界的折射间接地反映历史的或者是当前的社会现实……魔幻现实主义是现实主义文学，是具有现实主义文学艺术基点的文学流派"，[①] 这就是说，马尔克斯的表现对象是一种客观现实，只是在表现手法上不同于传统的现实主义。为将马尔克斯新现实主义化，中国学者显然误读了拉美作家对于现实的复杂认识。以魔幻现实主义文学为例，魔幻现实主义一词最早见之于德国文艺评论家弗朗茨·罗。1925 年，罗在其论著《魔幻现实主义·后期表现主义·当前欧洲绘画的若干问题》中指出，"魔幻"一词"是为了指出神秘并不是经过表现后才来到世界上的，而是活动着并隐藏在其中"。这就是说，事物的神秘性是客观存在的，魔幻现实主义不过是以现实主义的创作态度再现事物的神秘性。嗣后，该作被西班牙《西方》杂志译成西班牙文，"魔幻现实主义"一词从此进入了西班牙语的文艺领域。马尔克斯在谈到魔幻现实主义时说："我相信现实生活的魔幻。我认为卡彭铁尔就是把那种神奇的事物称为'魔幻现实主义'的，这就是

---

① 朱景冬、沈根发编选：《拉丁美洲名作家短篇小说选》序言，载《拉丁美洲名作家短篇小说选》，长江文艺出版社 1982 年版。

现实生活，而且正是一般所说的我们拉丁美洲的现实生活。"①
卡彭铁尔也认为："神奇乃是现实突变的必然产物（奇迹），是
对现实的特殊表现，是对丰富的现实进行非凡的、别具匠心的揭
示，是对现实状态和规模的夸大。这种现实（神奇现实）的发
现都是在一种精神状态达到极点和激奋的情况下才被强烈地感觉
到的！"魔幻现实主义所表现的神奇现实，只有"在一种精神状
态达到极点和激奋的情况下才被强烈地感觉到"。② 与传统现实
主义相比，由于马尔克斯等人强调作家主体的感知能力，唯有在
理性、感觉和潜意识世界的交互作用下，那些荒诞离奇的魔幻现
实才会成为自在之物，它其实是一种精神真实。但中国学者在传
播马尔克斯时，却并不高度关注形成拉美文学的文化语境，对所
谓的"神奇现实"也不置可否，反而将现实单纯理解为拉丁美
洲的殖民历史。这种对于现实世界的政治认知方式，显然与马尔
克斯等人大相径庭。在区分现代主义和现实主义时，作家的现实
观念至关重要。简单来说，现代主义文学注重对人类的精神现实
的探询，它以表现人的精神状况和内心世界为己任，这种现实观
其实就是阿尔维托·桑切斯所说的"文学的和美学的现实"。而
现实主义文学则把外部世界，亦即"客观的、外在的现实"作
为再现对象。正是由于中国学者忽略了上述不同，才会以反映论
模式凸显拉美民族的殖民历史问题。因此，在无法辨析现实观念
差异性的前提下，中国学者始终未能区分出马尔克斯与传统现实
主义作家之间的实质差别，因而也在一定程度上背离了将马尔克

---

① ［哥］马尔克斯：《两百年的孤独》，朱景冬译，云南人民出版社 1997 年版，
第 169 页。

② ［古］卡彭铁尔：《这个世界的王国》序，载《小说是一种需要》，陈众议
译，云南人民出版社 1995 年版，第 85 页。

斯阐释为新现实主义作家的传播初衷。

　　与此同时，还有部分中国学者试图在文学形式层面去论证马尔克斯的新现实主义作家身份。需要指出的是，尽管这些学者注意到了马尔克斯所受的西方现代主义文学影响，但出于对文学现代化第三条道路的渴求，他们仍然对马尔克斯进行了某种策略性阐释。这一阐释方式的悖论在于：一方面，为突出马尔克斯的"新"现实主义身份，中国学者着重肯定了马尔克斯在形式创新中的现代主义色彩；另一方面，则在强调马尔克斯的新"现实主义"身份时，又刻意回避马尔克斯的现代主义属性。如朱景冬认为，马尔克斯通过融合借鉴，在文学形式上创造了一种"具有现代主义特征的魔幻现实主义手法"。[①] 但如果据此就认定马尔克斯是一位现代主义者，显然有悖于将马尔克斯阐释为新现实主义作家的传播初衷。因此，朱景冬在《浅谈当代拉美魔幻现实主义小说》、《拉丁美洲"爆炸文学"的思想艺术倾向》等文中，又着重分析了马尔克斯的现实主义品格。如在《拉丁美洲"爆炸文学"的思想艺术倾向》一文中，朱景冬认为以《百年孤独》为代表的拉美文学"立足于拉美大地，怀着深厚的民族感情，表现人民的生活和斗争，鞭挞各种各样的邪恶势力，同情弱小反对强暴，表达人民对民主、自由和美好未来的渴望，揭示重要的社会问题，暴露形形色色的社会流弊"等等。具体说来，拉丁美洲的"爆炸文学"在思想倾向上主要有五方面：一是"鞭挞独裁统治，反对帝国主义势力"；二是"抨击军人政权，暴露社会制度的黑暗"；三是"再现人民的光荣历史，赞颂人民的斗争精神"；四是"反映普通人民的痛苦，谴责社会制度

[①]　朱景冬：《当代拉美小说概观》，《外国文学报道》1983 年第 5 期。

的不合理"；五是"暴露社会的弊端和落后的现象"，等等。而"'爆炸文学'的作家们不失为当今拉美现实主义文学的杰出代表。他们面对现实，正视现实，把表现拉美的历史和现状、鞭挞罪恶的资本主义制度作为自己的根本使命，创作出一系列具有比较强的思想性和艺术性的作品，为拉美文学赢得了世界荣誉"。①这一自相矛盾的做法表明，在被阐释的命运下，马尔克斯的文学身份和创作流派到底"是什么"已不再重要，重要的是经由中国学者阐释了的马尔克斯，究竟可以提供给中国文学怎样的现代性经验。由此可见，中国知识分子在新时期初念兹在兹的文学现代性想象，终究超越了对于马尔克斯真实面貌的廓清。

　　在讨论拉美的"结构现实主义"文学时，中国学者一方面从创作技巧和创作观念等层面解析结构现实主义与传统现实主义的不同，但也坚持认为结构现实主义文学仍然属于现实主义文学的范畴，只不过它在艺术上的创新"借鉴了西方现代派的一些表现手法"，②如意识流对于结构现实主义的影响等等就成为中国学者的关注点。与此同时，在为结构现实主义文学定性时，中国学者依旧认为"这种表面上看来趋于混乱和无逻辑的表现方法仍是现实主义的创作方法"。③他们援引拉丁美洲文学界的看法，称"阿尔维托·桑切斯写道：'严格地讲，它还是属于现实主义的范畴，尽管有些地方违反了或是改变了现实主义创作的一些条条框框，而且还超出了客观现实的发展规律。这正使我们认识到世界上本来就存在着两种现实：一种是客观的、外在的现

----

　　① 朱景冬：《拉丁美洲"爆炸文学"的思想艺术倾向》，《当代文艺思潮》1984年第3期。

　　② 陈光孚：《"结构现实主义"述评》，《文艺研究》1982年第1期。

　　③ 同上。

实，另一种则是文学的和美学的现实……''人们能够接受这种现实的再创造的一些虚构和不符合客观叙事规律的场景'"。① 从拉美文学界的认识中寻找依据，进而确定结构现实主义文学的现实主义特性，业已成为当时介绍拉美各种"现实主义"的常见方法。

饶有趣味的是，尽管阿尔维托·桑切斯非常明确地阐释了两种不同的现实观，但中国学者在介绍拉美"现实主义文学"时却没有对此加以更多的关注，反而依旧在"客观的、外在的现实"方面做文章，如认为结构现实主义作家"在思想上受资产阶级民主思想的影响，在社会地位上又属于受剥削和受压迫的阶层，所以他们主要的政治表现是反对帝国主义，反对封建主义，反对军事独裁政权，同情下层人民和不满现实的社会。他们的作品也多以此为目的，所以大多有着积极的社会意义。阿斯图里亚斯的《危地马拉周末》是义愤之作，把矛头直接对准了帝国主义侵略者。略萨深受军事独裁政权和军事学校的迫害，以《城市与狗》和《潘达雷昂和女客服务队》揭露军事独裁统治下的种种黑暗和腐败。《绿房子》暴露了秘鲁下层社会的种种时弊，对处于水深火热之中的穷苦妇女寄予着同情。《胡利娅姨妈和作家》控诉了社会的种种不公。这些作品颇为强烈的时代精神由此可见一斑，在广大读者中引起很大的反响也就成为理所当然的了"。② 这种认识方式显然以反映论为指导，将结构现实主义再现拉丁美洲苦难历史的现实主义品格揭示得淋漓尽致。但在阿尔维托·桑切斯看来，结构现实主义无疑更看重"文学的和美学

---

① 陈光孚：《"结构现实主义"述评》，《文艺研究》1982 年第 1 期。
② 同上。

的现实"，这一现实观念带有明显的精神烙印，它对于作家的文学观念起着决定性的作用。在现代主义文学和现实主义文学的众多区别中，有关现实的界定显然最为重要。简要而言，现代主义文学注重对人类的精神现实的探询，它以表现人的精神状况和内心世界为己任，这种现实观其实就是阿尔维托·桑切斯所说的"文学的和美学的现实"。而现实主义文学恰恰相反，它始终把外部世界，亦即"客观的、外在的现实"作为再现对象。正是由于中国学者淡化了这两者的区别，才在反映论的思维模式中强调外在现实的重要性，从而使得结构现实主义文学获得了一种典型意义上的现实主义品格。

值得注意的是，对于中国学者而言，将结构现实主义等拉美文学向中国的现实主义文学靠拢，固然是出于一种传播策略的考虑，但这种做法显然是对中国现实主义文学传统的一种臣服：莫非所有异域的文学潮流，都必须得披上现实主义的外衣才能进入中国吗？如果是这样的话，那么传播西方现代主义文学到底还有何价值？在介绍拉美文学的过程中，中国学者间接表达了传播这种文学潮流的真正目的，其实就是促进中国现实主义文学的发展。如陈光孚在介绍拉美各类现实主义文学的同时，认为该文学潮流的发展预示着现实主义文学的现代化。他说："拉丁美洲文学界普遍认为，现实主义文学应随着时代的发展有所进步，十九世纪现实主义的艺术手法已不能完全适应今天创作的需要的，于是，便纷纷寻求新的表现形式。拉美今天发展起来的形形色色的现实主义流派便是试验和摸索的结果。'魔幻现实主义'和'结构现实主义'是其中获得明显成就的两个流派。它们借鉴西方现代派的文艺理论和艺术手法，运用现代化宣传工具的表现手段，把现实主义文学的表现形式推向了现代化的道路。"① 这段言论充分显示出中国学者对于文学现代化的极度渴望，也正是出于这种渴望，拉美文学才被视为文学现代化的成功典范。而且，从拉美文学向现代主义学习的成功经验中还可以得出这样一个结论，即中国文学要像拉美文学那样走向现代化，就必须学习和借鉴西方现代主义文学。因此，从中国学者对于拉美文学现实主义理解中可以看到，拉美文学的现实主义化既是为了其自身在中国的传播，也表达了中国学者向西方现代主义文学学习的热情。在这一点上说，中国学者对于西方现代主义文学的现实主义化，实则包含着渴望中国文学实现现代化的良苦用心。

与此同时，中国知识分子将拉美文学现实主义化的传播策略，亦承载了新时期文坛走出西方中心主义、追求文学现代化的良苦用心。由于受到西方现代文化的强力影响，中国知识分子不可避免地具有一种面对影响的焦虑。这种既渴慕西方现代化又唯恐失去民族自我的矛盾心态，实际上与西方世界的后殖民霸权密切相关。尽管在新时期初，中国知识分子尚未完全明了启蒙主义自有的霸权属性，但他们却从民族自尊心的屡屡受挫中意识到了这一文化霸权问题。事实上，西方作为第一世界往往掌握了文化输出的主导权，他们可以将自身的意识形态看做一种占优势地位的世界性价值，通过诸如现代主义这样的文艺思潮把自身的价值观和意识形态编码在整个文化机器中，强制性地灌输给第三世界。而处于边缘文化地位的第三世界文化则只能被动接受，它们的文化传统面临威胁，文化在贬值，意识形态则受到了不断的渗透和改造。面对这种后殖民文化霸权，拉美诸国以其西方现代文

---

① 陈光孚：《"结构现实主义"述评》，《文艺研究》1982 年第 1 期。

化的"他者"姿态，在后殖民的文化霸权语境中蹚出了一条第三世界民族的复兴之路。拉美文学的现代化，正是在文学层面表明了第三世界国家的现代化追求。因此，以拉美文学为参照的中国文坛，就必然会在追求文学现代化的过程中强调拉美文学反西方中心的现代化策略。由此也可理解，为什么在介绍和传播拉美文学时，中国知识分子特别强调了拉美文学的民族性问题，其具体表现就是对拉美文学的去现代主义化。在这个意义上说，新时期初中国知识分子对于拉美文学的现实主义解读，本身就是一个去现代主义化的过程。而这一去现代主义化的解读策略，首先是对拉美文学生成背景的社会学研究；其次是对拉美文学反帝反殖民功能的现实主义理解；再次则是在创作方法上彰显拉美文学的现实主义手法。以上种种解读策略尽管并不符合拉美文学的创作实际，但由于中国知识分子具有走出西方中心主义、追求文学现代化的良苦用心，因此将拉美文学现实主义化的传播策略仍有其积极功能。

综上所述，出于一种传播西方现代主义文学的考虑，中国学者必须为西方现代主义文学赋予一种由现实主义所许可的合法性依据。为实现这一目标，他们首先从现代主义与现实主义的关系出发，在文学的技巧层面肯定现代主义文学的创作方法，同时刻意混淆现代主义和现实主义的区别，将西方现代主义文学现实主义化。而这一过程中，译介现代主义文学的中国学者们又常常通过自己的解读，致力于在现代主义和现实主义文学之间寻找共同点，有时甚至故意混淆现代主义文学的特性，将它解释成为一种开放的现实主义文学，据此为西方现代主义文学的传播寻找一种被现实主义文学所认可的合法性。本章从美学误读这一传播策略的基本方法出发，选取了马克思主义经典作家对于西方现代主义文学的阐释，以及中国学者对于卡夫卡、普鲁斯特、存在主义文学和拉美文学现实主义的解读等传播个案，试图阐明在西方现代主义文学被现实主义化的过程中，如何包含了新时期初中国学者推广现代主义文学的传播策略和渴望中国文学实现现代化的良苦用心。

第五章

历史误读:西方现代主义文学与中国五四新文学

一

在西方现代主义文学的传播过程中,中国学者还从西方现代主义文学与中国五四新文学的关系出发,在文学史层面肯定现代主义文学与五四新文学的相似性,进而以五四新文学为据,赋予西方现代主义文学在新时期初中国大陆广泛传播的合法性依据。这一传播策略的实质,其实就是一种历史误读。尽管中国学者在阐释现代主义文学时所使用的具体方法不尽相同,但他们都有一种整合现代主义文学和五四新文学的历史视野,由此造成的阐释后果,不论是误读西方现代主义,抑或是改造五四新文学,都促进了西方现代主义文学的广泛传播。那么,这一历史误读的传播策略如何体现于中国学者的传播实践中?它具有怎样的话语功能?本章对此问题的探讨,也许有助于澄清新时期初现代主义文学的传播状况。

作为一种文学潮流,西方现代主义文学在中国大陆的传播自五四时期就已开始。沈雁冰、周作人等文学巨匠都曾对现代主义文学的传播作出过杰出贡献。在五四时期中国知识分子的心目中，尽管现实主义文学才更适合中国国情的需要和新文学的发展，但唯有现代主义文学才真正代表了世界文学的发展潮流。如沈雁冰就认为现代主义文学是继浪漫主义、现实主义之后一种更新的文学潮流，他将其称之为"新浪漫主义"。在《小说月报》的《小说新潮》栏中，沈雁冰曾在鼓吹现实主义文学的同时，也介绍过现代主义文学。他说："现在新思想一日千里，新思想是欲新文艺去替他宣传鼓吹的，以一时间便觉得中国翻译的小说实在是都'不合时代'，况且西洋的小说已经由浪漫主义（Romanticism）进而为写实主义（Realism）、表象主义（Symbolicism）、新浪漫主义（New Romanticism），我国却还是停留在写实以前，这个又显然是步人后尘。所以新派小说的介绍，于今实在是很急切的了。"[①] 从沈雁冰的介绍中可以看出，对于那些急欲改变当时文学现状的五四知识分子而言，现代主义文学因其对人类灵魂的剖析和新奇怪诞的艺术形式，从一传入中国就受到了他们的关注。因此，在中国现代文学史上，现代主义文学的传播曾经深刻影响了中国新文学的面貌：从 20 世纪 20 年代李金发、王独清、穆木天等人的象征诗，到 30 年代上海的"新感觉派"小说和施蛰存等人的心理分析小说，再到戴望舒等人的现代派诗歌，还有 20 世纪 40 年代以穆旦为代表的"九叶"诗派，等等，都说明了西方现代主义文学对于中国现代文学的深重影响。但在新中国成立以后，随着政治环境的剧变，现代主义作为一种资产阶级的文学流派深深受到了压制，它对"十七年"文学和"文化大革命"文学的影响几乎微不足道。不过随着新时期的来临，中国社会对于当代文学却提出了新的历史要求：如反思"文化大革命"历史，强调人性复

---

　　①　沈雁冰:《小说新潮栏宣言》,《小说月报》1920 年 1 月第 11 卷第 1 号。

归和实现文学的现代化，等等。在这一过程中，由于五四新文学对人的重视和对于自由民主的渴慕，都契合了新时期历史语境下的文学需求。因此，为实现上述目标，新时期文学便具有了一种向五四新文学传统回归的倾向，其具体表现就是对人性尊严的捍卫和现实主义复兴。在这一历史进程中，西方现代主义文学的传播者们也审时度势，充分估量到了利用五四新文学传统传播现代主义文学的有利历史条件。因此，在 20 世纪 70 年代后期 80 年代初期介绍现代主义文学的过程中，便出现了这样一种传播策略，即充分发掘西方现代主义文学和五四新文学之间的联系，为现代主义文学的传播提供一个源自新文学传统的合法性依据。有关这一传播策略，袁可嘉曾经在《外国现代派作品选》"前言"中曾略略提及。他认为："我国的新文学运动一开始就受到西方文学的，最初是欧洲的浪漫主义和现实主义文学，后来三十年代的现代派和三四十年代的另一部分作家也结合本国的传统和自己的需要接受过西方象征派和现代派的启迪。我们接触一点西方现代派文学对了解这部分作家和作品自然是有用的。"① 这就是说，传播西方现代主义文学可以有助于理解和认识五四新文学，在这个意义上，袁可嘉等中国学者无形中为自己的传播行为寻求到了一种与五四新文学相关的合法性依据。

二

在介绍西方现代主义文学中的意象派时，有中国学者充分考虑到了意象派诗歌理论及其创作和五四新文学传统之间的关联。

---

① 　袁可嘉等编选：《外国现代派作品选》前言，上海文艺出版社 1985 年版。

意象派是 20 世纪 20 年代活动在伦敦的一些英美诗人组成的小诗派。但意象派诗歌运动却对整个西方现代主义文学潮流造成了十分深远的影响，被认为是英美现代诗的开端。如若从意象派的产生来看，可以说意象派最初其实是对当时诗坛文风的一种反拨。在 19 世纪后期的英国文坛，象征主义、唯美主义与浪漫主义结成一体，形成了新浪漫主义。而意象派就是在新浪漫主义的基础上演变而成。到 20 世纪初，传统诗歌，尤其是浪漫主义、维多利亚诗风蜕化成无病呻吟、多愁善感的伦理说教，大多诗作都是出于对济慈和华兹华斯的模仿。针对这一文坛倾向，庞德及其意象派提出了革新诗歌创作的主张。此外，自叔本华以来的非理性主义哲学思想在 20 世纪初的文学界影响深远。意象派的开创者休姆直接受教于柏格森，因此柏格森的直觉主义、生命哲学全盘为意象派所接受，成为其主要的理论依据和哲学基础。

　　在 20 世纪的第一个 10 年，时任美国《诗刊》国外编辑的庞德为意象派的发展作出了决定性贡献。《诗刊》1913 年 3 月号刊登了弗林特写的"意象派某诗人"访问记，其中提出了由庞德起草的意象派"三原则"：第一，直接处理无论是客观的还是主观的事物；第二，绝对不使用任何无益于表现的词；第三，至于节奏，应写成音乐性短语的连续，而不是按节拍器的节奏来写。这里的第三条即是要求使用自由诗体。将庞德的意象派诗歌理论做了进一步发挥的是奥尔丁顿、埃米·洛威尔等人，他们在庞德三原则的基础上进而提出了"六原则"，其中的第四、第五条分别为："要写意象（'意象派'由此得名）……要写硬朗清晰的诗，不写模糊的不确定的诗"，等等。[①] 要而言之，意象派诗特别强调意象和直觉的功能。同时，

---

　　①　转引自赵毅衡《意象派简介》，《作品与争鸣》1982 年第 4 期。

象征主义诗歌流派为意象派开创了新诗创作新路，尤其是诗的通感、色彩及音乐性，都给意象派以极大的启发。由于意象派诗人大多经历了象征诗歌创作，所以理论界也有人将意象派看做象征主义的分支，实际上意象派和象征主义诗歌之间具有极大的本质差异。意象派不满意象征主义要通过猜谜形式去寻找意象背后的隐喻暗示和象征意义，不满足于去寻找表象与思想之间的神秘关系，而要让诗意在表象的描述中，一刹那间地体现出来。主张用鲜明的形象去约束感情，不加说教、抽象抒情、说理。因此意象派诗短小、简练、形象鲜明，往往一首诗只有一个意象或几个意象。虽然，象征主义也用意象，两者都以意象为"客观对应物"，但象征主义把意象当做符号，注重联想、暗示、隐喻，使意象成为一种有待翻译的密码。意象派则是"从象征符号走向实在世界"，把重点放在诗的意象本身，即具象性上。让情感和思想融合在意象中，一瞬间中不假思索、自然而然地体现出来。

　　在介绍这些意象派主张时，赵毅衡等中国学者就特别强调了意象派和中国新诗之间的关联，他举例说梅光迪、朱自清等人早就发现了这一点：如"学衡"派的梅光迪在 20 世纪 20 年代攻击新文化运动时说："所谓白话诗者，纯拾自由诗及美国近年来形象主义之余唾。而自由诗与形象主义，亦堕落派之两支，乃倡之者数典忘祖，自矜创造，亦大欺国人。"[1] 而朱自清在《中国新文学大系·诗集》的序言里也指出：新诗运动"最大的影响是外国的影响，梁实秋氏说外国的影响是白话文运动的导火索，他指出美国印象主义六戒条里也有不用典，不用陈腐的套话"。[2]

---

[1]　转引自赵毅衡《意象派简介》，《作品与争鸣》1982 年第 4 期。

[2]　同上。

　　在引用了前人的种种言论后，赵毅衡进一步介绍道："这里的'形象主义'或'印象主义'都是'意象派'的旧译名。梁实秋所指的另一方显然是胡适的《文学改良刍议》中的所谓'八不主义'。1939 年胡适的留学日记《臧晖室札记》发表时，人们果然发现 1916 年胡适在美剪录《纽约时报书评》一则转载了埃米·洛威尔的意象派宣言的评论。胡适在下面加了一条评语：'此派主张与我所主张多相似之处。'①尽管胡适的《臧晖室札记》已初步说明了意象派和中国新诗理论的关联，但为了论证胡适的"八不主义"的确是受意象派启发而提出的文学主张，赵毅衡又对胡适的《谈新诗》一文进行了细致分析。

　　1919 年 10 月 10 日，胡适的长文《谈新诗》发表于《星期评论》双十节纪念号第五号。在这篇文章中，胡适首先阐述了中国新诗为何要进行变革的原因。他说："文学革命的目的是要替中国创造一种'国语的文学'——活的文学。这两年来的成绩，国语的散文是已过了辩论的时期，到了多数人实行的时期了。只有国语的韵文——所谓'新诗'——还脱不了许多人的怀疑。但是现在做新诗的人也就不少了……这种文学革命预算是辛亥革命以来的一件大事。"②那么，中国新诗的变革应从哪些方面入手呢？胡适认为："文学革命的运动，不论古今中外，大概都是从'文的形式'一方面下手，大概都是先要求语言文字文体等方面的大解放……这一次中国文学的革命运动，也是先要求语言文字文体的大解放。新文学的语言是白话的，新文学的文体是自由的，是不拘格律的。初看起来，这都是'文的形式'

①　赵毅衡：《意象派简介》，《作品与争鸣》1982 年第 4 期。

②　胡适：《谈新诗》，1919 年 10 月 10 日《星期评论》双十节纪念号第五号。

一方面的问题，算不得重要。却不知道形式和内容有密切关系。形式上的束缚，使精神不能自由发展，使良好的内容不能充分表现。若想有一种新内容和新精神。不能不先打破那些束缚精神的枷锁镣铐。因此，中国近年的新诗运动可算得是一种'诗体的大解放'。因为有了这一层诗体的解放，所以丰富的材料，精密的观察，高深的理想，复杂的感情，方才能跑到诗里去。五七言八句的律诗决不能容丰富的材料，二十八句的绝句决不能写精密的观察，长短一定的七言五言决不能委婉达出高深的理想与复杂的情感。"① 在此，胡适表达了对于诗歌形式问题的重视。在他看来，中国新诗要想实现真正意义上的变革，就必须实现"诗体的解放"："做新诗的方法根本上就是做一切诗的方法；新诗除了'诗体的解放'一项外，别无他种特别的做法。"② 这种诗体的解放即是采用自由体诗，这不能不说与意象派的诗歌理论有暗合之处，因为在意象派诗歌理论中，庞德曾经说过诗歌的节奏"应写成音乐性短语的连续，而不是按节拍器的节奏来写"。这也就是主张采用自由体诗。并且胡适还说："诗须要用具体的做法，不可用抽象的说法。凡是好诗，都是具体的；越偏向具体的，越有诗意诗味。凡是好诗，都能使我们的脑子里发生一种——或许多种——明显逼人的影像。这便是诗的具体性。""再进一步说，凡是抽象的材料，格外应该用具体的写法"。③ 胡适因此批评那些不尽如人意的诗"犯的都是一个大毛病——抽象的问题且用抽象的写法"。强调"诗须要用具体的做法，不可用

① 胡适：《谈新诗》，1919 年 10 月 10 日《星期评论》双十节纪念号第五号。
② 同上。
③ 同上。

抽象的说法"，① 正是奥尔丁顿、埃米·洛威尔等人所主张的
"要写意象……要写硬朗清晰的诗，不写模糊的不确定的诗"。
因此，在胡适的新诗理论中，意象派的影响显而易见。作为五四
白话诗运动的纲领性文章，《谈新诗》一文对于五四新诗的发展
具有重要的指导意义。赵毅衡从这篇文章中发掘意象派诗歌的理
论主张，无疑为五四白话诗运动寻找到了一个来自西方现代主义
文学的理论依据。更加重要的是，如果说这一判断还只是令意象
派的影响仅仅局限于诗歌领域，那么，赵毅衡则又借用梁实秋的
看法，将胡适的《文学改良刍议》与意象派联系起来进行考察，
就具有了刻意扩大意象派对中国新文学影响的主观意图。

　　1917 年 1 月 1 日，胡适的《文学改良刍议》发表于《新青
年》第 2 卷第 5 号，这是倡导文学革命的第一篇理论文章。在这
篇文章中，胡适提出了文学改良"须从八事入手"："一曰，须
言之有物。二曰，不摹仿古人。三曰，须讲求文法。四曰，不作
无病之呻吟。五曰，务去滥调套语。六曰，不用典。七曰，不讲
对仗。八曰，不避俗字俗语。"② 这里的"八事"即是"八不主
义"的具体化。按照赵毅衡的理解，梁实秋所谓的"外国的影
响是白话文运动的导火索"一语，指的就是意象派对整个白话
文运动的影响，其论据就是梁实秋所说的在意象派中也有不用典
和不用陈腐的套话等主张。③ 那么，赵毅衡的这一理解是否准确
呢？从五四新文学的发生过程来看，胡适的一些文学主张的确受
到了意象派的影响。关于这一点，赵毅衡已通过引用朱自清、梅

---

① 胡适：《谈新诗》，1919 年 10 月 10 日《星期评论》双十节纪念号第五号。
② 胡适：《文学改良刍议》，1917 年 1 月 1 日《新青年》第 2 卷第 5 号。
③ 参见赵毅衡《意象派简介》，《作品与争鸣》1982 年第 4 期。

光迪和梁实秋等人的说法予以了证明。但赵毅衡显然忽略了这样一个文学史事实，即胡适的"八不主义"，处处针对的都是中国古典文学的弊端。换句话说，胡适的"八不主义"的理论发生学，即来自于对中国古典文学的反驳。比如有关不用典一条，胡适在《文学改良刍议》中，首先区分了"广义"与"狭义"之典，又具体分析了何谓用典与非用典。他说："广义之典非吾所谓典也。""（甲）古人所设譬喻，其取譬之事物，含有普遍意义，不以时代而失其效用者，今人亦可用之。""（乙）成语，……成语者，合字成辞，别为意义。其习见之句，通行已久，不妨用之。""（丙）引史事，……引史事于今所议论之事相比较，不可谓之用典也。""（丁）引古人作比，此亦非用典也。""（戊）引古人之语，此亦非用典也。"后胡适总结道："以上五种为广义之典，其实非吾所谓典也。若此者可用可不用。"胡适进而又提出何谓狭义之典："狭义之典吾所主张不用也。吾所谓'用典者'，谓文人词客不能自己铸词造句以写眼前之景，胸中之意，故借用或不全切，或全不切之故事陈言以代之，以图含混过去，是谓'用典'。"关于用典的方面，胡适总结为："上所述广义之典，除戊条外，皆为取譬比方之辞。但以彼喻此，而非以彼代此也。狭义之用典。则全为以典代言，自己不能直言，故用典以言之耳。此吾所谓用典与非用典之别也。狭义之典，亦有工拙之别，其工者偶一用之，未为不可。其拙者则当痛绝之已。"① 可见在胡适看来，广义之典可用，而狭义之典不可用。他的这一说法即是为了反对中国古典文学滥用典故的弊端，以求文章的平易畅达而已。而意象派诗歌理论中的不用典，则是为了实现"要

---

① 胡适：《文学改良刍议》，1917 年 1 月 1 日《新青年》第 2 卷第 5 号。

写硬朗清晰的诗,不写模糊的不确定的诗"的理论主张,其间掺杂着意象派诗人复杂的现代世界观和认识论,这与胡适单纯地反传统实有天壤之别。至于赵毅衡关注的另一条论据,即"不用陈腐的套话",在胡适的"八不主义"中就是"务去滥调套语"。有关这一点,胡适说:"今之学者,胸中记得几个文学的套语,便称诗人。其所谓诗文处处是陈言滥调。"而"吾所谓务去滥调套语者,别无他法,唯在人人以其耳目所亲见、亲闻、所亲身阅历之事物,一一自己铸词以形容描写之。但求其不失真,但求能达其状物写意之目的,即是工夫"。① 由此可见,"务去滥调套语"反对的正是中国古典文学"吟安一个字,捻断数茎须"的雕琢词句,实际上更近于"我手写我口,古岂能拘牵"的晚清文学改良主张。这与意象派追求的"直接处理无论是客观的还是主观的事物"之主张相比,实有不尽相同之处。作为一位深谙西方现代主义文学的研究者,赵毅衡不可能看不到这一点,但为了意象派的传播,有意夸大意象派对中国新文学运动的影响,无疑可以整合意象派诗歌和五四新文学传统的理论联系,从而有利于促进意象派诗歌在新时期初的广泛传播。

尽管中国学者在介绍意象派时强调了该派对胡适新文学理论的影响,但如果这种影响仅仅局限在理论层面,显然不足以充分说明意象派对于中国新文学的重要性。因此,对于一些中国学者而言,就有必要从文学实践层面去发掘意象派和新文学创作之间的关联。在赵毅衡看来,许多五四新诗人,如沈尹默、胡适等人的诗歌创作就深受意象派的影响。他说:"在五四时代的诗歌实践中,意象派的影响也是明显可见的。被人称为'具有新诗美

---

① 胡适:《文学改良刍议》,1917 年 1 月 1 日《新青年》第 2 卷第 5 号。

德的第一首自由诗'——沈尹默的《月夜》就是意象派的风格。"此外，"我们还可以再举些例子，胡适《湖上》，刘大白《秋晚的江上》，王统照《湖心》，等等。尤其是康白情，当时被人称道为'设色的妙手'，可以说他是五四时代在创作上最接近意象派的诗人。"① 从赵毅衡的判断中，似乎意象派对于"五四"新诗创作实践的影响极为深远。那么，事实是否果真如赵毅衡所说呢？我们仅以康白情的诗歌创作为例，来简要分析一下赵毅衡的判断是否成立。

　　1922 年 3 月，康白情的诗集《草儿》由亚东图书馆出版，内收新诗 114 首，附录旧体诗 74 首、《新诗短论》1 篇，写于1919—1920 年，另有《自序》和俞平伯的《序》，等等。《草儿》出版以后，虽也获得了一些赞誉，但对它的批评之声却似乎更引人注意。同年 8 月，梁实秋作《草儿评论》一文，对康白情的《草儿》诗集进行了批评。梁实秋指出："《草儿》全集53 首诗，只有一半算得是诗，其余一半是真算不得诗。"② 他肯定了康白情擅长于写景，如《日观峰看浴日》、《江南》和《晚晴》等诗尤为值得读者鉴赏。那么，为什么说有一半的诗算不得诗呢？在梁实秋看来，有的诗像"演说词"，如《别北京大学同学》、《植树节杂诗》等；有的诗近似"小说"，如《醉人的荷风》尽是描写人物动作的话；有的诗像"记事文"，如《日光纪游》是一段简洁的"日记"。此外，梁实秋还批评康白情写诗感情太薄弱，想象太肤浅，忽视了诗的音节和韵脚，等等。

---

　　① 赵毅衡：《意象派简介》，《作品与争鸣》1982 年第 4 期。
　　② 梁实秋：《草儿评论》，载《冬夜草儿评论》，琉璃厂公记印书局出版 1922年版。

　　值得注意的是，赵毅衡曾经指出，正是梁实秋集中阐述了意象派对白话文运动的影响。如果康白情是"五四时代在创作上最接近意象派的诗人"的话，那么，同为肯定意象派影响的梁实秋，为什么还要批评深受意象派影响的康白情呢？答案只有一个，即梁实秋认为，受意象派影响的"五四"新诗，业已走上了一条错误的诗歌发展方向，这一方向的问题就体现在康白情的新诗创作中。换句话说，就算康白情真的受到过意象派的影响，那么意象派对于中国新诗的发展方向而言也不足为训。从梁实秋对《草儿》集的批评中，可以得见意象派所存在的问题。在《草儿评论》中，梁实秋细致探讨并阐发了有关诗歌艺术本身的特性问题。他认为，"诗的主要职务是抒情"，"原来诗的成就，即是以情感为中心的"。诗人写诗必须要有充沛的情感，"或是特别的委婉，或是特别的壮烈"，切忌在诗中说理议论，或客观的记事写景。另外，诗还要"情缘境生"。之所以在诗中不宜客观写景，是因为客观写景充其量不过是描绘出一幅"测量图"，而"情缘境生"则"把客观的景物主观地写出来"，"能把情景渗透，相融而莫分"。如杜甫的"感时花溅泪，恨别鸟惊心"等诗句便是主观写景，做到了"景真情挚，浑然莫辨"。比抒情和"情缘境生"而为更重要的，是诗歌必须要有想象，"凭着想象，创造出美来，这是一切艺术美的原则，诗当然逃不出这个例去"。① 如果结合意象派的理论主张，可以发现梁实秋对于诗歌的认识恰好暗暗构成了对于意象派理论的反拨。在由庞德起草的意象派"三原则"中，所谓"直接处理无论是客观的还是主观

---

　　① 梁实秋：《草儿评论》，载《冬夜草儿评论》，琉璃厂公记印书局出版 1922年版。

的事物……绝对不使用任何无益于表现的词"，等等，都要求诗歌"硬朗清晰"，绝对不可"模糊"和"不确定"，这与梁实秋所谓的"诗的主要职务是抒情"，诗人写诗必须要有充沛的情感，"或是特别的委婉，或是特别的壮烈"，切忌在诗中说理议论或客观的记事写景等等恰好背道而驰。因此，梁实秋对于康白情《草儿》集的评论，毋宁可以看作是对意象派的一种批评，这就意味着至少在梁实秋看来，意象派的诗歌理论无益于中国新诗的进步。

其实与梁实秋持类似观点的新文学家并不在少数，如周作人在评论五四诗歌的创作实践时就曾经说过："新诗的手法我不很佩服白描，也不喜欢唠叨的叙事……我只认抒情是诗的本分，（新诗的）一切作品都像是一个玻璃球，晶莹透彻得太厉害了，没有一点儿朦胧，因此也似乎缺少了一种余香与回味。"[①] 由此可见，无论周作人还是梁实秋，都主张诗歌的朦胧美，要求诗人必须具有丰富的想象力，而对于那些"硬朗清晰"的诗——比如康白情的《草儿》集就难免颇有微词。以上所述均可证明这样一个问题，即就算五四新诗受到意象派的影响可以成立，那么这种影响也是受到了中国新诗理论家的反对的。五四白话诗以后新格律体诗的兴起，充分说明了意象派影响的式微。但这还不是问题的全部，赵毅衡在《意象派简介》这篇文章中承认，在中国早期的新诗创作中，唯一有证据可以断定直接受意象派影响的新诗，只有闻一多早年留美时所写的长诗《秋色》一首。[②] 实际上在比较文学中的影响研究中，如果没有实际例证可以说明被比

---

　①　周作人：《扬鞭集》序，《语丝》1926 年第 82 期。
　②　参见赵毅衡《意象派简介》，《作品与争鸣》1982 年第 4 期。

较双方的共同点,那么一切根据研究者的阅读体验而得出的结论,都难免有主观臆断之嫌。

值得注意的是,赵毅衡在强调意象派诗歌与五四新诗的关联时,由于急欲证明传播意象派的五四新文学依据,反而完全忽略了另外一个更为重要的文学史事实,即在意象派诗歌的文学渊源中,中国古典文学是一个无论如何也不应该省略的文学源头。从诗歌意象的内在形式看,意象派深受日本俳句和中国古诗的影响。意象派诗歌革新,首先开始于对日本俳句的学习与模仿。而日本俳句又与中国格律诗有着千丝万缕的联系。在意象派诗人看来,中国诗并不讲求逻辑和故事,反而完全是一些意象的巧妙拼贴与整合。如柳宗元的《江雪》:"千山鸟飞绝,万径人踪灭。孤舟蓑笠翁,独钓寒江雪。"马致远的《秋思》:"枯藤老树昏鸦,小桥流水人家,古道西风瘦马。夕阳西下,断肠人在天涯。"可以说意象主导了中国诗歌,那些犹如图画一般的意象,不仅令中国古诗意境深远,而且也会令人在浅吟低唱中浑然忘我,达到情景交融、物与神游的审美境界。中国诗歌这种由意象主导而不加作者主观议论的诗风,正与英美意象派主张相吻合。庞德便是从中国古诗的悠远意境中,看到了语言与意象的魅力,并因此产生了一种对于汉诗和汉字的崇拜之情。他的长诗《诗章》中多处夹杂汉字,便有营造神秘意蕴和追求诗歌意境的创作意图。由此出发,庞德极力主张在英文诗歌的创作中也应以意象为主。这一观点不仅体现在庞德的诗歌创作中,而且也影响了他的诗歌翻译。如在翻译李白《古风》中的"惊沙乱海日"一句时,庞德便译为:"惊奇。沙漠的混乱。大海的太阳。"其中虽不免误译,但语言的简洁明快也可见一斑。这就是说,庞德正是因为受教于中国古诗和日本俳句,才会主张意象派的诗歌语言必须简洁明了，务求去掉没有意义的形容词和修饰语，反对卖弄辞藻，诗行短小，意象之间应具有跳跃性。

　　但是，如若赵毅衡等现代主义传播者就意象派诗歌所受的中国古典文学影响展开讨论，就势必会在传播逻辑上形成一个无法自圆其说的深刻悖论，即意象派诗歌受到中国古典文学影响的这一历史事实，与五四新诗运动的反传统倾向构成了不可调和的矛盾。假如按赵毅衡所说，五四新诗运动受到了意象派诗歌的深刻影响，那么，作为意象派文学渊源的中国古典文学，岂不就成了五四新诗运动的真正远祖？而对于五四新文学家胡适等人而言，这一结论显然与五四新诗运动的发生学依据南辕北辙。况且在20世纪80年代初反传统的历史语境中，赵毅衡这些现代主义传播者更不会认可上述结论，因为中国古典文学在启蒙的西学视野中，始终无法与封建主义划清界限。这就是说，为避免陷入中国古典文学与五四新诗运动之间的这种复杂关系，中国学者宁愿通过历史误读的传播策略，巧妙淡化意象派诗歌与中国古典文学的师承关系，转而刻意强化意象派与中国新文学之间的内在关联，如此方能促进意象派在中国内地的传播。因此，中国学者有关意象派的介绍，可以被视为新时期初中国学者借助历史误读传播西方现代主义文学的一个经典案例。

三

　　此外，在介绍意识流和存在主义文学等西方现代主义文学流派时，中国学者也体现了一种从中国新文学传统中寻找合法性依据的传播策略。如在介绍意识流文学时，王蒙等人就充分发掘了意识流与"五四"新文学之间的内在关联。在《关于"意识流"的通信》一文中，王蒙首先介绍了意识流文学的一个基本特点，就是"写人的感觉"。他说："感觉，有人叫做艺术直觉，唯物地说，这是指人们对于世界，对于生活，对于对象的第一瞬间的反应。如果人的心灵好比一架钢琴，那么生活中的每个人、每件事、每个场合都可以分解成一个个的小槌子，这个小槌子敲到心灵这架琴上发出的第一个声音，就是感觉。"① 如果意识流就是写人的感觉，那么它岂不是就变成了唯心论的文学流派了吗？王蒙显然注意到了这个问题，为达到传播意识流文学的目的，王蒙首先对意识流文学的意识形态属性做出了甄别。他认为："如果作家是一个很有头脑、很有思想、很有阅历（生活经验）的人，如果革命的理论、先进的世界观对于他不是标签和口头禅，不是贴在脸上或臀部的膏药，而早已化为他的血肉，他的神经，他的五官和他的灵魂，那么，哪怕这第一声，也绝不是肤浅的和完全混乱完全破碎的……其实，任何人的哪怕是单纯的、转瞬即逝的直觉，也都或多或少、或深或浅地反映着感觉者的内心，反映着感觉者的思想、观点、倾向、教养、趣味、性格、人品。心灵这一面镜子，毕竟比玻璃镜复杂得多。"② 在这里，王蒙显然是从反映论的思维模式出发，将意识流解释成了一种人的理性对于自我意识的反映，而自我意识的形成在王蒙看来，如"思想、观点、倾向、教养、趣味、性格、人品"等等无一不来自于意识主体生活的社会现实。因此，在王蒙的理解中，意识流文学便因其社会属性而与纯粹自我表现的唯心主义文学划清了界限。毫无

---

① 王蒙：《关于"意识流"的通信》，《鸭绿江》1980 年第 2 期。

② 同上。

疑问，只有解决了意识形态属性问题，王蒙才可以将意识流文学植入五四新文学的历史语境。他所使用的传播策略仍然是一种历史误读，在王蒙看来，通过论证意识流与五四新文学之间的内在关联，可以为意识流的传播谋取合法性依据。如他认为鲁迅的《野草》就是一种意识流文学："例如鲁迅先生的散文诗《野草》中，就有许多写感觉，在某种意义上，也可以干脆说是'意识流'的篇什。《秋夜》、《好的故事》、《雪》都是这样的……鲁迅写的是他的感觉，'只可意会，不可言传'的感觉。但最后仍是可以'言传'——可以分析的。"① 将鲁迅的《野草》说成是"'意识流'的篇什"，显然可以为意识流的传播打开道路：既然意识流早在新文学的开山祖师鲁迅那里就已存在，那么还有何理由反对意识流呢？因为在当时的许多中国知识分子心目中，鲁迅的创作无疑代表着中国文学的发展方向。

应该说，王蒙看到了鲁迅在《野草》中对于自我意识的隐喻表达，这显然是一种认识上的进步。在相当长的一段时期内，中国学者都认为《野草》"是在帝国主义和北洋军阀的黑暗统治之下产生的。这些作品的战斗性是作者对于当时黑暗势力的反抗和斗争的表现，作品的思想情绪也都是对于当时时代环境的反应"。② 不过，在王蒙的认识中却存在着一个将意识流理性化的趋势。从文学史的角度看，意识流盛行于 20 世纪二三十年代，它是借助自由联想、内心独白等手法所表现出的一种"心理内容"。这种心理内容经过意识流的筛选、改造，将人类某种悟性的东西还原为活生生的感性经验。尤其随着弗洛伊德对人潜意识

---

① 王蒙：《关于"意识流"的通信》，《鸭绿江》1980 年第 2 期。
② 冯雪峰：《论〈野草〉》，《文艺报》1955 年第 19、20 期。

领域的发现，意识流得到了生理学和哲学观念的支撑。由于人大脑中意识流活动的无序性和朦胧性，小说家在表现这种意识流时不惜通过时空跳跃、剪接、拼贴等手法将"意识流"的心理流程仿造成可见的"语言流"。但无论方法多么新奇，"意识流"都处处体现了作家非理性的潜意识世界。实际上，意识流难以算作是一种严格意义上的文学流派，一方面是因为在公认的意识流作家之间，并无创作上的明显沟通，亦没有发表宣言阐述共同的宗旨和形成具体组织；另一方面，意识流文学发展的时间较长，早在19世纪末，这种方法就在文学创作中得到运用，而20世纪的不同历史时期仍有许多意识流作品出现，像这种情况是很难用文学流派的概念去加以涵盖的。不过，尽管意识流作家在创作思想和艺术风格上表现出了很大的差异，但在创作实践中却仍表现出了某些共同特征。首先，在表现对象方面，意识流文学脱离了传统现实主义文学对现实生活的反映和典型人物的塑造，转而完全面向自我，重在表现人的下意识、潜意识乃至无意识的内心世界。在意识流作家看来，现实主义和自然主义仅仅反映了外在的现实和表面的真实，而这个外部世界其实并不真实，真正的真实只存在于人的内心世界。因此，作家应把创作重心放在对人的精神世界的描绘上，写出人内在的真实。从这一文学观念出发，意识流作家把创作视点由外部世界转向了人的内心，小说人物的心理和意识活动不再是一种描写方法，不再附着于小说情节之上成为达到某种艺术效果的手段，而是作为具有独立意义的表现对象出现在作品中。意识活动几乎构成了作品的全部内容，情节则相对淡化，从此退隐于小说语言的帷幕后面。其次，意识流文学不按照客观现实时空顺序或事件发展过程结构作品，而根据意识活动的逻辑、按照意识的流程安排小说的段落篇幅的先后次序，从而使小说的内容与形式相交融。人物意识渗透于作品的各个画面中，起到了内在关联作品结构的作用。从这些基本情况可以看出，所谓的意识流文学主要受制于作家的非理性意识。而王蒙对于意识流的理性化解释，不能不说是受制于唯物主义认识论的结果。这一处理方式不仅改造了意识流的非理性程度，也在很大程度上偏离了《野草》的真正内涵。其实对于鲁迅而言，《野草》就是他灵魂自剖的产物——污秽不堪的现实世界只不过是鲁迅进行自我认识的起点。由《野草》的写作中，鲁迅意识到了人的局限性，意识到了人对外部世界的无处遁逃，由此产生的对于价值无根基性的喟叹，以及浓重的虚无思想，都处处显示了鲁迅艰难的精神之旅。可以这样说，《野草》正好与主张疗救国民性的《呐喊》和《彷徨》相对，是鲁迅对生命困境的本能流露，带有强烈的非理性主义色彩。王蒙虽然没有正确地指出这一点，但他对于意识流和鲁迅创作之间关系的思考，却有助于意识流获得一种被新文学发展所支持的合法性依据，因而有利于意识流的传播。

其实，将西方现代主义文学和鲁迅的创作联系起来考察，并非王蒙一人所为。许多中国学者都致力于发掘现代主义文学和鲁迅创作的关系。如在介绍萨特的存在主义文学时，就有中国学者认为，《恶心》这部作品"在艺术形式上，显然近似鲁迅的《狂人日记》，采用的也是日记体、自述体"。[①] 虽然《恶心》没有"表现出具体的历史时代背景"，但"其中那种强烈的厌恶的情绪"却正是"针对三十年代资本主义社会现实的、特别是针对

---

① 柳鸣九：《萨特研究》序，载《萨特研究》，中国社会科学出版社1981年版。

法西斯势力开始猖獗的那样一个时代社会，这正如《狂人日记》一样，显然其中只有'狂人'的一些'胡言乱语'，但正表现了一种激烈的反封建主义的精神。因此，在法国有人很自然把这种带有某种抽象性质的小说，称为'左翼小说'"。[①] 此处柳鸣九对于《恶心》的解读，显然有意忽略了萨特对人类恶心式的生存体验的揭示，转而从反映论的角度，将《恶心》阐释成了一部近于《狂人日记》式的反封建主义的作品。事实上，《恶心》对于现实世界的批判固然存在，但这一批判仅仅是主人公洛根丁恶心体验的现实原因，萨特的真正目的不过是对其存在主义哲学的一次文学演绎。从洛根丁的生存体验出发，萨特揭示了现实世界的荒诞性，也对人类置身其间的种种精神困境做出了象征性的书写。在此基础上，萨特创作《恶心》这部作品，就不仅仅是为了批判现实和反对封建主义，更是有关人类精神困境的荒诞描写。因此，柳鸣九凸显萨特作品中的反封建主题，不能不说是一种为勾连存在主义文学和中国新文学关系的策略性考虑。

　　与柳鸣九对于存在主义文学的传播策略相类似，徐岱、潘一禾等中国学者同样致力于发掘存在主义文学和鲁迅创作之间的关系。如果说柳鸣九对于《恶心》和《狂人日记》的比较还过于具体，未能从一种更为宏观的研究视野中揭示出存在主义和鲁迅创作之间的关系的话，那么徐岱和潘一禾等人就试图通过对鲁迅作品的解读，全面展示存在主义和鲁迅创作之间的关联，从而揭示西方现代主义文学对于中国五四新文学的深重影响。

　　在《鲁迅与存在主义》一文中，徐岱、潘一禾认为萨特和

---

　　① 柳鸣九:《萨特研究》序，载《萨特研究》，中国社会科学出版社1981年版。

鲁迅这两位作家在生活道路和人生选择等方面都有相似之处：如"萨特是法国战后文学中影响最大的存在主义文学流派的鼻祖，被誉为'二十世纪法国文化最有代表性者'，但同时，他也是当代资本主义世界中一位'执拗的反抗者'，他在逝世前不久接见法国《新观察家》杂志记者时说：'我看到一些社会力量正奋勇前进，我觉得我就在他们中间'"。至于作为中国新文化运动的主将鲁迅，则在"生前也自称为革命军中的一名'小卒'、听命于战斗的号令，他的作品是刺向旧世界的'匕首'和'投枪'。鲁迅不仅是一位作家，同时也是一位伟大的思想家和政治家"①。那么，鲁迅和萨特之间的相同点究竟是什么呢？徐岱和潘一禾认为，由于鲁迅和萨特基本上是同代人，"萨特反映了法国战后左翼资产阶级知识分子的精神面貌，他们在荒谬的资本主义社会孤独彷徨；鲁迅则表现了'五四'运动以后中国进步的小资产阶级知识分子在封建主义、殖民主义专制势力压迫下的苦闷，以及他们追求光明和真理的愿望"。因此，他们认为"相似的生活道路和共同的选择使得这两位思想家的思想有许多共同观点"②。正是从这些共同点出发，《鲁迅与存在主义》一文通过对萨特存在主义的分析，试图"从一个新的角度认识鲁迅早期思想的一些矛盾"③。如果真如作者所言，那么《鲁迅与存在主义》一文就应是作者对于鲁迅早期思想"矛盾"的评论剖析。但综观全文的字里行间，却处处流露出该文作者为鲁迅的文学创作寻找存在主义哲学依据的叙述意图。如若从解释学角度加以分析的话，

---

① 徐岱、潘一禾：《鲁迅与存在主义》，《外国文学研究》1981 年第 3 期。
② 同上。
③ 同上。

那么可以说徐岱和潘一禾的这种期待视野,最终决定了鲁迅的存在主义者身份。而他们所有的阐释行为,又因其期待视野的明确,从而使其阐释行为演变成了一场解释的循环。因此,《鲁迅与存在主义》一文与其说是为了剖析鲁迅早期的思想"矛盾",倒不如说体现了该文作者为传播存在主义文学,努力寻找五四新文学依据的传播策略。

值得注意的是,《鲁迅与存在主义》一文在讨论存在主义文学和鲁迅创作之间的关系时,采用了一种非实证的研究方法。该文作者徐岱和潘一禾主要是通过对存在主义哲学观念和鲁迅作品的解读,用一种简单类比的方式展开论述的。由此带来的一个问题是,无论该文作者如何谈论存在主义对鲁迅创作的影响,都不过是一种主观阐释,其客观性颇值得怀疑。然而,这一主观性的论述方式,却充分显露出中国学者为西方现代主义文学传播寻找合法性依据的良苦用心。

在文章的开篇,徐岱和潘一禾简要概括了萨特存在主义的基本原则,这一原则即是"存在先于本质"说。他们认为:"萨特存在主义最基本的原则是:'存在先于本质。'他认为:'一个人投入生活,给自己画了像,除了这本画像外,什么都没有。'所谓存在,就是客观的物质世界,而本质是指人对客观世界的认识,物质世界本身并没有任何意义,唯有人才能给它下定义,因此,无意识,也即无本质的存在,是无价值的,人一旦失去主观,就变成了机械的动物,从而也就失去了人之所以为人的存在意义。但是,决定人们本质的主观意识——自我,又只能在人自身的行动中得到证实。因此萨特有一句名言就是:'行动吧,在行动过程中就形成了自身,人是自己行动的结果。'这是存在主义的实质,同时这也是贯穿鲁迅早期作品的基本思想。"① 将萨特的存在主义简化为"存在先于本质"这一基本原则，认为人生的意义只存在于后天的行动之中，无疑为阐释鲁迅作品中的人物形象提供了一个新的视角。并且，以存在主义哲学作为阐释鲁迅创作的"前理解"，自然会在作者期待视野的推动下，为鲁迅作品赋予一种存在主义的哲学意味。如该文作者在分析鲁迅的《过客》时，就认为《过客》是鲁迅早年的具有存在主义意味的思想小结。他们认为《过客》剧中的老翁"也曾经像过客那样走着，但现在他老了，停坐在死亡的边缘，这意味着他已经失去了'本质'，不再有存在的意义"。至于老翁身边的小女孩则"并不懂得世界，不曾迈开人生的第一步，也就是没有'本质的存在'"。唯一在这个天地里存在着的是过客，因为他虽已筋疲力尽，却仍走在"暮色苍茫的黄昏"中，"'过去'并不属于他，'过客'只是经过'现在'，走向'未来'……他不停地在走着"。② 从过客的"走"这一行动中，徐岱和潘一禾解读出了过客用行动赋予自身意义的存在主义内涵。同时，为了进一步说明这一问题，他们还引用了萨特的说法，因为在萨特看来，"意识的性质包含它被投入到未来中去的意思，我们只能通过它将变成什么来理解它是什么"。而"过客正是这样在不断地把自己'投向未来'，从'走'中确立了他的生存价值"。徐岱和潘一禾据此认为"过客的'走'就把鲁迅与萨特的存在主义思想相互沟通了"。③ 尽管这一解读方式缺乏实证依据的支撑，但徐岱和潘一禾通过存在主义哲学观念理解鲁迅

---

① 徐岱、潘一禾：《鲁迅与存在主义》，《外国文学研究》1981 年第 3 期。
② 同上。
③ 同上。

作品的方式，却处处证明了他们为鲁迅思想及其文学创作寻找存在主义哲学依据的主观意图。

　　事实上，有关鲁迅和存在主义关系的话题历来为学术界所重视。该文作者将鲁迅作品赋予存在主义哲学意味的论证方式虽有牵强附会之嫌，但鲁迅在《野草》等作品中所流露出来的深重孤独感和生存危机感却的确与存在主义有相通之处。但问题的关键却在于，和萨特的存在主义强调人在行动中赋予自身意义的人生哲学不同，鲁迅的孤独与危机感却是一种彷徨的苦闷，他所有的爱与恨、希望与绝望都如入"无物之阵"，这是一种源自生命根基的现代虚无主义。换句话说，在鲁迅的精神世界中，除了面向国民的启蒙精神之外，尚有一个面对自我生存价值的灵魂自剖。这两种不同指向的思想触角在鲁迅的心灵世界中形成了一个二元对立的精神结构，它属于鲁迅自身的精神层次。如果说《呐喊》和《彷徨》体现了鲁迅的启蒙哲学的话，那么《野草》和《故事新编》等作品即为鲁迅生命哲学的隐喻表达。然则，鲁迅这种晦涩阴暗的生命哲学是一种存在主义吗？从存在主义的产生背景来看，它兴盛于第二次世界大战之后的欧洲大陆，传达的是一种经历战争洗礼之后的虚无荒诞的时代精神，是人们历经灾难后对自我命运无法掌控而产生的一种共同的无力与颓唐。在这样的历史背景下，存在主义用"存在先于本质"让人们明白自己的本来面目，自我承担，"以高度理性化方式和审美手段传达非理性内容，并使之返回到理性和审美中去"。① 这意味着存在主义在很大程度上是一种人生哲学，它教人如何使人生产生意义，那就是以行动赋予人自身的生存价值。但是，在鲁迅的生命

---

　　① 张首映：《西方二十世纪文论》，北京大学出版社1999年版，第364页。

哲学中却很难寻找到一种价值根基，他如入"无物之阵"的虚无与彷徨，恰恰是鲁迅灵魂自剖的结果。在这种自剖，亦即自我认识中，鲁迅用艺术家的直觉写出了人类永恒的精神矛盾。那些体现了他生命哲学的伟大作品，如《野草》中的《过客》等都不过是对人类灵魂矛盾，或曰精神层次相互搏斗的形象书写。鲁迅思想与萨特的存在主义之间最重要的区别正蕴涵于此：如果说萨特的存在主义还是一种教人如何走出荒诞和虚无世界的人生哲学的话，那么鲁迅的文学创作则体现了人如何从荒诞的现实世界出发，去实现自我认识的生命哲学。这一生命哲学不寻求一种为人处世的人生指南，而是恰恰相反，借助精神主体强大的生命意志去拥抱虚无。唯有在人生的现实经验，亦即那些人生准则被虚化的前提下，人才真正有可能逃离现实的束缚，在幽暗的精神王国中去体验自我认识的艰难。换句话说，鲁迅的部分作品，如《野草》和《故事新编》就不是萨特存在主义思想的体现，而是鲁迅认识自我的精神历程的隐喻表达。

关于这一点，当代作家残雪曾有过精辟论述。她在《艺术复仇》一文中，通过对鲁迅作品《铸剑》的分析，揭示了鲁迅自我认识的艰难景象。在残雪看来，《铸剑》中的王、眉间尺和黑色人其实是一个人，他们只不过是人类不同精神层次的代表：王是所有世俗人物的代表，他的贪婪与欲望遮蔽了人的自我认识，眉间尺则是理性的化身，他从复仇的两难中感受到了生存的困境，而那个从"汶汶乡"走来的黑色人，则是洞察了人类生存困境的先知。他告诉眉间尺，由于人不可能永远处于善或恶的境地中，因此认识自我也不可能在世俗生活中完成。只有通过头换头的交易，在灵魂的分裂中，人才有可能真正成人。这三个人其实就是一个人不同精神层次的代表：他们头颅互混的结局，暗示的正是这种三位一体的精神结构。因此，当王和眉间尺、黑色人的头互相咬啮时，人类灵魂搏斗的景象也随之展开。在残雪看来，眉间尺以头换头的壮举，其实就是鲁迅向人类灵魂开刀的过程。他通过这三个人物之间的斗争，展示了写作《铸剑》的真正含义，那就是书写人类精神世界"古老的、永恒的矛盾，即在人生的大舞台上表演生命"。① 通过对自我精神层次的隐喻表达，鲁迅才有可能在灵魂的分裂中去揭示人性的精神矛盾。因此，鲁迅借助《过客》和《铸剑》等作品所表现出来的有关自我认识的生命哲学，就与萨特的存在主义具有了精神实质上的不同。在这个意义上，徐岱和潘一禾对于鲁迅作品的存在主义阅读，显然并未真正深入鲁迅的精神空间。但对于他们而言，或许鲁迅作品的真正内涵是什么并不重要，重要的是能够从中发掘出存在主义的思想因素，如此方有助于为存在主义的传播寻找到一种与鲁迅相关的合法性依据。

　　如果说徐岱和潘一禾对于鲁迅《过客》的存在主义解读还具有某些合理性的话，那么，他们从萨特存在主义哲学中的"自我意识"出发去解读鲁迅的其他作品，就更为鲜明地体现出了一种为存在主义传播寻找合法性依据的主观意图。在徐岱和潘一禾看来，存在主义的"自我意识说"也是鲁迅早年的思想核心。他们指出，鲁迅"在翻译厨川白村《苦闷的象征》一文的前言里说:'非有天马行空似的大精神即无大艺术的产生。''精神现象是人类生活的极巅'，要唤醒'愚昧的国民性'，只有通过'精神'的力量"。② 从鲁迅在这段话中对于人类的精神现象

---

① 参见残雪《艺术复仇》，广西师范大学出版社 2003 年版。

② 徐岱、潘一禾:《鲁迅与存在主义》，《外国文学研究》1981 年第 3 期。

的重视，徐岱和潘一禾推导出了鲁迅所受的存在主义影响。这一影响就体现在《狂人日记》等作品中："在《狂人日记》中，这种巨大的精神压抑转化为狂人这一艺术形象，狂人的'狂'是对几千年的吃人的社会的叛逆，是轰击封建专制'铁屋子'的怒火，最后通过狂人的嘴，精神的压抑变成了革命的呐喊声：'救救孩子！'暗示着尼采式超人哲学的精神战士的出现。"至于在《祝福》、《故乡》和《药》等作品中，鲁迅也将主人公的悲剧命运"都集中在'精神意识'这个焦点上"。① 因此，从鲁迅作品对于人物精神意识的关注出发，结合存在主义的"自我意识说"，徐岱和潘一禾便赋予了《祝福》、《药》和《故乡》等作品以存在主义内涵。这一解读方式虽然正确指出了鲁迅作品所具有的浓烈的精神属性，但将其简单归结为存在主义思想的影响，却明显忽略了鲁迅启蒙文学的精神发生学——须知鲁迅的启蒙文学乃是他对中国大众爱之深，责之切的情绪郁结之产物：从"哀其不幸"出发，在透视国民劣根性的叙述过程中，老中国儿女的愚昧和麻木深深刺痛了鲁迅的灵魂。由此引发的"怒其不争"，实实在在地表达着鲁迅对于老中国的一颗赤子之心。这其间固然也掺杂着鲁迅自我的精神剖析，但正如前文所言，鲁迅的自我剖析主要体现在《野草》等作品中。至于在考察对待国民性问题的启蒙文学时，就不能不考虑这一带有具体历史背景的精神发生学。相形之下，徐岱和潘一禾对于鲁迅启蒙文学的存在主义解读，往往以普世性的存在主义哲学替代了鲁迅具体可见的精神发生学。而更为重要的是，关注人的自我意识本为文学的天职之一，如果据此就认为鲁迅的创作属于存在主义，那么几乎所有

①　徐岱、潘一禾：《鲁迅与存在主义》，《外国文学研究》1981 年第 3 期。

关注人的自我意识的作品都可被归结为存在主义,包括现实主义、浪漫主义文学都概莫能外。因此,徐岱和潘一禾对于鲁迅启蒙文学的存在主义解读,实际上体现了他们刻意为存在主义传播寻找合法性依据的传播策略。

在具体阐释鲁迅启蒙文学的存在主义内涵时,徐岱和潘一禾还以《阿Q正传》为例,试图说明这部作品与萨特存在主义之间的联系。他们认为在《阿Q正传》中,"鲁迅的存在主义思想表现得最为显著,它构成了这部划时代作品的结构和思想基调"。① 为什么会得出这种结论呢?因为在徐岱和潘一禾看来,萨特的存在主义"为人类打开了选择的可能性","而且这种可能性是永远存在的,即懦夫可以振作起来,不再是个懦夫;而英雄也可以不再成为一个英雄"。② 与此相类似,尽管鲁迅在谈到《阿Q正传》的成因时,称这部作品的创作目的是企图揭示"国民的劣根性",但按照徐岱和潘一禾的解读方式,阿Q却不仅仅是国民劣根性的代表,在他身上其实浓缩着人的"自我意识"的变化:"结论是很明确的,处于这样一种反动专制势力中,阿Q由于丧失了经济地位,从而根本没有自我选择的权力,我们不能责备阿Q:为什么不是英雄!因为阿Q与闰土不同,他并不是单一的麻木,而是愚昧,他有着'自我意识',但却是阿Q式的'自我意识',他的'忘却',是为抹去被压迫屈辱的记忆来维持自己的生活。鲁迅说过:'人生苦痛的事太多了,尤其是在中国,记性好的,大概都被厚重的苦痛压死了,只有记性坏的,适者生存,还能欣然活着。'阿Q一直试图维护他的自尊心,但处

---

① 徐岱、潘一禾:《鲁迅与存在主义》,《外国文学研究》1981年第3期。
② 同上。

处受侮辱，人的尊严被踩得粉碎，因而他不得不依赖'精神胜利法'这歪曲了的自我意识来保护自己。他被迫自轻自贱，并为'我是第一个能自轻自贱的人'的'第一个'而满足；他被抢了钱，心里不快，就擎起自己的手狠狠打了自己几下巴掌，通过自我惩罚来否定被压迫的现实。"据此，徐岱和潘一禾总结道："这种自欺欺人的阿Q主义正是笛卡儿'我思故我在'的主观唯心主义翻版，也是存在主义'意识中存在本质'这一主导思想的真实写照。"① 这就意味着阿Q的"精神胜利法"，实际上是他在污秽现实中维护自我意识的一种武器。在这个意义上说，"精神胜利法"就不仅仅是国民劣根性的反映，它还是人类在艰难的生存处境下保护自我意识不受侵害的一种生存方式。如果这一判断成立，那么阿Q的"精神胜利法"就无可指责：作为一个无论从经济和社会地位上都处于社会最底层的草根人物，如果没有"精神胜利法"的自我保护，那么阿Q必将会失去自我意识，从而沦为他自己所说的"虫豸"一般的人物。在这个意义上说，尽管"精神胜利法"是一种歪曲了的自我意识，但鲁迅对此反复强化的结果，却至少说明了阿Q这一人物自我意识的存在。据此，徐岱和潘一禾认为："民族衰落的责任并不能简单地归在阿Q身上，人是环境的产物，并不能脱离他的生存条件而存在。"② 环境对于阿Q而言，就是歪曲他自我意识的罪魁祸首。因此，在徐岱和潘一禾的论述逻辑中，尽管民族衰落的责任不在阿Q，但他所处的生存环境却造成了他自我意识的歪曲，故而鲁迅的批判锋芒最终指向的仍然是具体的社会环境，

---

① 徐岱、潘一禾：《鲁迅与存在主义》，《外国文学研究》1981年第3期。
② 同上。

《阿Q正传》也因此具有鲜明的历史批判和社会批判意识。

巧妙的地方正在于此，通过论述逻辑的转换，徐岱和潘一禾表达的仍然是对鲁迅作品的存在主义分析。那么，他们是如何转换论述逻辑的呢？其实在徐岱和潘一禾的论述逻辑中，隐含着这样一种潜在的叙述方式：即他们首先从存在主义的自我意识出发，认定《阿Q正传》并非一部"批判国民劣根性"的作品，而是鲁迅对阿Q歪曲了的自我意识的表达，这一表达方式即是阿Q的"精神胜利法"。通过对"精神胜利法"造成阿Q自我意识歪曲现象的分析，徐岱和潘一禾试图说明鲁迅如何"从存在主义的概念出发揭示阿Q"。[①] 但如果仅仅局限于这一点，就会忽视鲁迅在《阿Q正传》中鲜明的历史批判和社会批判锋芒。为弥补因对存在主义的分析而忽略的这一现实因素，徐岱和潘一禾又将阿Q自我意识歪曲的根源归结为社会环境对人的异化，从而使得《阿Q正传》回到了鲁迅对于社会历史的批判当中。通过这一叙述策略，徐岱和潘一禾不仅没有否定鲁迅作品中的现实主义因素，反而在存在主义的解读方式中，借助阿Q自我意识的分析，进一步说明了存在主义的现实基础和时代背景。这就意味着在《阿Q正传》中，普世性的存在主义获得了一种与老中国具体时代背景相关的现实意义。因此，鲁迅和存在主义之间的联系，就具有了一种被当时具体历史条件和社会环境所支持的现实基础。这一叙述策略的实质说明，即使是从"唯心主义"（存在主义）出发，也能推导出"唯物主义"（历史批判和社会批判）的结论。在《鲁迅与存在主义》一文的结尾，徐岱和潘一禾说："列宁在1908年给高尔基的信中说：'从唯心主义哲学

---

① 　徐岱、潘一禾:《鲁迅与存在主义》,《外国文学研究》1981年第3期。

出发，不仅能获得重要的、服务于人类进步的见解，并且最后会导致唯物主义的结论'。"① 这充分说明了徐岱和潘一禾对于鲁迅进行存在主义解读的叙述策略。尽管他们也认为鲁迅的存在主义思想是其悲观绝望情绪的流露，是一种"消极"的思想因素，但他们对于鲁迅作品的存在主义解读，却为存在主义的传播寻找到了一种和鲁迅相关的合法性依据，这不能不说是一种存在主义的传播策略。

四

在考察西方现代主义文学和中国新文学传统的联系时，还有不少中国学者注意到了某些现代主义文学与中国新文学在主题上的某种一致性。而对于这一问题的研究，基本上都以"五四"启蒙文学为参照物去阐释和理解西方现代主义文学。如在介绍意识流文学时，有中国学者认为乔伊斯的《尤利西斯》就具有一种"国民性批判"的主题：主人公布罗姆"是个英雄，是当代的俄底修斯，典型地体现了爱尔兰民族的气质。亦即所谓的'国民性'"。② 那么，乔伊斯本人对于爱尔兰民族的国民性持一种什么态度呢？在中国学者看来，他"对待国民性的态度是矛盾的。一方面，他虽然在年仅 22 岁的时候就因忍受不了国内的禁锢和压抑气氛而被迫远走他乡，但他却一直深深地热爱着自己的祖国，一天也没有忘记'亲爱的、肮脏的都柏林'。另一方

---

① 徐岱、潘一禾：《鲁迅与存在主义》，《外国文学研究》1981 年第 3 期。
② 樵杉：《乔伊斯与〈尤利西斯〉》，《外国文学》1982 年第 8 期。

面,他又对自己民族的弱点深恶痛绝,抓住一切时机予以无情地揭露和批判,但这种揭露和批判绝非恶意中伤,也不是旁观者的评头品足,而是一种由爱及恨的复杂感情的流露。"① 乔伊斯这种对待国民性"由爱及恨"的态度与鲁迅何其相似。虽然樵杉对于《尤利西斯》国民性批判的主题并未做出进一步阐释,但他张扬"国民性批判"主题,贬低潜意识描写的评论却随处可见。造成这种评论倾向的原因何在呢? 应该说,批判国民性这一启蒙文学的主题经由鲁迅开创和发扬光大以后,业已成为中国知识分子衡量文学作品的一个潜在价值标准,樵杉的文章不过是这一价值标准的批评实践而已。同样,从五四新文学的反对帝国主义主题出发,中国学者也致力于发掘现代主义文学中的反帝主题。如在介绍拉美魔幻现实主义代表作《百年孤独》时,中国学者着重突出了马尔克斯对于美帝国主义的批判,认为其批判锋芒直指美国对于拉美国家的经济侵略和宗教毒害,等等。② 由此可以看出,中国学者在介绍西方现代主义文学的过程中,往往从本土的新文学传统出发,通过发掘现代主义文学的国民性批判和反帝反封建等主题话语,试图为传播现代主义文学寻求一种源于五四新文学的合法性依据。

值得注意的是,尽管这一传播策略在客观效果上扩大了现代主义文学的影响,但其后果却直接造成了新时期学者对于五四新文学的深重误读。由于受到新时期初意识形态话语的权力规约,中国知识分子在引进和传播西方现代主义文学思潮时,也不得不

① 樵杉:《乔伊斯与〈尤利西斯〉》,《外国文学》1982 年第 8 期。
② 参见林一安《拉丁美洲的魔幻现实主义及其代表作〈百年孤独〉》,《世界文学》1982 年第 6 期。

戴上意识形态的镣铐跳舞：他们既要响应思想解放运动的号召，通过传播现代主义文学思潮履行其知识分子的启蒙使命，又不能忽视五四新文学的现实主义传统。而在这种两难抉择中，常见的一个做法似乎就是改造五四新文学。在新时期学者的阐释下，五四新文学的现代性品格被无限放大，由此自然割裂了五四新文学与传统文化的天然脐带。这方面的典型之例不胜枚举，如赵毅衡为传播意象派诗歌，刻意夸大五四新诗所受的意象派影响，王蒙由鲁迅小说中解读"意识流"因素，等等，均可被视为误读五四新文学、想象现代性的典型个案。从积极的角度说，这一做法在"体制为游戏规定了一些界线"①的传播背景下，有力地促进了西方现代主义文学的传播。但中国知识分子启蒙主义式的阐释学立场，尽管在理论创新层面能以激进的当代姿态介入文学史格局，却无法摆脱进入西学后的理论风险，因为西学对于中国知识分子来说似乎一直是现代性的直接阶段，而未经自我理解的现代性想象，显然无法保持民族境遇的自我意识。在这个意义上说，无论是话语权力层面的意识形态之争，抑或文学史视野中的现代性想象，都不过是新时期初知识分子在现代主义这一"他者"中失掉自我意识的表现。由此也可解释嗣后中国当代文学的某些尴尬处境：20 世纪 80 年代中期全面推行的现代主义文学实验，之所以被诟病为伪现代派，盖因先锋文学的实践者大多师法西学，无从保有存活于本土语境中的民族意识和自我意识，由此推行的文学革新，焉能不导致东施效颦的无奈结局？

　　综上所述，通过对于西方现代主义文学和中国五四新文学关

①　[法] 让－弗朗索瓦·利奥塔尔：《后现代状态：关于知识的报告》，车槿山译，三联书店 1997 年版，第 18 页。

系的历史误读,中国学者赋予了西方现代主义文学另一种合法性依据,体现了他们传播西方现代主义文学的策略性选择。如在考察西方现代主义文学和中国五四新文学的关系时,中国学者充分发掘了意象派、意识流和存在主义文学的理论及其创作和五四新文学传统之间的关联。在这当中,中国学者对于意象派诗歌理论和五四新诗理论关系的考察,充分说明了中国学者通过夸大意象派对中国新文学运动的影响,传播意象派诗歌的策略性行为。而在探讨鲁迅与西方现代主义文学的关系时,则通过对鲁迅思想及其作品的现代主义解读,赋予了鲁迅一种现代主义品格,并在此基础上,将西方现代主义文学与中国新文学的创始人鲁迅相勾连,进而为西方现代主义文学的传播赋予了一种源自鲁迅文学的合法性依据。由此可以看出,中国学者在介绍西方现代主义文学的过程中,往往从本土的新文学传统出发,通过梳理西方现代主义文学与中国五四新文学的联系,实践着他们对于西方现代主义文学的传播策略。

结　语

　　需要指出的是，上编所描述的西方现代主义文学四种传播策略，并不能全面涵盖当时西方现代主义文学的传播状况，它只是建立在部分客观材料上的一种理论归纳。尽管如此，发生于20世纪70年代末80年代初的现代主义文学论争，却大多与这四类传播策略有关，如西方现代主义文学的政治合法性问题，现代主义与马克思主义、现实主义和五四新文学的关系等问题，均成为当时现代主义文学论争的焦点话题。而在这些传播策略中所隐含的思想预设，即中国学者急欲走出"阶级决定论"的思维方式，则充分表明了中国社会思想解放的历史进程。尽管前文对于"阶级决定论"的归纳还比较抽象，但它所指代的思想预设却受制于当代文学长期以来形成的价值体系。从西方现代主义文学的传播过程来看，"阶级决定论"这一超文学的价值体系尽管主要是从文学与政治、文学与社会思潮等外部标准去标价西方现代主义文学，从本质上隶属于"历史决定论"的范畴，但由于西方现代主义文学的价值体系具有完全不同于现实主义文学的自足性，它强调创作主体的内心感受，侧重形式试验，因而在现代主义文学的传播中，这两种性质迥异的价值体系便不断发生着碰撞与融合，这种碰撞与融合在历史实践中形成了新时期以来关于西方"现代派"的种种论争。尽管这些有关西方现代派的论争迄今仍未有所定论，但却在当时促成了一种新的文学价值体系的出现，即美学要求终于冲破了历史要求的藩篱，并最终为西方现代主义文学的接受打开了道路。更为重要的是，在这场西方现代主义文学的传播运动中，一些属于"文学性"的因素开始受到广泛关注，诸如文学形式的自律性和文学审美的独立性等纯文学问题，均在日后的创作实践中开始显现自身独有的艺术价值。当代文学这种"文学性"的复归，首先是对以往"超文学"研究方法的质疑。反映论作为这种研究的哲学基础，将文学视为社会、历史的反映，因而对文学的研究也习惯于脱离文学文本，从时代的、政治的、社会的背景去研究文学。尽管20世纪70年代末西方现代主义文学的介绍者们仍是在超文学的层面上传播现代主义文学，但他们也开始对这种研究产生了怀疑："我们怎么能要求一部作品把所有社会学、政治经济学的理论面面俱到地论及呢？这岂不是要求作家写政治教科书吗？岂不是要求作家全面提出社会革命的方案吗？（这）已经超出了文学艺术本身的任务。"[1] 柳鸣九的观点事实上蕴涵着文学向自身回归的要求，在这一层面上，他不仅反对文学过多的社会学和政治经济学因素，也反对"形而上学的道德化的批评"。他重视艺术价值，认为"现代派的一部分创新是有艺术价值的"，如荒诞、意识流等表现方法都"应该得到我们的承认"。[2] 现代主义文学的传播，如果从接受美学的角度讲，其新奇怪诞的表现方法因为打破了中国读者以反映

---

　　[1]　柳鸣九：《现当代资产阶级文学评价的几个问题》，《外国文学研究》1979年第1、2期。

　　[2]　同上。

论为心理基础的"期待视野"而格外引人注目。因此，传播西方现代主义的一个重要方面，便是介绍现代主义文学五花八门的表现方法。当时对意识流、荒诞描写等表现手法均有专门研究。与此同时，中国学者还翻译了许多西方现代主义作家的创作谈，这些创作谈对于现代主义文学的表现手法有十分细致的分析。由此说明，"形式"这一长期被忽视的文学元素开始重返文学，它对于日后先锋文学在当代文学格局中的出现具有至关重要的作用。在这个意义上说，新时期初西方现代主义文学的传播"使新时期的作家、艺术家和批评家对西方现代主义文艺诸流派及其复杂性有了一个基本的了解，从而获得了反思和推进我们文艺的外在的同时又是现代意义的参照，并在横向的比较中获得一种自觉地走向世界的气质和愿望"。①

---

①　陈晋：《当代中国的现代主义》，中国文联出版公司 1988 年版，第 24 页。

下　编

西方现代主义文学的接受历史

第六章

"对话"与"潜对话"："现代派"论争引论

一

对于新时期初的大陆文学界而言，如何清理后"文化大革命"时代的价值废墟，重建社会正义与道德秩序，业已成为当代文学一个无以回避的历史问题。由此引发的种种创作潮流，逐步形成了以书写"文化大革命"记忆为特征、以历史批判为指向的人道主义文学。尽管这一文学思潮对于"文化大革命"的反思与批判贡献良多，但因其固有的社会政治学色彩而未能真正深入人性空间，从而也无法在理性层面直抵国人异化的精神根源。不过随着20世纪70年代末西方现代主义文艺思潮在中国大陆的广泛传播，这一局面也开始有所改观。

发生于20世纪70年代末的现代主义传播运动，实际上是大陆新启蒙运动的有机组成部分。隐含于这场传播运动中的传播策略与权力游戏，处处展示了意识形态和启蒙主义话语的颉颃互竞。但这场传播运动的结果，却在译介、讨论、评述现代主义的诸多言路中，汇聚而成了两种不同层面的"对话"行为。就探索人性异化根源、发掘国民性弱点等启蒙问题而言，中国的知识分子们充分利用了西方现代主义文学的认识论特征，从对人类存在困境的质询和对资本主义文明的批判中，展开了关于现代主义文化的"政治对话"；但就当代文学的发展趋向等文学问题而言，现代主义的传播却在"社会主义/资本主义"意识形态的政治对话之外，形成了一场有关当代文学现代性的"文学对话"。极具讨论意味的话题正在于此，由这场"对话"与"潜对话"出发，不仅可以观察到彼时中国知识分子的文学接受，亦可一窥新时期文学现代性追求的逻辑起点。

1978—1982 年，全国主要报刊登载的译介、讨论、评述现代派文学的文章，约有四百余篇。其中外国文学和上海译文两家出版社的"20 世纪外国文学丛书"、"外国文学名著丛书"，漓江出版社的"诺贝尔文学奖获奖作家作品集"，湖南人民出版社的"诗苑译林"，都是颇有影响的书系。此外，外国文学出版社还编译了"外国文学研究资料"专辑，除作家（莎士比亚、巴尔扎克、海明威、福克纳、加西亚·马尔克斯、萨特、川端康成等）的专集外，尚有"流派"（荒诞派戏剧、新小说等）专集。西方 20 世纪文论，以及哲学、美学、文化学、社会学、心理学等社会科学和人文学科的重要成果的译介，也受到文学界的热情关注；弗洛伊德心理学、存在主义、现象学、俄国形式主义、结构主义、阐释学、新批评、符号学、后结构主义、女性主义文学批评等，都逐一得到介绍，这些学说在中国 20 世纪 80 年代的文学发展中留下了深刻痕迹。[1] 文学界对"现代派"的热情，引发

---

① 洪子诚：《中国当代文学史》，北京大学出版社 1999 年版，第 228、229 页。

了 20 世纪 80 年代初的有关"现代派"评价问题的论争。有关此次"现代派"文学的论争情况，人民文学出版社于 1984 年出版了上、下两册的《西方现代派文学问题论争集》（何望贤编选，内部发行）。除收入报刊上发表的代表性文章外，还附有"关于西方现代派文学问题讨论文章目录索引（1978—1982）"。该书的《出版说明》指出："在文艺战线，清除和防止精神污染的重要任务之一，就是要批评和抵制试图将反映西方资产阶级意识形态的现代主义文艺移植到我国来，以表现所谓'社会主义异化'为主题，按照形形色色的个人主义世界观来歪曲我国社会主义现实的错误主张和错误作品。"① 由此可见，"现代派"论争首先是一场涉及不同意识形态话语之间的政治论争。至于这场论争的缘起，则始于时任《外国文学研究》主编的徐迟的一篇短文。

1982 年，徐迟在《外国文学研究》上发表了《现代化与现代派》一文，旋即引发了关于"现代派"文学评价问题的论争。徐迟的这篇文章本是为《外国文学研究》季刊发起的西方现代派文学的讨论作一小结，结果却引发了更大的一场论战。这场论争从 1982 年到 1984 年前后持续了近三年，同时被批判的还有谢冕、孙绍振和徐敬亚论述"朦胧诗""崛起"的三篇文章，② 以及发表在《上海文学》1982 年第 7 期上的冯骥才、李陀和刘心

---

① 何望贤编选：《西方现代派文学问题论争集》出版说明，人民文学出版社 1984 年版。

② 这三篇文章分别是谢冕：《在新的崛起面前》，《光明日报》1980 年 5 月 7 日；孙绍振：《新的美学原则在崛起》，《诗刊》1981 年第 3 期；徐敬亚：《崛起的诗群》，《当代文学思潮》1983 年第 3 期。

武放的"三只小风筝"。① 如果仅从印象中去描述 20 世纪 80 年代初文学界关于现代派的论争，结果无疑是令人失望的。在很大程度上，这次"现代派"论争多多少少掺杂着评论者的个人意气与门户之见，这一点可以从当时水平良莠不齐的论争文章中见到。但是，任何一次历史事件都隐含着当事者的思想预设，无论对于这一历史事件做出何种价值判断，都不得不考虑其思想背景的历史性。就 20 世纪 80 年代初的"现代派"论争而言，讨论双方都受制于当时意识形态和文学观念的影响，论争行为的演变极其鲜明地标志出了现代主义文学对于既定文学观念的冲击。

其实早在此次"现代派"论争之前的现代主义传播运动中，拥护和反对现代主义的两种声音就已出现。1980 年，《文艺报》邀请刘心武、李陀、王蒙、张洁、宗璞等作家召开了一个关于艺术创新问题的讨论会，会议涉及如何借鉴外国文学与促进当代文学的创新性等问题。与会作家均对借鉴外国文学表示赞同与重视。但与此同时，仍有许多文学界人士对西方现代主义文学持批判和保守的态度，他们认为对于现代主义文学的认识态度，实际上反映了认知主体的政治立场问题。针对这一批评声音，柳鸣九评论说："这本来也是一件好事（指对西方现代主义文学的接受——作者注），并且这种借鉴与新手法在我们文学创作中的运用，也收到了良好的效果，使人感到了新意，受到了读者的热情欢迎。对此，创作界的一些同志感到欣喜。然而，这一切却引起了一些人的忧虑与不安，随之而来

①　"三只小风筝"指的是《上海文学》1982 年第 2 期发表的冯骥才、李陀和刘心武的通信，标题分别为冯骥才：《中国文学需要"现代派"》；李陀：《现代小说不等于"现代化"》；刘心武：《需要冷静地思考》。

的，则是对西方现代派文学的批判。不外是说，西方现代派文艺在思想内容上当然是反动、消极、颓废的，不应予以肯定，即使是他的艺术手法。也是与它反动、颓废的世界观直接有关，因而也不应加以借鉴。何况，中国的文学要坚持民族化，借鉴外来的新奇手法就有走上歧途的危险……如果说，这两个领域里对西方现当代文学的批判，几乎是随着对西方现当代文学的重新评价与借鉴同时发生的话。那么，这种批判断断续续进行了一段时间之后，到 1983 年下半年，对现代派文学的批判，一度成为政治表态的一个重要内容。"① 这显然将如何评价西方现代主义文学提升到了政治层面，因此，怎样认识西方现代主义文学就在新时期初演变成了一个文艺思想领域内的政治问题。

二

对于 20 世纪 70 年代末传播西方现代主义文学的中国知识分子而言，他们在译介文章中的态度远非客观介绍，而是处处展开着与反现代主义者之间的"对话"。因此，在当时译介现代主义文学的文章中，已然隐含了论争双方的对立格局：一方是急切传播现代主义文学的先行者，另一方则是固守"传统"的"现实主义者"。后者深受政治因素的影响，极力反对具有资产阶级意识形态属性的现代主义文学。因此，推行现代主义

---

① 柳鸣九：《未来主义、超现实主义、魔幻现实主义》，中国社会科学出版社1987 年版，第 7 页。

文学的介绍者们便肩负着双重任务：一方面是客观翻译和介绍西方现代主义文学；另一方面则是放弃"中立"的价值立场，在译介性质的评论文章中不断给出反现代主义者的论点并予以抨击，试图用这种"对话"的方式清除文学价值体系中过多的意识形态色彩。可见，所谓的"现代派"论争并非始自1982年，从现代主义文学的传播之日起，论争就已在中国学者的译介性文本中开始出现，那些"给定"的反现代主义者作为潜在的对话者，不断以意识形态的话语权力压制和抵御着现代主义这一文学"异端"的传播。由于意识形态话语的影响，使得习惯于操持这一话语方式的反现代主义者往往从超文学的政治、历史等视角进行批评活动，而拥护现代主义文学的一方又常常在表现技巧这一非意识形态的范畴中去肯定现代主义文学。因此，在现代主义传播者与反现代主义者之间，这种对话并不存在一个共同的论域，唯一相通的只是双方维护意识形态权威的共同思想平台：反现代主义者维护社会主义意识形态的政治诉求不言自明，而现代主义文学的传播者们也出于种种传播策略的需要，将西方现代主义文学理解为批判资本主义文明的武器，从而肯定了现代主义文学对社会主义意识形态的维护功能。但这种叙述策略显然只是为获取现代主义的政治合法性，其中有关现代主义文学的评价问题并未真正得到反现代主义者的承认。按照巴赫金"对话"理论的思维逻辑，真正的"对话"必须具有"未完成性"，即"对话"双方都不把对方看成自己的附属品，都反对把他人置于自己的结论中使"对话"得以完成。[①] 而20世纪70年代末反对现代主义文学传播的中国学

---

① 参见［法］托多罗夫《巴赫金对话理论及其他》，蒋子华、张萍译，百花文艺出版社2008年版。

者,却借助意识形态话语的先天优势,深深压制了现代主义文学的广泛传播。为达到遏制现代主义文学、维护社会主义意识形态的目的,反现代主义者常常用一种冷战思维,将现代主义文学及其传播运动划入了政治范畴。因此,"要社会主义文学,还是要现代派文学"的论辩思路在当时随处可见。这种凭借意识形态话语权力压制现代主义文学传播的论争方式,只能令"现代派"论争停留在政治层面,从而无法令对话行为真正发生。在这个意义上说,意识形态色彩浓厚的"政治对话"便成为"现代派"论争的首要特征。而有关西方现代主义文学政治合法性的论争,早在现代主义文学传播之日起就已出现。因此,在具体讨论20世纪80年代初"现代派"论争中的"文学对话"之前,就有必要回顾一下20世纪70年代末80年代初西方现代主义文学传播中的政治接受过程。

第七章

政治对话:西方现代主义文学
传播中的政治接受

一

既然"现代派"论争首先是一场涉及不同意识形态话语之间的政治对话,那么西方现代主义文学在这场政治对话中的命运如何呢?从本书上编部分对于西方现代主义文学传播策略的研究中可以见到,无论是从西方现代主义作家的政治立场,还是从马克思主义和现实主义出发所进行的所有传播活动,都暗含了中国学者为西方现代主义文学赋予社会主义意识形态合法性的叙事努力。在这几类传播策略中,让西方现代主义文学在被中国学者"阐释"的命运中,获得一种与社会主义意识形态的相通性,进而为西方现代主义文学的传播打开道路,业已成为新时期初中国学者传播西方现代主义文学的首要策略。而体现在这一传播活动中的对于西方现代主义文学政治合法性的接受,则充分展现了此次"政治对话"的基本面貌。

新时期最早为西方现代主义文学正名的长文是柳鸣九的

《现当代资产阶级文学评价的几个问题》，这篇文章刊登于《外国文学研究》1979 年第 1、2 期上。该文主要从人道主义的角度肯定了西方现代主义文学。文章认为，虽然叔本华、尼采、柏格森、弗洛伊德、萨特等西方现代哲学思潮对现代主义文学产生了极大的影响，宣扬了一些悲观颓废和绝望虚无的不良思想，但现代主义并没有完全抛弃资产阶级人道主义传统。他对卡夫卡、萨特和贝克特三位作家进行了详尽的分析，得出的结论是："资产阶级上升时期的人道主义传统，在二十世纪资产阶级现代派文学中并没有中断，它得到了一些优秀的进步作家的继承和发扬。正因为他们的作品是以资产阶级人道主义为思想基础，所以显示出了可贵的价值。不过，这里存在一个问题，即资产阶级人道主义在二十世纪究竟还有没有进步性，还有多少进步性？"回答是肯定的："资产阶级人道主义的这种揭露和批判力量，只要资本主义制度还存在一天，它也就不会是过时的，也就不会丧失其进步意义。"[1] 这里的论证似乎与政治对话无关，但如果联系到当时正在展开的人道主义大讨论，就可以发现，无论是西方现代主义文学，还是人道主义思想，都面临着一个共同任务，即都必须为获得由社会主义意识形态许可的政治合法性而努力。因此，柳鸣九为西方现代主义文学人道主义属性进行辩护，就与当时的人道主义者做法一致，依据的都是马克思主义原典著作中对于资产阶级人道主义进步性的论述。只要柳鸣九赋予西方现代主义文学以人道主义品格，那么就可借助人道主义的合法性将现代主义文学合法化。从这篇为西方现代主义文学平反的文章中可以看到，在

---

　　[1]　柳鸣九：《现当代资产阶级文学评价的几个问题》，《外国文学研究》1979年第 1、2 期。

20 世纪 70 年代末 80 年代初的西方现代主义文学传播过程中，中国学者首先要做的就是从政治层面争取西方现代主义文学的合法性。在某种意义上，这一传播策略形成了新时期初现代主义文学传播运动的元叙事：举凡政治误读、思想误读、历史误读和美学误读等种种传播策略，都不过是谋求现代主义文学政治合法性的手段。而对政治合法性的阐释，势必会受到反现代主义者的种种质疑与批判，因此，当现代主义文学被介绍进中国大陆的时候，反现代主义者自然会就政治合法性的问题展开辩驳。

值得注意的是，不论传播西方现代主义文学的中国学者们怎样注重传播策略，都掩盖不了西方现代主义文学凭借异化描写对所有人类社会制度进行批判的叙事功能。尽管这一批判矛头深刻揭露了资本主义社会的末日危机，但同样也严重威胁到了社会主义意识形态的权力根基。因此，许多反对西方现代主义文学传播运动的中国学者，在讨论现代主义文学的政治问题时，便首先致力于批判西方现代主义文学中的反社会主义意识形态因素。由此围绕西方现代主义文学政治合法性问题而展开的"政治对话"，就形成了新时期初中国学者在政治层面上对于西方现代主义文学的接受格局：对于支持引进现代主义文学的中国学者而言，他们的任务就是通过各种传播策略赋予西方现代主义文学以政治合法性；而反对西方现代主义文学的中国学者，则借助社会主义意识形态的话语权力，以一种"要社会主义文学，还是要现代派文学"的论辩思路，压制着西方现代主义文学传播者们所努力争取的政治合法性。问题的关键就在于，在这场政治对话中，论辩双方都已暗暗传递出了中国当代文学界试图摆脱政治束缚、让文学重返自身的积极信息。有关赋予西方现代主义文学政治合法性的叙事努力，在当时中国学者的传播策略之中已体现良多。相形之下，那些反对现代主义文学传播的观点却同样表达了对中国文学去政治化进程的高度关注。本书接下来要梳理的，即是反现代主义者在一种"要社会主义文学，还是要现代派文学"的"政治对话"中，体现出了怎样一种对于现代主义文学的政治接受。

二

在《关于现代派和现实主义》一文中，作者嵇山用当时流行的政治标准批评了西方现代主义文学。但嵇山这篇反对现代主义文学传播运动的文章，却有别于一般意义上的政治批判，而是在唯物辩证法思想的指导下，间接表达出对于现代主义文学的某些肯定意见。在文章开篇，嵇山简要概括了西方现代主义文学的成就。他说："首先，现代派文学中有不少作品往往暴露了资本主义世界的丑恶腐朽，表现了畸形社会中人们的畸形心理，这样那样地反映着他们的彷徨、苦闷和对现实的不满情绪，具有一定的社会意义。""其次，现代派文学在艺术上也有新的突破。现代派创作一般都比较重视人的内心世界的研究与探索，对人的梦幻、潜意识等复杂的心理活动，兴味尤浓。它们常常一反传统的描写方法，大量采用幻想、夸张、隐喻、象征和'意识流'等艺术手段，将思想、感情等化为某种形象而展现在读者观众面前……这也应该承认是一种表现方法上的创新。"[1] 应该说，嵇山对于西方现代主义文学的肯定性意见与当时传播现代主义文学

---

[1]　嵇山：《关于现代派和现实主义》，《华东师范大学学报》（哲社版）1981 年第 6 期。

的中国学者并无二致：他从反映论的思维模式出发，赞扬了西方现代主义文学对于资本主义社会矛盾的再现功能，并充分肯定了西方现代主义文学的表现技巧。这一理解方式表明，那些反对现代主义文学传播的中国学者，尽管并不认同传播者们赋予现代主义文学政治合法性的做法，但他们也在超意识形态的表现技巧层面肯定了西方现代主义文学的成就，这比起那些动辄拿起政治武器批判所有异域文化的极"左"分子，不能不说是一大进步。

不过与此同时，嵇山也指出："表现方法不等于创作方法，前者是指具体的描写手段，后者是审美地认识和反映（或表现）客观世界的基本原则，两者有局部与整体的区别。"[①] 嵇山的意思是说，尽管西方现代主义文学的表现方法值得肯定，但它却不能替代现实主义文学的创作方法。因为在他看来，创作方法本身就是一种哲学思想指导下的认识论，只不过这一认识论的表现形式是"审美"的而已。而在中国当代文坛占据主导地位的现实主义文学的创作方法，则作为马克思主义审美地认识世界的基本原则，永远不可能被西方现代主义文学的表现方法所替代。值得注意的是，隐含于嵇山这一判断背后的论述逻辑是什么呢？在他看来，如果主张以现代主义文学替代现实主义文学，就意味着要置换马克思主义认识世界的审美原则，这无疑是对马克思主义的一种反动。因此，西方现代主义文学不应当被中国文坛所接受，成为一种主导的创作潮流。在嵇山的论述逻辑中，传播现代主义文学成为对现实主义和马克思主义的反动，因此"要社会主义，还是要现代派"的论辩逻辑就借助社会主义意识形态的权威性

---

① 嵇山：《关于现代派和现实主义》，《华东师范大学学报》（哲社版）1981 年第 6 期。

深深压制了西方现代主义文学的传播。这种接受方式无疑是一种政治接受，它与极力赋予西方现代主义文学政治合法性的接受方式虽然相反，却都同属于政治接受的范畴。

　　与这一肯定意见相比，更能体现嵇山等反现代主义者政治接受问题的，是他们对于现代主义文学的否定性意见。在讨论西方现代主义文学从整体上所具有的反动性时，嵇山分别从现代派的创作方法、表现原则和创作倾向三方面阐述了反对现代主义文学传播的理由。他认为现代派创作方法的理论基础是西方资产阶级哲学："每一种创作方法的提出，都有其一定的创作理论和哲学思想为基础……现代派创作方法，则是现代派作家以各种不同方式接受了西方现代资产阶级哲学，尤其是柏格森的生命哲学、弗洛伊德的精神分析学、海德格尔和萨特等人的存在主义而逐渐形成的。这不仅表现在许多现代派作家采用了现代资产阶级哲学提出的一些重要观念（如弗洛伊德的'自由联想'法，威廉·詹姆士的'意识流'等），更主要的是他们都是以西方资产阶级哲学中的根本思想作为创作的指导原则。"[①]　西方现代主义文学的创作方法，"实际上就是从西方资产阶级哲学思想中演化而来的，有的竟几乎是直接的照搬。例如柏格森哲学上的挚友、威廉·詹姆士提出的'意识流'把人的意识当做不断流动的一条'河'，与柏格森的生命冲动的洪流说，显然有着血缘关系。这种把先验的无意识的本能和欲望当做客观世界的本原和人类认识的源泉，是现代派竭力主张表现'自我'的理论支柱。但是这种先验的本能和欲望又是从哪里来的呢？说到最后，只能把

---

　　①　嵇山:《关于现代派和现实主义》,《华东师范大学学报》(哲社版) 1981 年第 6 期。

'上帝'作为第一推动力，承认是上帝所创造的"。"可见，现代派非理性的神秘主义、不可知论的创作思想，和西方现代资产阶级哲学并无二致，而且从根本上说，都是十分荒谬的。"①

应当说，嵇山对于西方现代主义文学哲学基础的概括还不失准确，但在他的批评意见中，有这样几个问题值得关注。首先是嵇山在其论述逻辑中体现出了一种有关"哲学/文学"等级秩序的思想预设。按他的叙事逻辑，西方现代主义文学只不过是"资产阶级哲学"的文学演绎。姑且不论他的这一看法是否准确，单就这一论述逻辑中所蕴涵的"哲学/文学"等级秩序而言，作为哲学观念注解的文学显然丧失了其独立性，进而沦为哲学的附庸。其实嵇山有关"哲学/文学"的等级观念，在中国文学界具有毋庸置疑的普遍性：文学独立性的丧失，从本质上来说是新中国成立以后历史理性主义思想发展的必然产物。所谓的历史理性主义，由于信奉存在于主体经验之外的历史真实和泛逻辑主义的历史决定论，从而造成了当代文学现实主义传统中根深蒂固的"历史崇拜"情结。历史在某种程度上被视为外在于历史主体，即人类的客在真实，它的线性时间结构被一种合目的性的进化论历史观指涉为因果规律发展的必然结果。在这种历史叙事强有力的影响下，中国当代文学，尤以十七年文学为甚，在很大程度上成为屈服于历史神话之下的对于历史的文本阐释。尽管文学本身秉有"虚构"的性质，但在这种历史叙事的压制下，"虚构"往往在文学价值系统中滞后于"反映真实"的文学观念。因此，"历史/文学"等级秩序的建构，以及文学独立性的丧失，

① 嵇山：《关于现代派和现实主义》，《华东师范大学学报》（哲社版）1981 年第 6 期。

业已成为中国当代文学史上一个无法更改的事实。而在嵇山这篇文章中所蕴涵的"哲学/文学"等级秩序,只不过是哲学对历史的替换而已。这一等级秩序表明,当代中国文学在再现历史进程和历史规律之外,还必须体现马克思主义的哲学思想。从文学必须反映哲学思想这一观念出发,嵇山认定了作为西方资产阶级哲学的形象的演绎方式,西方现代主义文学从本质上与"西方现代资产阶级哲学并无二致"。需要说明的是,在20世纪80年代初,中国知识界对于西方现代哲学的意识形态偏见并未消除,它仍然和过去一样被看做同社会主义敌对的资产阶级意识形态。因此,西方现代主义文学自然也无法逃脱社会主义敌人的罪名。在这个意义上说,嵇山反现代主义的依据依然来自于政治话语,他对现代主义文学的批判隐含的仍然是"要社会主义,还是要现代派"的论述逻辑。

其次,嵇山将西方现代主义文学看成是西方资产阶级哲学的形象演绎也值得商榷。在他看来,西方现代主义文学是对西方现代哲学(嵇山称之为"西方资产阶级哲学")的照搬,"都是十分荒谬的"。[①] 这一看法显然抹杀了西方现代主义文学凭借作家自我生命意识观察世界的独特审美属性,进而使文学屈服于哲学之下。尽管西方现代主义文学深受现代西方哲学的影响,但现代主义作家在表现西方现代哲学的基本内涵时,往往结合了自身的生命体验,致力于对笔下人物生存困境的叙事拯救。而且,这一叙事拯救还常常因人物异化的深重困境而变得徒劳无功。在此基础上,现代主义作家们凭借自己对于世界的观察,在文学文本中

---

① 嵇山:《关于现代派和现实主义》,《华东师范大学学报》(哲社版)1981年第6期。

呈现了一个哲学无法替代的支离破碎的经验世界，一个只有漂泊没有归宿的世界；同时，西方现代主义作家又总是幻想文学能够呈现出某种整体的世界图式，这就是通过对世界的整合，实现对人类支离破碎的生存经验的整合，它传达了现代主义作家深重的人道主义精神，以及对于世界荒原本质的文学想象。但这种整合世界的企图（体现在现代主义文学中就形成了借助叙事关怀人类生存困境的深度模式）却因为世界的无法整合而显得没有明确的价值归宿，由此自然会形成现代主义文学中最为常见的荒诞感和虚无感。更为重要的是，对于一些只想讲述纯然属己的生命体验的现代主义作家而言，哲学永远是冰冷的理性言说，即便是那些标榜生命直觉的现代西方哲学，也无法揭示现代主义作家面对复杂世界时的内心体验。因此，许多现代主义作家并不拘泥于对现代西方哲学的"客观再现"，而是在将叙事视角移向人物内心世界的同时，细致讲述他们纯然属己的生命体验。由这一生命感觉出发，优秀的现代主义作家总是竭其所能地倾听并抚慰人人可能面对的生存困境。这无疑是现代西方哲学无法替代的叙事功能。在这个意义上说，嵇山有关西方现代主义文学和哲学关系的探讨，充其量不过是对于现代主义文学的政治理解，其实质同样是对西方现代主义文学的一种政治接受。

此外，在描述西方现代主义文学表现方法的总原则和创作倾向方面，嵇山的《关于现代派和现实主义》一文，依然是从政治标准出发对其进行了严厉批判。他从马克思所说的人是"按照美的规律来塑造物体"的观念出发，认定西方现代主义文学的表现方法在原则上属于唯心主义："现代派创作的一个主要特征，它在表现方法上的总原则，就是主观随意性，蔑视艺术形象自身的内在逻辑。因此，在他们的作品中，人物的思想行为往往为突发的、盲目冲动所左右和推动……在'意识流'、'新小说'、'未来派'等的作品中,则常常可以看到想象的漫无边际、感情的无端跳跃、怪诞形象的杂乱堆积,就是煞费猜测,也不得其解。""由于现代派作家否定客观生活和人的思维活动的逻辑性,强调把虚无缥缈的'精神原动力具体化',于是支离破碎、反逻辑性的形象,也就成了他们作品的一个根本特点。所以说,反逻辑、非理性正是其表现方法上的总原则。"① 在嵇山看来,由于马克思主义文艺美学强调的是文艺创作的客观规律,而现代主义文学则注重无逻辑性的非理性,因此,就表现方法的总原则而言,西方现代主义文学与马克思主义文艺思想背道而驰。在这个意义上,嵇山偏离了文章开篇对于现代派表现形式的肯定,转而淡化了作为"形式"的现代主义文学表现方法的超意识形态属性,进而在表现方法的总原则,亦即形式背后的创作观念层面否定了现代主义文学的表现方法:如果这一表现方法的总原则是唯心主义的,那么在这一原则指导下的表现方法,就算具有独特的创新性,也掩盖不了作为唯心主义表现形式的缺陷。因此,在嵇山对现代主义文学的批评意见中,可以看到中国学者在面对西方现代主义文学的形式问题时,呈现出了两种截然不同的态度:支持引进现代主义文学的中国学者,有意剥离现代主义文学表现方法的意识形态属性,在"形式"这一看似独立的文学范畴中肯定了现代主义文学在表现方法方面的创新性,并认为是对现实主义文学创作方法的有益补充;而反现代主义的中国学者,则从现代主义文学表现方法的总原则出发,在判定其为唯心主义的同

---

① 嵇山:《关于现代派和现实主义》,《华东师范大学学报》(哲社版)1981 年第 6 期。

时，否定了现代主义文学表现方法的政治合法性。因此，在讨论现代主义文学的表现方法这一形式问题时，嵇山等中国学者依然采用了惯常的政治标准，从而使其面对现代主义文学的政治接受演化成了一种基本的接受原则。

三

应当说，嵇山在这篇文章中所体现出来的对于现代主义文学的政治接受态度，是新时期初文艺界"左"倾政治思想尚未彻底清除的一个表现，他们仍然遵循着毛泽东在 20 世纪 40 年代延安文艺座谈会上的讲话中所提出来的"政治标准第一"的评判标准。但在这一政治接受的背后，却由于嵇山等中国学者面对现代主义文学表现方法时的矛盾态度，暗暗呈现出了文艺界摆脱政治束缚、向文学自身特性回归的思想潮流。具体地说，尽管嵇山在现代主义文学表现方法的总原则方面否定了现代主义文学的表现方法，但他对于这一表现方法的肯定性意见，却又体现了隐含于政治接受之中的一种文学接受态度。换言之，在 20 世纪 70 年代末 80 年代初，许多反现代主义文学的中国学者，尽管遵循着对于西方现代主义文学的政治接受态度，但随着思想解放运动的逐步深入，他们也在批判现代主义文学的总体倾向中，从评介西方现代主义文学的表现方法出发，体现出了一种文学接受的态度：如果说嵇山等反现代主义者对于现代主义文学政治合法性的批判是一种"政治对话"的话，那么，他们对于现代主义文学表现方法的矛盾态度，则体现了一种"文学对话"的姿态。

在嵇山的《关于现代派和现实主义》一文中，有关现代主义文学政治合法性的"政治对话"虽然是显在的，但隐含于这一对话之中的"潜对话"，却是一场接受现代主义文学表现方法的"文学对话"。正如前文所说，稽山在评价西方现代主义文学的表现方法时，态度极为矛盾：一方面，他从批判现代主义文学表现方法的总原则出发，否定了现代主义文学表现方法的政治合法性；另一方面，他又在文学"形式"这一超意识形态层面肯定了现代主义文学的表现方法。后者不仅体现在他对现代主义文学表现方法的肯定意见中，也体现在他对现实主义文学的认识当中。在谈到现实主义文学的生命力时，稽山说："在第二次世界大战前后直到今天的一些现实主义作品中，其表现手法上也有所创新，如汲取'意识流'的表现手法在现实主义原则的基础上加以运用，有些作品的节奏也趋向简捷、明快，等等。这就说明：由于现实主义作家所处的时代社会环境、历史条件的不同，由于人们审美要求的变化，也由于作家创作个性的影响，现实主义方法本身也是在不断地创新、发展、丰富的，唯有这样，它才能去反映变化着的生活。"① 这就是说，现实主义文学的发展证明，要想令自身获得长久的生命力，能够反映不断"变化着的生活"，现实主义就有必要从一些非现实主义文学的创作方法中汲取合理因素以完善自身。而"意识流"等现代主义文学的"表现方法"就具有补充、完善现实主义文学的功能。在这个意义上，稽山等反现代主义文学的中国学者也不得不承认现代主义文学对于现实主义的积极作用。这就意味着在批判现代主义文学政治合法性的"政治对话"中，业已出现了一种有关西方现代

---

① 稽山：《关于现代派和现实主义》，《华东师范大学学报》（哲社版）1981 年第 6 期。

主义文学接受的"文学对话"。这一"文学对话"在 20 世纪 70 年代末 80 年代初尽管深深隐匿于"政治对话"之下，但它对于现代主义文学在创作层面的肯定意见，却为在后来"现代派"论争中广泛开展的有关现代主义文学接受的"文学对话"，奠定了初步的文学合法性基础。

第八章

文学对话:西方现代主义文学
传播中的文学接受

一

如果说在20世纪70年代末80年代初西方现代主义文学的传播与接受过程中,有关现代主义文学政治合法性的"政治对话"还居于主流地位的话,那么1982年至1984年间所广泛开展的"现代派"论争,则更为鲜明地体现出了一种"文学对话"的特质。形成这一历史局面的深层原因大致有两方面:一方面是经过数年的现代主义文学传播活动,中国学者对于西方现代主义文学的认识已从初步的感性层面上升到了一定的理性高度,他们在介绍性的传播行为中,越来越体现出了一种对于西方现代主义文学的理性认知方式。尤其是对于现代主义文学基本概念和作家创作实践的理论辨析,越发促进了中国学者对西方现代主义文学的深入理解。换句话说,作为知识学范畴的现代主义文学,正日益取代作为意识形态话语的现代主义思潮。这一传播格局的生成,逐步影响了那些一度拘泥于西方现代主义文学政治合法性问题的中国学者；另一方面，随着新时期初本土现代主义文学实验的兴起，中国学者对于西方现代主义文学的理解也因此具有了一种可供参照的知识谱系，由此形成的接受格局，自然冲破了狭隘的政治学范畴。在新时期初的文学创作中，深受现代主义文学影响的当代诗歌已从单一的"颂歌"形式中走出，出现了文学史家指称的"朦胧诗"创作。而当代小说的变化虽然略显滞后，但在 1979 年和 1980 年间，却同样发生了一系列的重大变化。在短短的两年时间内，王蒙、宗璞、张洁、谌容、茹志鹃、张辛欣等一批作家开始尝试"意识流"小说的创作。其中，王蒙的"老六篇"《春之声》、《布礼》、《蝴蝶》、《夜的眼》、《海的梦》、《风筝飘带》连续推出，对于"意识流"小说产生了重大的影响。相较于此前的"伤痕小说"，由于"意识流"小说汲取了西方意识流小说新颖的创作手法，无疑改变了当代小说的基本面貌。因此，与 20 世纪 80 年代初当代文学创作实践层面的重要变化相适应，围绕西方现代主义文学的接受活动从此逐步演变成为一场有关当代文学发展方向的"文学对话"。尽管这场"文学对话"仍然部分程度地屈服于"政治对话"之下，但它通过对于西方现代主义文学基本特性的文学讨论，以及对于"朦胧诗"和"意识流"小说等当代文学现象的分析，却为中国当代文坛提供了一个有关文学现代性的宏伟梦想，并由此改变了中国当代文学的整体格局和基本观念。因此，本章致力于探讨的中心问题，即是隐含于 20 世纪 80 年代"现代派"论争中的"文学对话"。与"政治对话"相比，这一对话方式更能表明中国文学界对于西方现代主义文学认识水平的不断提高。

二

　　1982 年，徐迟在《外国文学研究》上发表了《现代化与现代派》一文，旋即引发了一场规模浩大和影响深远的"现代派"论争。徐迟的这篇短文本是为《外国文学研究》季刊发起的西方现代派文学的讨论作一小结，但因其所涉问题的现实性和前瞻性，结果却引发了更大的一场文学论战。这场论争从 1982 年到 1984 年前后持续了近 3 年，同时受到质疑的还有谢冕、孙绍振和徐敬亚论述"朦胧诗"崛起的三篇文章，以及冯骥才、李陀和刘心武发表在《上海文学》1982 年第 7 期上的三篇文章。

　　在《现代化与现代派》一文中，徐迟首先交代了写作该文的缘起。作为一篇总结性的文章，徐迟批评了此前有关现代派讨论所存在的一个重要问题，即那些谈论西方现代主义文学的文章，"较少联系到西方世界的经济发展"。徐迟说："我们这里的评论界，以及学术界是不怎么喜欢谈经济关系的。置政治于经济之上，我们探索问题往往从政治着眼，而无视于经济的因素，甚至经济学论文也是谈政治大大地超过了经济探讨的。现在，谈现代化建设的文章也一样，大谈其现代化建设的政治意义，很少谈甚至完全不谈现代化建设的经济内容。一句话，政治太盛，经济唯物主义不发达。"① 在这里，徐迟明确批评了中国学界对于西方现代主义文学的政治接受立场，认为这种政治接受违背了"经济唯物主义"原则。他所谓的"经济唯物主义"，显然得益

---

① 　徐迟：《现代化与现代派》，《外国文学研究》1982 年第 1 期。

于马克思对物质与意识关系的唯物主义认识。如若物质决定意识，那么中国学者就不应过度在政治意识层面讨论现代主义，而应当立足于物质基础，从经济问题出发去讨论现代主义。在徐迟的"经济唯物主义"论中，明显可见一种去政治化趋势：即以强调经济因素为契机，逐步淡化现代主义文学的政治色彩。从"经济唯物主义"出发，徐迟认为西方现代主义文学的产生"来源于人民生活的源泉"："它是来源于社会的物质生活，而且是反映了这种物质生活关系的总和的内在精神的。"况且，"西方资产阶级现代派文艺……已是一个不可否认的存在，我们应当研究它。应当有马克思主义的现代主义，我们要用马克思主义来研究现代主义"。① 由此出发，徐迟联系西方现代主义文学的发展过程，认为尽管"西方现代派的文艺家是反对传统的表现方式和表现手段的"，但现代主义文学中的"优秀者却并未脱离了古典主义、现实主义和浪漫主义的文艺。从现代派的许多大师的作品中我们可以看到他们对于传统的尊重以及广泛的继承"。② 从这段为西方现代主义文学进行辩护的言论中可以看到，徐迟所秉承的传播策略，依然是一种从马克思主义原典出发的政治误读。这就是说，徐迟在该文中鼎力宣扬的去政治化进程，仍然发轫于对现代主义文学的政治解读。不过与此前那些注重辨析现代主义文学意识形态属性的学者相比，徐迟的政治解读已超越了狭隘的意识形态批判，转而在经济层面试图将西方现代主义文学马克思主义化。

从考察现代主义文学的经济基础出发，徐迟提出了"马克

① 徐迟：《现代化与现代派》，《外国文学研究》1982 年第 1 期。
② 同上。

思主义的现代主义"这一概念。在文章结尾处，徐迟通过引用《资本论》中的一段论述，试图阐明"马克思主义的现代主义"的具体内涵。他说："在《资本论》第十三章，马克思几乎是以崇高的诗歌的形式这样写着：'一个力学上的巨物，代替了个别的机器。这个巨物的躯体塞满了整个工厂建筑物。它的怪力最初是掩盖着的，因为它的主干是慢而有节的，但最后会在无数真正的工作器官上面爆发为无数热病似的，发狂似的旋风舞。'（卷一，第406页）也许可以说，这就是马克思笔下的十九世纪的现代主义的来历。"① 从这一判断出发，徐迟在文章中阐述了破除因循守旧的所有"陋见"，发展"马克思主义的现代主义"的主观愿望。尽管徐迟并未从学理层面深入分析"马克思主义的现代主义"究竟是什么，但从上下文语境中可以推论，所谓的"马克思主义的现代主义"，就是一种具有中国特色的现代主义文学，它脱胎于西方现代主义文学，但又与"晦涩、奇特、色情"的现代主义文学完全不同。说到底，徐迟提出的"马克思主义的现代主义"，是一种克服了西方现代主义文学缺陷的、能够反映中国新时期现代化建设历程的现代主义文学，它标志着中国当代文学的现代化进程。而做出这一推论的依据，即是徐迟有关现代主义文学发展方向的预测。尽管徐迟并未否认西方现代主义文学的"缺点主要是比较悲观失望"，但现代主义文学却仍在"不倦地寻找"。因此，徐迟断言，在现代主义文学"继续发展的进程中，我们可以相信，西方现代派文艺也将创作出有利于人类进步的信心百倍的理想主义作品，描绘出未来的新世界的新姿"。② 这就是说，随着

---

① 徐迟：《现代化与现代派》，《外国文学研究》1982 年第 1 期。
② 同上。

西方现代主义文学的发展，它必将克服自身的"悲观失望"等缺点，成为中国当代文学的新的发展方向。

在徐迟看来，严重制约现代主义文学在中国发展的障碍，乃是"在我们这里，很不少人仍然欣赏古琴、花鸟、古诗、昆曲之类，迷恋于过去，是过去派。另一些人还不能区别那严重污染环境的近代化与高度发展的四维空间的现代化的差别，他们其实还是近代派。都不是现代派。他们所想往的是过去化，或自足自满于近代化，并无或毫无现代化的概念。"① 现代派人士的稀缺，既表明中国大众对于现代化的理解还不够深入，也制约了现代主义文学在中国的发展。因此，隐含于徐迟观点中的一个论述逻辑是，只有现代化的实现，现代主义文学才能真正得到发展。从这一逻辑出发，徐迟很自然地得出了如下结论："但是不管怎么样，我们将实现社会主义的四个现代化，并且到时候将出现我们现代派思想感情的文学艺术。"随着社会主义现代化建设的出现，"最终仍将给我们带来建立在革命的现实主义和革命的浪漫主义的两结合基础上的现代派文艺"。② 这一推论过程典型反映了徐迟的"经济基础决定上层建筑"的思维模式。在他的论述逻辑中，"经济基础"是社会主义现代化，"上层建筑"则为中国化了的现代主义文学。这就意味着，社会主义现代化建设必将导致中国文学的现代主义化，由于社会主义现代化建设是新时期中国不可更改的历史进程，因此，现代主义文学也必将成为中国文学的发展方向。

在新时期初的中国文学界，有关文学现代化的讨论早已深入

---

①　徐迟：《现代化与现代派》，《外国文学研究》1982 年第 1 期。

②　同上。

人心。这一文学现代化梦想，来源于社会主义四个现代化观念在文学界的自然延伸。许多中国学者都致力于描绘中国文学的现代化蓝图，而徐迟所提供的文学蓝图，就是中国文学必将走向现代主义文学，即中国文学的现代化就是现代主义化。从徐迟的这篇文章中可以看到，在 20 世纪 80 年代初，经历了西方现代主义文学的广泛传播后，中国知识分子对于现代主义文学的接受，已从争论现代主义文学政治合法性的"政治对话"，转向了以讨论中国文学现代化问题的"文学对话"。从徐迟这篇文章激起的争议出发，不仅可见新时期初西方现代主义文学的中国化进程，亦可一窥中国学者的文学现代化梦想如何受制于现代主义文学接受的奇特景观。

三

由于徐迟这篇文章是对此前现代派论争的某种批评，再加上中国文学的现代化就是现代主义化这一大胆预言，势必会激起许多反对者的强烈批评，其中尤以现实主义者为甚。如刘锡诚就认为现代派"不适应我国社会主义制度和政治思想"，"文学的现代化也并非一定要发展现代派文艺"。① 针对徐迟的论点，一些反对者首先质疑的就是现代化与现代派之间的必然联系。在众多的批评声音中，李准的《现代化与现代派有着必然联系吗？》一文颇具代表性。在阐述了徐迟的各种论点后，李准认为："徐迟

---

① 刘锡诚：《关于我国文学发展方向问题的辩难》，《当代文艺思潮》1983 年第 1 期。

同志把文艺发展变化的原因完全归结为'经济发展'，把一种文艺流派、文艺思潮的出现看做以科学技术水平为标志的'物质生产力'发展的直接派生物了。换言之，物质生产的现代化与文艺的现代派不可分割，二者之间有着直接的必然的联系。这种理论，看起来似乎很'唯物'，但实际上却离开了辩证唯物主义和历史唯物主义的轨道。"[1] 从表面上看，李准批评徐迟的立论方式似乎仍是一种"政治对话"，但文中隐含的另一种不同于徐迟的文学现代化梦想，却依然表明了李准的"文学对话"姿态。他首先批驳了徐迟的"经济唯物主义"，反对"把一种文艺流派、文艺思潮的出现看做以科学技术水平为标志的、物质生产力发展的直接派生物"。并且认为"每一种文艺流派、文艺思潮的产生和发展，都是以特定的社会根源（包括经济制度、政治制度及其沿革，人们的社会实践状况）和思想根源作为直接原因，而物质生产力的作用和影响则是间接的"[2]。为论证这一观点，李准从马克思主义出发，认为尽管"从总体上来说，物质生产力的发展对于整个历史发展有着终极原因的性质"，然而"直接决定包括意识形态在内的上层建筑的，则不是通常说的'经济发展'水平即生产力发展水平，而是由生产关系构成的科学含义上的'经济基础'"。而在上层建筑本身的领域内，"政治以及哲学又对文艺的发展变化有着直接作用和影响"。因此，李准说："科学技术的发展、生产力的提高可以导致人们文化知识水平的提高，导致新的艺术手段和样式的出现（如照相术的发明导致电影的出现），并制约着整个精神生产的物质条件和限度，

---

[1]　李准：《现代化与现代派有着必然联系吗？》，《文艺报》1983年第2期。
[2]　同上。

但它不能直接'分泌'出政治的、道德的和审美的观点，不能直接派生出文艺流派和文艺思潮。"[1]据此，李准认为徐迟的"经济唯物主义"无法成立。在李准看来，如果文学艺术的发展如徐迟所言是"物质生产力的直接派生物"，那么"一部文艺发展史岂不成了科技发展史的附录和注脚了吗"？因此，"把经济（物质生产）发展对历史变迁的终极决定作用绝对化、简单化，抛开生产关系即社会关系对意识形态的直接决定作用和政治以及哲学对文艺的直接影响，抛开人们的社会实践活动，单纯用生产力特别是科学技术的发展水平来解释文艺的发展变化，这实际上就走进了'经济唯物主义'的理论轨道。而经济唯物主义作为一种哲学思想和历史观，既不是马克思主义的，也不是新的，它是国际共运史上曾出现过并被实践证明是错误的一种理论"[2]。由此出发，李准将徐迟的立论依据定性为一种"唯生产力"论，并且认为"现代派"与"现代化"之间并无"必然"联系："现代派文艺产生和发展的直接原因，应当到西方国家经济制度、政治制度及其演变中去寻找，到资本主义社会的基本矛盾和包括精神生活在内的整个社会生活的发展变化中去寻找。"

在分析李准对于西方现代主义文学的"文学对话"之前，有必要说明一点，即尽管李准对于徐迟的批评意见还具有某种"政治对话"的色彩（如他批评徐迟的"经济唯物主义"背离了"辩证唯物主义和历史唯物主义的轨道"），但他在下文对于现代主义文学的文本考察和有关文学现代化梦想的理论阐述，却充分说明了当时反对现代主义文学的中国学者，如何从现代主义文学

---

[1]　李准：《现代化与现代派有着必然联系吗？》，《文艺报》1983年第2期。
[2]　同上。

的接受出发，展开着自己对于当代中国文学现代化蓝图的描绘。在这个意义上说，《现代化与现代派有着必然联系吗?》一文的重要性在于，通过和徐迟的"文学对话"，李准就现代主义文学的接受问题提出了不同于徐迟的文学现代化梦想。而这两位中国学者的文学现代化梦想，实际上已充分折射出 20 世纪 80 年代前期西方现代主义文学的传播与接受对中国当代文学某些重要观念的深刻影响。

那么，李准是怎样从"西方国家经济制度、政治制度及其演变中去寻找，到资本主义社会的基本矛盾和包括精神生活在内的整个社会生活的发展变化中去寻找"西方现代主义文学的发展历史呢? 在《现代化与现代派有着必然联系吗?》一文中，李准概括了自 19 世纪末直到 20 世纪 80 年代西方社会的经济发展与历史状况，认为这一历史时期，正是西方资本主义国家从自由竞争到帝国垄断，再到自我调整的一个过程。在这一历史时期中，西方国家的"个人与社会、自我与他人、物质文明与精神状态，处于尖锐对立的状况"。而西方现代主义文学正是这一资本主义社会矛盾的文学反映："从这种意义上说，现代派文艺是……本世纪以来西方资本主义整个社会矛盾尖锐化和社会畸形发展的一个畸形的反映。"[1] 尽管自 20 世纪 80 年代以来，"西方资本主义国家的物质文明大大向前推进了，并提高了人们的物质生活和文化知识水平，但它们没有也不可能克服垄断资本主义所固有的矛盾和危机，没有消除物质财富增加和精神空虚、信仰破灭的对立"。[2] 因此，"尽管现代科学技术的发展为现代派在艺术

---

① 李准:《现代化与现代派有着必然联系吗?》,《文艺报》1983 年第 2 期。
② 同上。

形式和技巧上的突破提供了某些物质手段。但作为一种文艺流派和文艺思潮，作为一种意识形态，现代派文艺只能根植于现代资本主义社会制度和由此产生的精神危机中"。① 因此，现代派文艺不可能存活于社会主义现代化建设之中。循此论述逻辑，李准批评了徐迟所谓的物质生产决定艺术形式的"经济唯物主义"。认为西方现代主义文学因受到资本主义社会生产关系的制约，从而不可能成为社会主义文学的发展方向。

在批评了徐迟的观点后，李准还认为西方现代主义文学无法适应社会主义物质生产的迅速发展："试问，现代派文艺与现代物质生产迅速发展的要求怎么个适应法？如果只是因为西方国家的科学技术和经济水平还在继续发展，就说现代派文艺与它是适应的，那岂不是等于说垄断资本主义的经济制度、政治制度也是和现代物质生产的要求完全相适应吗？"从这一论述逻辑出发，李准认为当前的社会主义现代化建设与西方国家的现代化完全不同。那么，这两种异质的现代化进程对于文学发展究竟有何影响？按李准的原话说，就是"现代化建设的道路不同，对文艺发展的要求和影响也不同。"② 如若细致辨析李准的这一判断，就可发现其中隐含了两个重要观点：一是西方现代主义文学不适应社会主义现代化建设的发展。如果社会主义现代化建设与西方的现代化截然不同，那么反映西方国家现代化进程的西方现代主义文学，自然就不可能反映社会主义现代化建设的面貌，它只能是资本主义社会的文学艺术形式。二是从这一判断出发，可以很自然地得出这样一个结论，即社会

---

① 李准：《现代化与现代派有着必然联系吗？》，《文艺报》1983年第2期。
② 同上。

主义现代化建设对中国文学的要求和影响必然不同于现代主义文学。基于这一点，李准暗示了在当前社会主义现代化建设的历史背景下，中国应当有适应社会主义现代化建设的文学艺术。而这一构想的真正内涵，即是要求建立一种奠定于社会主义现代化建设基础之上的当代文学，这就是李准的一种文学现代化梦想。在他看来，徐迟的文学现代化梦想，即所谓的"马克思主义的现代主义"根本行不通："难道其他意识形态中有什么'主义'，马克思主义中也一定要有什么'主义'吗？""现代派就是现代派"，根本不存在资本主义社会以外的现代主义文学。将现代主义文学称之为"马克思主义的现代主义"只能说明徐迟观点的混乱和错误："两种不同意识形态范畴里的东西怎么能直接焊接在一起呢？""从创作方法上讲，'现代派'本是那些与现实主义背道而驰的文艺流派的总称，现代派作家都公开表明是反现实主义传统的，因而他们也是与积极浪漫主义南辕北辙的。在革命的现实主义基础上，在'两结合'的基础上，怎么会长出现代派文艺？"① 既然徐迟提倡的建立在"两结合"基础上的"马克思主义的现代主义"根本不可能在中国社会主义现代化建设中形成，那么，对于中国当代文学的现代化追求，李准又提出了怎样的建议？

值得注意的是，尽管李准并未在这篇文章中具体阐述自己的文学现代化梦想，但他却在反对将中国当代文学现代主义化的批评意见中，明确提出了一种"借鉴"说。这一观点认为，在当前的历史形势下，"我国社会主义文艺也需要积极地向世界各国文艺包括资产阶级文艺有所借鉴，从中吸取一切有用的

---

① 李准：《现代化与现代派有着必然联系吗？》，《文艺报》1983年第2期。

东西来为我所用。那种把西方资产阶级文艺一笔抹煞，把现代派文艺说得一无可取之处的做法是错误的、形而上学的。现代派文艺除了内容上的认识价值，在艺术表现形式和技巧上确有一些可供借鉴的东西。"但这种借鉴一定要"以我为主"："'借鉴'这个提法本身就包含了以我为主的意思。正如毛泽东同志所说，'借鉴决不可以变成代替自己的创造'（《在延安文艺座谈会上的讲话》），'要以自己的东西为主'（《同音乐工作者的谈话》）。如果借鉴变成了模仿，甚至变成去走西方现代派文艺的道路，那借鉴本身也就无从谈起了。"从对"借鉴"一词的解释出发，李准明确提出了自己的文学现代化主张："只有坚持走我国社会主义文艺自己的发展道路，才能在新的历史条件下正确地向世界各国文艺借鉴我们需要的东西，从而使新时期文艺在建设社会主义精神文明中发挥更大的作用。"①这就是说，为了适应新时期中国社会的社会主义现代化建设，当代文学也必须"以我为主"地实现文学现代化。由此，李准提出了一个与徐迟完全不同的文学现代化梦想。这一文学现代化诉求，不仅要求中国的文艺工作者主动借鉴世界各国文艺，同时还要以我为主，在借鉴的基础上融合并创造出属于中国自身的、且能够反映社会主义现代化建设这一新的历史阶段的"社会主义文艺"。这就意味着，不论西方现代主义文学是否代表了世界文学的发展潮流，它都只能在中国当代文学的现代化追求中充当一个参照性的借鉴对象，而不能如徐迟所说的那样，成为中国当代文学的发展方向。李准和徐迟在当代文学的现代化梦想方面所存有的巨大分歧，典型代表了新时期初中国

---

① 李准：《现代化与现代派有着必然联系吗?》，《文艺报》1983 年第 2 期。

文学界两种不同的文学现代化观念。

在后来评价这场论争的一些文章中，有学者认为此次论争是"文艺政策和文化心理的调整"，争论的焦点是"我们要不要现代派"，"至于'现代派是什么'和'应该怎么看'等论题，都已成了争论的手段和依据"。① 从以徐迟和李准为代表的论争双方的意见来看，"我们要不要现代派"这一问题的实质在于"现代派是否等同于文学的现代化"。在某种意义上，这一问题可被转换为"我们要不要现代派"的评判标准。而将"现代派"与"现代化"联系起来考察，则充分体现了一种"文学现代化"诉求。可以这样说，"文艺政策和文化心理的调整"接续了此前中国学者在传播现代主义文学时所形成的种种"对话"行为，即在"超文学"层面中为本土现代主义文学的出现消除"传统"的习见，进而建构社会心理的接受机制，它标志着现代派论争对政治接受的超越。与此同时，"文学现代化"则以前瞻的姿态讨论中国当代文学的现代化如何实现，尽管这一问题的内涵和外延在实际过程中屡屡超越了纯文学的审美和观念层面，但问题的提出却已决定了现代派论争向文学自身回归的倾向。因此，有关"文学现代化"的思考就成为隐含于"文艺政策和文化心理的调整"这一"对话"之中的"潜对话"。不论论争双方的意见如何相左，"文学现代化"都已随着论争活动的深入发展，日益成为双方共同认可的文学观念。有鉴于此，"我们要不要现代派"这一论争中属于"对话"层面的问题，便可转化为"潜对话"中的核心问题，即"文学的现代化是否就是现代主义化"？

---

① 许子东：《现代主义与中国新时期文学》，《文学评论》1989 年第 4 期。

四

在这场"现代派"论争中，意见不一的双方看似针锋相对，但两者却在论辩逻辑上十分一致：他们都立足于西方语境，首先在现代主义文学与西方发达国家物质文明的关系中去理解"现代派"的意义与价值，进而将这种论断"移植"到中国语境，论证"文学现代化"与"现代主义化"之间的关系。因此，论争双方的思想预设都带有明显的西方中心主义色彩。从支持引进"现代派"文学的论点来看，支持者大都强调了一种与社会经济进化相应的文学发展模式，徐迟的《现代化与现代派》一文，将"现代派"看作是"现代化"发展的必然产物，尽管他强调"应当有马克思主义的现代主义"，但文章使用的主要论据基本上都限于西方语境。因此，当徐迟说"我们将实现社会的四个现代化，并且到时候会出现我们的现代派思想感情的文学艺术"时，他实际上已把自己对于西方语境中的"现代化"与"现代派"关系的理解"移植"到了中国语境中。徐迟做出这一判断的根据就是"西方现代派，作为西方物质生活的反映，不管你如何骂它，看来并没有阻碍西方经济的发展，确实倒是适应了它"，"我们可以相信，西方现代派文艺也将创作出有利于人类进步的信心百倍的理想主义作品，描绘出未来的新世界的新姿"。① 徐迟据此许诺了中国语境中"现代派"文学艺术的出现。这种论点相信"现代化、工业

---

① 徐迟：《现代化与现代派》，《外国文学研究》1982 年第 1 期。

化""给人以希望，并许诺给人们带来进步"。① 在这样的思维逻辑中，"现代派"被看成了"现代化"的标志，即文学的现代化就是现代主义化。

　　同样，从这种思维逻辑中仍可看到"经济基础决定上层建筑"的思维模式。形成这种判断的根源在于支持现代派的论者首先设定了西方"现代派"的"适应"功能，即西方现代主义文学与西方物质文明的"现代化"相一致。在这个意义上，支持者的论点已明显偏离了 20 世纪 70 年代末中国学者在传播西方现代主义文学时所持有的基本立场。如前文所述，当时的传播者是把现代主义文学作为针对西方"现代化"的"批判"思潮而加以引进的。即使在西方语境中，这种论点也可成立，如丹尼尔·贝尔就曾将现代主义的批判性质系统地阐述为"冲突理论"，他把"现代主义"视为资产阶级"不共戴天的仇人"。② 而在这场论争中支持引进现代派的中国学者，却从西方现代主义文学对西方物质文明的适应功能方面肯定了现代主义：即将 20 世纪 70 年代末所认定的西方现代主义文学对于资本主义制度的批判功能，转化为是适应西方现代化的必然产物。这种对于西方现代派认识上的转变，表明了现代派是西方现代化的产物，其目的无非在于转换论辩逻辑，即以"传统/现代"这一时间纬度掩盖"中/西"的空间比较，进而从历史进化论的视角认定"现代派"是"时代"发展的必然结果。这一逻辑转换不仅淡化了不同意识形态系统之间的对抗，而且

---

　　① 徐迟：《现代化与现代派》，《外国文学研究》1982 年第 1 期。

　　② ［美］丹尼尔·贝尔：《资本主义文化矛盾》，赵一凡译，三联书店 1989 年版，第 33、34 页。

还在时间纬度中表达了一种走向"世界文学"的渴望。在此意义上，"文学现代化"就是"世界文学"化，一旦认定了"现代派"是"世界文学"的发展趋向，那么"文学现代化"等同于"现代主义"就构成了逻辑上的自足。要而言之，支持引进"现代派"的论者，从"中/西"比较的空间坐标中抽取"传统/现代"的时间纬度，以使中国文学走向世界文学，体现的正是"文学现代化"的集体诉求。在社会心理的"现代化焦虑"的驱动下，"民族性"这一文学的民族主义立场被降至次要地位，取而代之的，则是一种"世界主义"的文学观念。

而反对徐迟观点的中国学者，如李准等人则主张"我们要不要现代派"这一问题必须在中国语境中的"经济制度"、"政治制度"和"精神生活"中去理解与回答。问题的关键在于，如果说支持引进"现代派"的论者以"物质生产力"这个具有一般性的角度去肯定"现代派"，从而表现出一种普遍性的话，那么反对"现代派"的论者则侧重在具体语境中阐释"现代化"与"现代派"的关系。他们强调的是"现代派"在中西语境中的不可通约性，即我们要不要"现代派"这一提问必须在中国的语境中才可回答。从论争双方的思维逻辑看，这一问题的背后潜伏着一种对立关系：支持现代派的论者对于现代派与现代化的关系具有一种"普遍主义"的思想预设，他们从物质层面的现代化追求中，推论出了"世界文学"的文学观念；而反对者则以特殊性为其思想预设，强调现代派文学的不可通约性，试图以此抵御西方文化的进攻，其间隐含着文学中的"民族主义"立场。"文学现代化"作为论争双方的共同目标也存在于反对现代派的论者之中，他们认为现代派不是世界文学的主流，因而反对"文学现代化"的"现代主义化"，但其立论依据仍从"文学的现代化"入手，只是在具体走向上与对手各有侧重。因此，这场现代派论争不论其表面现象如何错综复杂，都关注着现代主义文学生长过程中不可避免的一个问题，即现代化与民族化的对立。这一矛盾关系体现在当时的文学观念中，就是"世界文学"与"民族文学"的对立。

在这场现代派论争中表现出来的上述两种文学观念，一直影响着20世纪80年代初具有现代主义因素的中国文学创作。如"借鉴"西方现代派的表现技巧，偏重的仍然是"民族主义"的文学观念，尽管借鉴本身就含有走向"世界文学"的倾向，但由于现代主义文学的先行作家受到了现实主义传统的制约，故在追求文学现代化的过程中总是强调本民族的因素，因此当时才会出现"现代主义东方化"的命题。这一命题对于理解本土具有现代主义因素的创作实践至关重要。在这个意义上说，发生于1982年的现代派论争在"文学现代化"的共同目标下，彰显了世界文学与民族文学两种文学观念的冲突，并且影响到了创作实践中的现代主义实验，因此具有重要的文学史价值。不过，尽管徐迟和李准都提出了自己的文学现代化主张，但他们对于当代文学现代化追求的前瞻姿态，却并未真正深入到当时中国文学的创作实践中去，因而只能说是一种关于文学现代化的美好梦想。由此带来的一个后果，便使得"现代派"论争始终停留在空想的理论论争层面。真正把徐迟和李准的文学现代化梦想付诸当代中国文学实践的，则是新时期初的"朦胧诗"诸诗人和王蒙等"意识流"小说家，他们对于西方现代主义文学不同的接受态度，充分体现了中国文学界有关文学现代化追求的创作实践：应该说王蒙等"意识流"小说家对于西方现代主义文学中"意识流"创作技巧的借鉴，与李准所提倡的"民族主义"文学观念有暗合之处；而"朦胧诗"的创作实践则与徐迟的现代主义文学梦想不谋而合。因此，围绕中国当代文坛的"朦胧诗"和"意识流"小说的论争，最为鲜明地体现了"世界文学/民族文学"两种文学观念的碰撞与交锋。本书接下来将要探讨的"现代派"论争，即是那些融合了当代文学创作实践的理论争鸣文章。

第九章

"三个崛起"与"三只小风筝":西方现代主义文学接受的理论个案

一

在新时期初,当代文坛的"朦胧诗"运动曾经引发了一场规模宏大的文学论争,其中关于"三个崛起"诗论的讨论,虽然在时间上略早于后来的"现代派"论争,但它所涉及的有关当代诗歌的现代化问题却影响深远,并暗暗构成了"现代派"论争的一个重要方面。说其重要,是因为这一关于诗歌现代化的讨论,比起徐迟和李准的文学现代化梦想更具有客观实在的创作基础:针对"三个崛起"诗论的理论争鸣,是结合着"朦胧诗"的创作实践而展开的,因而也更有利于探讨中国当代文学的现代化问题。

随着青年诗歌中部分诗作(即后来被称为"朦胧诗"的作品)影响不断扩大,诗歌界关于它们的评价也日益分化。1979年年末,诗人公刘撰文表达了对于青年诗人的不满,认为青年诗人的"思想感情以及表达那种思想感情的方式"都令人"不胜骇异"。为改变这一现象,公刘提出了"我们""必须努力去理解他们",并对他们加以"引导"的"新的课题"。[①] 1980 年 8月 10 日,章明则在《诗刊》上发表了《令人气闷的"朦胧"》一文,以杜运燮的《秋》(外一首)和李小雨的《海南情思》(四首)为例,批评了当时某些新潮诗人的创作。他说:"少数作者大概是受了'矫枉必须过正'和某些外国诗歌的影响,有意无意地把诗写得十分晦涩、怪癖,叫人读了几遍也得不到一个明确的印象,似懂非懂,半懂不懂,甚至完全不懂,百思不得一解";"'朦胧'并不是含蓄,而只是含混;费解也不等于深刻,而只是叫人觉得'高深莫测'";"固然,一看就懂的诗不一定就是好诗,但叫人看不懂的诗决不是好诗,也决受不到广大读者的欢迎。如果这种诗体占了上风,新诗的名誉也会由此受到影响甚至给败坏掉"。[②] 该文从此引发了"看懂"与"看不懂"的讨论,"朦胧诗"也借此得名。此外,还有许多批评者认为"朦胧诗"的最大问题还不止于看不懂,而是脱离了现实主义。如有论者就说:"现在的古怪诗,不是现实主义的,有的甚至是反现实主义的。它脱离现实,脱离生活,脱离时代,脱离人民。""古怪诗的特点,就是玩弄恍惚朦胧的形象,表达闪闪烁烁的思想,有的迷茫,有的伤感,有的哀愁,有的失去信心,感到没有出路。实际上是'信念危机'在诗歌上的反映。"[③] 至于那些写"古怪诗"的朦胧诗人也备受争议。诗人艾青说:"他们没有受到革命的传统教育,甚至没有受到正常的教育。有些是在饥饿中

[①] 公刘:《新的课题——从顾城同志的几首诗谈起》,《星星》1979 年第 10 期。

[②] 章明:《令人气闷的"朦胧"》,《诗刊》1980 年第 8 期。

[③] 丁力:《新诗的发展和古怪诗》,《河北师范学院学报》1981 年第 2 期。

长大的。他们亲眼看见了父兄一代人所遭受的打击。有些人受到了株连。这是被抛弃的一代，受伤的一代。他们在无人指引下，无选择地读了一些书，他们爱思考，他们探索人生……他们对四周持敌对态度，他们否定一切、目空一切，只有肯定自己。他们为抗议而选择语言；他们因破除迷信而反对传统；他们因蒙受苦难而蔑视权威。这是惹不起的一代。他们寻找发泄仇恨的对象。"① 而朦胧诗人则呼吁"请听听我们的声音"，舒婷说："以前评论总有个感觉：褒贬都难以打动人心。允许小说写《伤痕》，就不允许诗歌有叹息。一再强调现在什么都好了，诗人只需要满脸笑容地歌唱春天就行了。都谈论青年问题，但与其谴责青年们的苦闷、失望、彷徨，不如抨击造成这种心理的社会因素……总之，诗歌创作提倡讲真话，我希望搞评论的同志们也讲讲真话。"而另一位朦胧诗人梁小斌则说："青年为什么不爱看传统诗，或是以传统的手法冒牌的新诗？其最大的原因就是这种诗缺乏人与人的交流，无法渗入现代青年的心灵。"② 杨炼也表达了类似的观点，他认为："诗作为直接的政治宣传品的厄运早该结束了！诗被可怕的个人野心玩弄和奴役的历史已经够长久了！在今天谁如果还要求诗贴上'政治标签'，不是糊涂，而是犯罪！""诗首先是诗，如果没有艺术，没有形式，只有赤条条一个思想，诗人还不如去写标语！""让诗回到创造来吧，让诗回到美来吧，让诗回到真正佩戴'语言的王冠'的地位来吧——让那些总想以销售量计算诗的价值的人去开杂货铺！"③ 同时，顾城

---

① 艾青：《从"朦胧诗"谈起》，《文汇报》1981 年 5 月 12 日。
② 舒婷、梁小斌：《请听听我们的声音》，《诗探索》1980 年第 1 期。
③ 杨炼：《我的宣言》，《福建文学》1981 年第 1 期。

也对"朦胧诗"这一概念提出了质疑,他认为"朦胧诗"的提法本身就朦胧,"'朦胧'指什么,按老说法是指近于'雾中看花''月迷渡津'的感受;按新理论是指诗的象征性、暗示性、幽深的理念、叠加的印象、对潜意识的意识,等等。这有一定道理,但如果仅仅指这些,我觉得还是没有抓住这类新诗的主要特征。这类新诗的主要特征,还是真实——由客体的真实,趋向主体的真实,由被动的反映,倾向主动的创造。从根本上说,它不是朦胧,而是一种审美意识的苏醒,一些领域正在逐渐清晰起来。"① 与公刘、艾青等现实主义诗人的批评意见相映成趣的,是当时一些诗歌评论家,他们最早注意到了"朦胧诗"有可能改变中国当代文学格局的重要作用。

二

1980 年 4 月,在广西南宁召开的全国诗歌讨论会上,批评家谢冕做了一个在后来引发巨大争议的发言,这一发言经过整理,以《在新的崛起面前》为题发表于 1980 年 5 月 7 日的《光明日报》。在文章中,谢冕以"历史见证人"的姿态,和对于五四文学的"自由的、充满创造精神的繁荣"的想象,急切吁请当代文坛对于"朦胧诗"诸诗人采取"宽容"的接受态度。他说:"对于这些'古怪'的诗"主张"听听、看看、想想、不要急于'采取行动'","急着出来'引导'"。接着,孙绍振、徐敬亚也分别撰文,对这一诗歌潮流给予热情支持。

---

① 顾城:《"朦胧诗"问答》,《文学报》1983 年 3 月 24 日。

由于他们的文章标题都使用了"崛起"一词，因而被文学史家合称为"三个崛起"。有关"三个崛起"的文学史价值，学界已论述良多，然而，围绕"三个崛起"展开的理论争鸣，还在廓清"朦胧诗"思想内容和美学特质以外，充分传达了中国学者对于现代主义文学的接受态度。在这三篇诗论文章中，谢冕的文章虽开风气之先，但在对于"朦胧诗"美学特质和诗学观念的阐述上，孙绍振的《新的美学原则在崛起》和徐敬亚的《崛起的诗群》两文则更具代表性。围绕这两篇文章展开的论争，由于将"朦胧诗"创作和西方现代主义文学的接受联系了起来，因而非常典型地反映了新时期初西方现代主义文学如何被中国知识分子所接受。与此同时，有关"三个崛起"的讨论，还在纷繁各异的美学主张中，充分阐述了当代文学的现代化诉求。

在《新的美学原则在崛起》这篇长文中，孙绍振对当代诗歌界诗学观念的新变做出了深入探讨。尽管该文并未明确提出这一诗学观念的历史渊源，但从孙绍振对于这一新兴诗学观中美学原则的分析中却可发现，他所谓的新的美学原则，其实指的就是西方现代主义文学的美学原则。为使这一有悖于现实主义文学观念的美学原则获得充分认可，孙绍振首先需要论证各种反现实主义文学思潮的合法性问题。在他看来，反现实主义的文学思潮可以被归结为新时期思想解放运动的组成部分："在历次思想解放运动和艺术革新潮流中，首先遭到挑战的总是权威和传统的神圣性，受到冲击的还是群众的习惯的信念。当前在新诗乃至文艺领域中的革新潮流中，也不例外。权威和传统曾经是我们思想和艺术成就的丰碑，但是它的不可侵犯性却成了思想解放和艺术革新的障碍。它是过去历史条件造成的，当这些条件为新条件代替的时候，它的保守性狭隘性就显示出来了，没有对权威和传统挑战甚至亵渎的勇气，思想解放就是一句奢侈性的空话。"① 在这段论述中，孙绍振将反现实主义文学思潮对"权威和传统的神圣性"的挑战视为思想解放运动的必然结果，无疑为下文即将论述的"新的美学原则"赋予了一种被思想解放运动许可的合法性。这就是说，提倡一种新的美学原则，不仅仅是艺术革新的需要，更是文学界呼应新时期初启蒙运动的当然之举。如果联系下文孙绍振对于"新的美学原则"的现代主义属性的界定，就可发现孙绍振这篇文章的一个重要方面，即是对于现代主义文学启蒙属性的强调。应该说，这一论述思路完全符合新时期初中国知识分子对于西方现代主义文学的普遍认识。在当时的中国学者看来，西方现代主义文学具有挑战现实主义文学权威和解放思想的启蒙功能。由此折射出来的一种接受景观，无疑与中国知识分子的工具理性意识密切相关。正是因为看中了西方现代主义文学特有的对于人类精神危机的认识方式，中国学者才会在反思"文化大革命"、呼唤人性的启蒙运动中着力译介与传播西方现代主义文学。

从现代主义美学原则所具有的这种启蒙功能出发，孙绍振认为："这种新的美学原则，不能说与传统的美学观念没有任何联系，但崛起的青年对我们传统的美学观念常常表现出一种不驯服的姿态。他们不屑于做时代精神的号筒，也不屑于表现自我感情世界以外的丰功伟绩。他们甚至于回避去写那些我们习惯了的人物和经历、英勇的斗争和忘我的劳动的场景。他们和我们50年

---

① 孙绍振：《新的美学原则在崛起》，《诗刊》1981年第3期。

代的颂歌传统和 60 年代的战歌传统有所不同，不是直接去赞美生活，而是追求生活溶解在心灵中的秘密。"① 这种"新的美学原则"与传统的诗歌美学原则大相径庭："如果说传统的美学原则比较强调社会学与美学的一致，那么革新者则比较强调二者的不同。"而有关这两种美学原则的区别性意见，"表面上是一种美学原则的分歧，实质上是人的价值标准的分歧。在年轻的革新者看来，个人在社会中应该有一种更高的地位，既然是人创造了社会，就不应该以社会的利益否定个人的利益，既然是人创造了社会的精神文明，就不应该把社会的（时代的）精神作为个人的精神的敌对力量，那种人'异化'为自我物质和精神的统治力量的历史应该加以重新审查。传统的诗歌理论中'抒人民之情'得到高度的赞扬，而诗人的'自我表现'则被视为离经叛道，革新者要把这二者之间人为的鸿沟填平。即使从社会学的角度来看，社会的价值也不能离开个人的精神的价值，对于许多人的心灵是重要的，对社会政治就有相当的重要性（举一个极端的例子：宗教），而不能单纯以是否切合一时的政治要求为准。个人与社会的分裂的历史应该结束。"② 从这段论述中可以见到，孙绍振所谓的"新的美学原则"重诗人的"自我表现"，反对政治对人的异化和那种"抒人民之情"的传统诗歌观念。与旧有的美学原则相比，这其实是一种强调诗人自我生命意识和生命体验的新的美学原则，它与传统现实主义文学的反映论截然不同，注重人的内心的自我表现。而"朦胧诗"诸诗人在其创作中实践这一美学原则的具体表现，就是对个人与社会关系的重新

---

① 孙绍振：《新的美学原则在崛起》，《诗刊》1981 年第 3 期。
② 同上。

思考。

在引用了杨炼、舒婷和梁小斌等朦胧诗人的言论后,孙绍振肯定了这一新的美学原则在创作实践中所起的积极作用。他认为新的美学原则:"作为对长期阶级斗争扩大化造成的人与人之间的恶化的一种反抗,它正是我们时代的一种折光。从美学来说,人的心灵的美并不像传统美学原则所限定的那样只有在斗争中(在风口浪尖)才能表现,谁说斗争能离开统一,矛盾不能达到和谐呢?因为据说有百分之五的阶级敌人,就应该对百分之九十五的人瞪着敌视的目光,怀着戒备的心理,戴着虚虚实实的面具,乃至随时准备着冲入别人的房子去抄家、去戴人家的高帽吗?在舒婷的作品中常有一种孤寂的情绪,就是对人与人之间这种关系的反常畸形的一种厌倦,而追求真正的和谐又往往不能如愿,这时她发出深情的叹息,为什么不可以说是一种典型化的感情?为什么只有在炸弹与旗帜的境界中呐喊才是美的呢?不敢打破传统艺术的局限性,艺术解放就不可能实现。一种新的美学境界在发现,没有这种发现,总是像小农经济进行简单再生产那样用传统的艺术手段创作,我们的艺术就只能是永远不断地作钟摆式单纯的重复。"① 在此处,孙绍振明确提出了新的美学原则所具有的艺术解放和思想解放的功能,特别是从他对新的美学原则的描述中,可以发现这一强调自我表现的美学原则,作为对现实主义文学美学观念的反动,实际上正是一种现代主义文学的美学原则。尽管孙绍振并未明确指明这一美学原则的现代主义属性,但却仍然从反对现实主义文学一统天下的文学革新的角度出发,将新的美学原则予以

---

① 孙绍振:《新的美学原则在崛起》,《诗刊》1981 年第 3 期。

详尽的界定。

在孙绍振看来，这个崛起的新的美学原则有如下特点：一是"不屑于做时代精神的传声筒"，"不屑于表现自我感情世界以外的丰功伟绩"，"回避去写那些我们习惯了的人物和经历、英勇的斗争和忘我的劳动的场景"，"不是直接去赞美生活，而是追求生活溶解在心灵中的秘密"；二是提出社会学与美学的不一致性，强调自我表现："既然是人创造了社会，就不应该以社会的利益否定个人的利益，既然是人创造了社会的精神文明，就不应该把社会的（时代的）精神作为个人的精神的敌对力量"；三是要求诗人进行艺术革新时，"首先就是与传统的艺术习惯做斗争"，这是因为在孙绍振看来，尽管青年诗人要突破传统，必须从"传统和审美习惯中"吸取某些"合理的内核"，但主要方面还在于旧的"艺术习惯的顽强惰性"。①这几个"新的美学原则"的特性，充分说明了其鲜明的现代主义品格。而孙绍振对这一美学原则及诗学观念的倡导，无疑与稍后提出中国文学现代主义化的徐迟不谋而合：如果说孙绍振还仅仅局限于在诗歌领域内提倡现代主义化的话，那么徐迟则为中国当代文学整体的现代主义化提供了理论期待——两者都将现代主义文学视为中国当代文学现代化的发展方向。与徐迟近乎空想的理论期待不同，由于孙绍振对诗歌美学原则的具体阐述和大力倡导，因而更有可能促进中国当代文学的现代主义化进程。此外，与新时期初"朦胧诗"的现代主义实验相比，尽管孙绍振等中国学者对于西方现代主义文学的接受还主要停留在文学观念（美学原则）的理论层面，但这一理论接受的方

---

① 孙绍振：《新的美学原则在崛起》，《诗刊》1981 年第 3 期。

式，却因其结合了新时期初诗歌界的创作实践，从而为中国当代诗人接受西方现代主义文学提供了一个理论工具。在这个意义上说，孙绍振等人在现代主义诗学观念层面的理论呼吁，反映了中国文坛对于西方现代主义文学接受的不断深入：中国知识分子在面对现代主义文学的广泛传播时，首先关注的是现代主义文学的政治合法性问题，与此之外，他们又从文学接受的层面，充分利用了现代主义文学的文学观念和形式理论去建构中国文学的现代化蓝图。由政治接受到文学接受，庶几可见西方现代主义文学在中国大陆的理论旅行正趋向于文学自身。

三

　　但是，由于孙绍振在《新的美学原则在崛起》一文中刻意否定现实主义文学观，因此激起了许多中国学者的反对与批评。其中，程代熙的《评〈新的美学原则在崛起〉》一文颇具代表性。这篇文章不仅否定了孙绍振对于当代诗歌美学原则的概括和倡导，并从批评意见中，引申出了当代诗歌发展的方向性问题。

　　在《评〈新的美学原则在崛起〉》一文中，程代熙将孙绍振提出的美学原则概括为"自我表现"说。他批评孙绍振"把现实生活排除在诗人视野之外，因此值得诗人去表现的就只能是他的那个'自我感情世界'，并且诗人也就只是在这个世界里去'追求生活溶解在心灵中的秘密'。这'秘密'就是诗人'个人的感情，个人的悲欢，个人的心灵世界'。所以，孙绍振同志的

'新的美学原则'的纲领就是'自我表现'"。① 而在程代熙看来，这一"自我表现"说与"抒人民之情"的现实主义诗歌是相互排斥、根本对立的两种艺术观。对于"自我表现"说，程代熙主要从它的哲学基础论述了自我表现的内涵："叔本华说：'世界是我的表象'，'世界是我的意志'，反过来说，就是：我的表象是世界，我的意志是世界；也就是谓：世界就是我，我就是世界。这个思想到了意象派批评家头脑里，就成为：'艺术也只能在艺术中找到它的他我。'这个'他'指的是艺术，因此'他我'就是艺术的'自我'，也就是艺术家的'自我'。"② 可见，"自我表现"与"抒人民之情"的艺术观的差别就在于对个人与社会关系的不同理解。程代熙据此批评孙绍振"企图用人性来填平'抒人民之情'和诗人的'自我表现'之间的那道鸿沟"。③ 隐含于这一批评意见中的潜台词，就是程代熙对"自我表现"的现代主义文学属性的界定。当程代熙把孙绍振的"新的美学原则"的核心纲领概括为"自我表现"时，他就已经把这一"新的美学原则"看成了西方现代主义文学在中国诗歌界的延伸。为进一步澄清这一理论问题，程代熙还结合西方文学的发展历史，非常明确地指出了"新的美学原则"所具有的现代主义品格。他说："欧美一些资产阶级和小资产阶级的文学家、艺术家，一方面迷惘于资本主义社会的一环套一环的重重矛盾，找不到出路；另一方面他们又十分反感'邋遢感伤主义'，即浪漫主义文学和那被他们视为'躲在现实的硬壳里'的所谓的

---

① 程代熙：《评〈新的美学原则在崛起〉》，《诗刊》1981 年第 4 期。
② 同上。
③ 同上。

'现实主义'。于是他们就把柏格森、叔本华、弗洛伊德、克罗齐的哲学和美学思想,以及威廉·詹姆士的《心理学原理》当成是一块安身立命的绿洲。从19世纪末和20世纪初起,在西方文坛和艺坛上像走马灯似的相继出现了诸如象征主义、意象主义、原始主义、野兽主义、立体主义、未来主义、达达主义、超现实主义、意识流、存在主义、新浪潮、荒诞派等各种名目的文艺流派,即我们统称之为的西方现代主义文艺。"① 而西方现代主义文艺的共同点,即是"第一,西方现代主义的文学家、艺术家几乎都把他们的'自我'当做唯一的表现对象,说得具体一点,把文艺作为表现他们资产阶级、小资产阶级个人主义及无政府主义思想(即否定理性)的唯一手段;……第二,由于他们有意识地排斥现实世界的客观性,所以他们总是天马行空似的力图通过象征、意象、潜意识以至于梦幻来表现他们的'自我'"。这就意味着自我表现说实际上是尼采、叔本华和柏格森哲学在西方文学中的体现,而"孙绍振同志的'新的美学原则'倒是步了它的脚迹"。程代熙将孙绍振的"新的美学原则"界定为西方现代哲学的产物,自然会引申出下述观点,即这一"新的美学原则"是"一套相当完整的、散发出非常浓烈的小资产阶级的个人主义气味的美学思想"。② 在这个意义上,程代熙进而指出,"朦胧诗"根本不是什么"新的美学原则"的创作实践,而是西方现代主义文学观念在中国新时期诗歌领域内的反映。

值得注意的是,程代熙在文中对于"新的美学原则"也并

---

① 程代熙:《评〈新的美学原则在崛起〉》,《诗刊》1981年第4期。

② 同上。

非全盘否定，他在主张坚持现实主义文学发展方向的同时，也认为"自我表现"在部分程度上有助于促进现实主义文学的完善和发展。他说："物质决定精神，经济基础决定上层建筑，社会存在决定社会意识……但是精神、上层建筑、社会意识又同时对物质、经济基础和社会存在起着巨大的反作用。上述两层含义是相互联系在一起的，不能任意加以割裂。如果只承认前者，就会导向机械唯物论；倘只承认后者，又会走向主观唯心论或者客观唯心论……马克思主义的美学原则既强调艺术规律的客观性，又十分重视艺术创作中艺术家的主观因素。"① 此处，程代熙从唯物辩证法的认识论出发，既批评了"自我表现"说的唯心主义本质，又肯定了其对作家主观因素的表现特征。因此，从程代熙与孙绍振这两篇文章的对比中，可以看到新时期文坛对于西方现代主义文学的接受态度，业已突破了对于现代主义文学的常识性介绍和政治性评介，转而在文学观念和创作实践等层面，将西方现代主义文学与中国当代文学的现代化诉求联系了起来。这就意味着对于西方现代主义文学的不同接受态度，直接决定了中国当代文学的现代化取向：支持中国当代文学现代主义化的中国学者，在肯定西方现代主义文学的思想和艺术双重解放功能的前提下，确认了当代文学的现代化方向即为现代主义文学；而反对现代主义化的中国学者，则或是立足于当代文学固有的现实主义传统，或是立足于反对西化的民族主义立场，主张以现实主义文学作为当代文学的现代化方向，并在此大前提下，汲取和借鉴西方现代主义文学的有益成分，补充和完善现实主义文学的发展。由此，围绕"朦胧诗"的美学原则而展开的理论论争，最终仍然

---

① 程代熙：《评〈新的美学原则在崛起〉》，《诗刊》1981 年第 4 期。

体现了中国文坛对于当代文学现代化诉求的理论主张。

四

如果说孙绍振与程代熙的论争主要是探讨中国新诗现代化的方向性问题，那么围绕徐敬亚《崛起的诗群》一文所形成的文学论争，则在诗学观念等具体层面展开了中国学者的文学现代化诉求。

与许多评论文章不同，徐敬亚在《崛起的诗群》中并未提出一种简单的主观吁求，而是在细致辨析"朦胧诗"基本内核的基础上，提出了自己的现代主义文学主张。在文章开篇，徐敬亚首先阐述了当代新诗自身审美价值的凸显。而围绕这一命题的种种诗学论争，则处处表明了中国学者对于文学自身属性的重视。在徐敬亚看来，当代新诗自"文化大革命"结束以后，虽在 1977—1979 年内短暂重生，但短短几年内，"觉醒了的诗人们又亲眼目睹了大量诗篇昙花一现的衰亡史"。[①] 那么，中国新诗的出路究竟何在？通过对 1980 年以来新诗创作的考察，徐敬亚明确提出了现代主义化的新诗现代化方向。为达此目标，徐敬亚首先对西方现代主义的知识合法性予以了理论证明。他认为，现代主义是 19 世纪末到 20 世纪初在西方各国出现的"一个普发性的艺术潮流"。这一潮流是"继文艺复兴和浪漫主义运动之后，在世界范围内文艺的一次重大变革，是人类物质文明发展到一个

---

① 徐敬亚：《崛起的诗群——评我国诗歌的现代倾向》，《当代文艺思潮》1983年第 1 期。

特定阶段的产物。正如资本主义经济的兴起带来了文艺复兴一样，现代艺术的出现，是现代生产方式和生活方式的必然结果"。① 在这段论述中，徐敬亚特别强调了西方现代主义与现实生活的关系，如同文艺复兴是资本主义的产物一样，现代主义也是现实生活发展到一定阶段的历史产物，因此它是一种客观存在。为论证这一客观存在的合法性，徐敬亚重点批判了反现代主义者的常见论断。他认为，强调现代主义是资本主义走向没落时精神产物的看法，显然不足以说服现代的青年人。值得注意的是，与一般西方现代主义文学的传播者不同，作为一位现代主义的接受者与实践者，徐敬亚的真正目的还是在于论证现代主义对中国新诗的切实影响。而他对这一影响的阐述，处处反映了一种注重文学自身属性的文学观念。在徐敬亚看来，受西方现代主义影响的中国新诗，无论在艺术主张、内容特征还是诗体形式与韵律节奏等方面都展现出了新的艺术特质。就艺术主张而言，"朦胧诗"诸诗人在掌握世界方式时融入了更多的主观因素，强调诗人的个人直觉和心理再加工，注重诗歌的总体情绪，这就改变了诗歌作为"镜子"的反映特性，进而在诗人自我感受的书写中彰显了诗歌创作的唯我论色彩。反映在内容特征上，则是对当代青年自我意识的深刻观察。在谈到这一问题时，徐敬亚区分了存在于朦胧诗作品中的两种自我意识：一是"意识到了自我的存在"，能够"能动地创造社会、改造社会，而不是被社会改造的人"；二是"感受不到自己作为人（应该获得人所应有的一切权利）而存在着的人"。相较之下，后者由于对自身现实处境的

---

① 徐敬亚：《崛起的诗群——评我国诗歌的现代倾向》，《当代文艺思潮》1983年第1期。

迷惘,因而在书写个人情绪时尤能体现现代人的真实感受,因而"笔触更深刻、更凝重"。① 由此出发,徐敬亚充分论述了因个体处境而形成的诗歌艺术表现手法。如对象征、情绪节奏等技巧的分析,都足以反映作者对现代主义文学的推崇。以上种种,可以充分说明徐敬亚对于诗人主体情绪和艺术表现手法等文学自身属性的重视。

然而,这篇文章真正引发争议之处,却不在于作者对"朦胧诗"的价值认同,而是他对新诗发展必然道路的认识。在徐敬亚看来,由于传统现实主义诗歌观念的僵化和现实生活的影响,中国新诗必将走上现代主义的道路,这一现代倾向"将继续发展下去——有土壤(变革的、走向现代化的社会生活);有根基(鲜明、独特的艺术主张);有生机(顽强执著的艺术追求。目前的创作实践与其诗歌主张的差距);有果实(一批有鲜明标志的作品。强烈的反响和回应)——这一切都决定了新倾向批评不倒、扼止不了的发展趋势!"② 尽管徐敬亚有关新诗现代主义化的主张因其反现实主义倾向而屡遭批判,但批判者似乎没有充分注意到隐含于徐敬亚文中的阐释策略。换句话说,在《崛起的诗群》一文中,由于受到当时文学现代化思潮的影响,徐敬亚并未如其表面宣称的那样,要用西方现代主义取代现实主义,而是希望中国新诗走出一条具有本民族特色的现代主义道路。那么,在徐敬亚的新现代主义宣言中,究竟存在着一种怎样的阐释策略呢?

---

① 徐敬亚:《崛起的诗群——评我国诗歌的现代倾向》,《当代文艺思潮》1983年第1期。
② 同上。

在具体论述这一策略之前，有必要简单回顾一下徐敬亚对于现实主义的理解和批判。在他看来，作为中国文学主潮的现实主义，其基本原则是"再现典型环境中的典型人物"，手法则是强调"细节真实"，"究其本源，它的提出是旨在否定自然主义，而提倡'典型性'；后来又以主张揭示'自然美'，即'真实性'而与浪漫主义的'心灵美'相对抗。'再现外界真实'是现实主义的灵魂，它的真谛是'隐蔽艺术家自己'"。这一文学观念由于对自我的隐藏，显然违背了 1980 年以来的诗歌创作中的所谓"新倾向"。有鉴于此，徐敬亚宣称"诗歌创作中似乎从来不存在标准的现实主义原则"，"现代诗歌，将在一定程度上排斥所谓的'现实主义'创作方法……如果按照生活在十九世纪前期的黑格尔的分析法——把人类艺术的发展分为象征主义、古典主义与浪漫主义时期的话，那么可以说在他之后，人类艺术目前早已进入到第四个时期：现代主义时期"。[①] 以文学进化论为前提，徐敬亚在这段论述中旗帜鲜明、立场坚定地表达了对于现实主义文学观念的批判。然而，告别现实主义之后，新诗的现代化道路就一定是西方现代主义吗？从表面上看，徐敬亚在《崛起的诗群》中似乎表达的正是这一观点，但若细加辨析，却可发现徐敬亚所谓的"现代主义"，与西方意义上的现代主义并不完全相同。换句话说，即便激进如徐敬亚者，也不会在彻底批判现实主义的同时照搬西方现代主义。他所提出的现代主义（为区别于西方现代主义文学，可姑且称之为"新现代主义"）实际上是当时中国文坛"第三条道路"的一个缩影。

[①]　徐敬亚：《崛起的诗群——评我国诗歌的现代倾向》，《当代文艺思潮》1983 年第 1 期。

前文说过,在经历了政治层面的拨乱反正以后,中国文学界从 1982 年起,开始有意识地探讨当代文学的现代化问题,同年兴起的西方现代派文学论争,可被视为中国文学界展开现代性诉求的标志性事件。在这场论争中,中国学者大致因文学方向性问题而分为两派:一派以徐迟等人为代表,认为现代主义是中国文学实现现代化的必由之路,主张"文学现代化就是现代主义化";① 另一派则以李准等人为代表,认为现实主义道路仍然是中国文学实现现代化的唯一出路。② 前者秉承一种文化激进主义的态度,唯新是上;后者则不愿舍弃传统,期望现实主义浴火重生。但在新时期初的文学实践中,这两条道路都因其决绝的文化态度而备受质疑。对于大部分中国知识分子而言,尽管他们并不承认文学现代化就等同于现代主义化这一简单模式,但新时期初西方现代主义文学的强势影响,却已然对中国知识分子构成了巨大威胁。因为若想实现中国文学的现代化,就必须反对和颠覆日趋僵化了的现实主义。然而走出现实主义之后,中国文学的现代化是否只有现代主义化这一条道路?现实主义抑或现代主义这一非此即彼的文学方向性问题,深深困扰了新时期初中国知识分子的文学抉择。有鉴于此,李陀等学者提出了"现实主义/现代主义"之外的第三条道路。这一主张要求中国文学能在符合世界文学的发展潮流中葆有中华民族的自我意识,如此方能在现代化进程中不失民族自我。③

假如以第三条道路的思维方式来看待《崛起的诗群》一文,

---

① 徐迟:《现代化与现代派》,《外国文学研究》1982 年第 1 期。
② 李准:《现代化与现代派有着必然联系吗?》,《文艺报》1983 年第 2 期。
③ 李陀:《现代小说不等于"现代化"》,《上海文学》1982 年第 2 期。

就可发现徐敬亚主张的现代主义在本质上与李陀等人的观点并无二致。不同之处在于，如果说李陀等人的第三条道路是综合现实主义与现代主义的话，那么徐敬亚所谓的新现实主义，其实是一种排除了现实主义传统之后的更广泛意义上的综合。在徐敬亚看来，中国新诗的未来主流"是五四新诗的传统（主要指四十年代以前的）加现代表现手法，并注重与外国现代诗歌的交流，在这个基础上建立多元化的新诗总体结构"。① 这一新诗现代化道路，尽管如徐敬亚所说，"有合理的排斥"（排斥现实主义），② 但它的确是一种更大意义上的综合。在徐敬亚所构想的新诗现代化道路中，秉承民族文化传统的"灵魂"，借鉴西方现代主义诗学观念，才能在融会贯通的基础上催生出现代意义上的中国新诗。与李陀等人对现实主义与现代主义的综合相比，徐敬亚的主张虽然更具有诗学乌托邦的色彩，但他对于西方现代主义文学的接受态度，却呈现出了一种将之本土化的理性认知方式。这就是说，在《崛起的诗群》中，徐敬亚使用了一种将西方现代主义本土化的阐释策略。他对西方现代主义文学特征的阐释，无不与"朦胧诗"这一本土的创作实践紧密结合。也许是出于对现实主义的本能反抗，徐敬亚才会以不无偏激的口吻宣扬中国新诗的现代主义化；与此同时，受第三条道路的影响，徐敬亚在论述过程中又将他所谓的现代主义具体为多种文学思想的综合。这一叙述策略表明，彼时的中国知识分子在面对西方现代主义文学时，首先沉浸在它与现实主义完全不同的美学和思想特质中，

---

①　徐敬亚：《崛起的诗群——评我国诗歌的现代倾向》，《当代文艺思潮》1983年第 1 期。

②　同上。

希冀借其颠覆现实主义文学传统,进而汲取中国文学的现代性经验。在本质上说,徐敬亚的这一叙述策略与徐迟"马克思主义的现代主义"一样,都是对于中国文学现代化的一种理论期待。

《崛起的诗群》发表以后,杨匡汉等人立即撰文予以批评。在这些反对者看来,徐敬亚对中国新诗前途的思考、对现实主义传统的否定因"偏离了科学的目的性而陷入混乱和糊涂"。为全面清算徐敬亚的诗学思想,杨匡汉首先批评了徐敬亚对时代的看法。他认为,正是由于"崛起"诗论对时代存有一种偏激的态度,才会造成这一理论本身的谬误。《崛起的诗群》"之所以虚妄","首先在于对生活、艺术的理解,是将社会主义与资本主义、社会主义诗歌与西方现代主义诗歌两种不同的社会制度、社会生活和文学艺术作了质的混同"。而这种混同导致的后果,就是"用现代主义的药来治我们现在的病",这一做法显然会模糊社会主义/资本主义的意识形态壁垒。实际上,类似于杨匡汉的这种政治批判在当时并不少见。但这篇文章的特殊之处,却是对西方现代主义认识态度的变化。与以往全盘否定西方现代主义文学的政治批判性文章相比,杨匡汉并不否定西方现代主义文学的某些进步性。他说:"文学上的'现代主义'是一个特定的创作潮流的概念。它是西方资本主义社会历史条件下的产物,其基本指导思想是危机意识和异化观念。我们自然不能简单地骂一声'现代派'扬长而去,应该承认西方现代派中某些作品对揭露资本主义社会矛盾所起的积极作用,应当用借鉴、取其精华、为我所用的态度,有区别、有适度地吸收其创造的某些手法和技巧,以丰富与拓展我们的艺术表现力。"从这一认识态度可以看出,即便反对当代文学现代主义化的中国学者,也在这一时期视现代主义文学为中国文学的有益补充。但矛盾之处却在于,杨匡汉一方面承认西方现代主义文学的"积极作用"，主张"为我所用"；另一方面却指出："这种承认，和把他们的思想艺术观点运用于我国的现实生活、运用于解释我们的社会现象和文学现象，完全是两码事。"[①] 这就是说，传播和介绍西方现代主义文学，并不等于是要在中国文学的现代化实践中去运用它们。由此反映出来的问题，仍然与当代文学现代化诉求中的第三条道路相关。在这场围绕"三个崛起"所展开的文学论争中，论辩双方的文学现代化主张都存有偏激和绝对化之嫌：孙绍振等人反感于当代文坛僵化的现实主义传统，在言谈间大有用现代主义全面取代现实主义的理论倾向；而程代熙等反现代主义者，则在貌似客观公允的"文学对话"中，仍然对西方现代主义文学进行了一定程度的政治批判。因此，尽管他们对于当代文学现代化的理论构想大多建构于"朦胧诗"的创作实践之上，但这种绝对化的思维方式，却无助于澄清西方现代主义文学和当代文学的现代化诉求之间所具有的深层联系。相比之下，围绕高行健的《现代小说技巧初探》和王蒙等人的意识流小说所展开的文学讨论，则更能体现中国学者对于西方现代主义文学和当代文学现代化诉求之间关系的理性思考。

五

　　1982 年 9 月，高行健的《现代小说技巧初探》一书由花城出版社出版。围绕该书展开的文学讨论，在一定程度上反映了当

---

　　① 杨匡汉：《评一种现代诗论》，《文学报》1983 年 3 月 24 日。

时文坛对于西方现代主义文学接受的理性态度。而李陀、冯骥才和刘心武等人发表的评论文章，则因其对当代文学创新试验的持续性关注，从而在理论实践层面补充、深化了高行健所提出的某些问题。其中的大部分话题，都与当代文学的现代化诉求有关。

在叶君健为《现代小说技巧初探》一书所做的序言中，可以充分折射出中国知识分子的某种现代性焦虑。为早日实现当代文学的现代化，叶君健主张把西方现代主义文学和社会主义现代化建设联系起来考察。他批评新时期初当代文坛的"欣赏趣味"还停留在"蒸汽机时代"："我们欣赏欧洲十九世纪的作品，如巴尔扎克和狄更斯的作品，甚至更早的《基度山恩仇记》，超过现代的作品……这种'欣赏'趣味恐怕还大有封建时代的味道。这种现象的形成也可能是我们多年来无形中在文化上与世界隔绝的结果。"[1] 在叶君健的批评意见中，以现实主义文学为主潮的欧洲19世纪文学早已落伍于当今时代，而中国文学界的审美趣味和价值取向，仍然具有封建时代的基本特征。要想改变这一落后局面，就必须适应时代发展的需要，以社会主义现代化建设这一新的历史目标为旨归，真正在与世界文学的接轨中实现当代文学的现代化。从这一理论期待出发，叶君健呼吁中国文学界应当"充分掌握当前世界文学的潮流和动态，与世界的文学交流，进而参与世界的文学活动"。这一文学方向在叶君健看来，"无疑也是我们从事各方面'现代化'中不可忽视的一个方面"。[2] 换句话说，唯有通过与世界文学的接轨，中国文学才能通达现代化的历史目标。与徐迟的文学现代化主张相似，叶君健也把追随世

---

[1] 叶君健：《现代小说技巧初探》序言，花城出版社1982年版。

[2] 同上。

界文学潮流看成了实现当代文学现代化的发展方向。不过与徐迟将世界文学笼统地归结为现代主义不同，叶君健所谓的世界文学是一个包含了现代主义文学在内的时间概念。他从一种进化论的时间模式出发，将欧洲文学的发展看做人类社会从"蒸汽机时代"过渡到"电子和原子时代"的必然结果。如果仅从这一点来说，叶君健仍然与徐迟一样，将世界文学的发展历程按照一种进化论的思维模式，与社会物质生产的发展联系了起来，似乎唯有现代主义文学才配得上现代社会。不过，比徐迟的理论空想略为理性的一点，是叶君健也承认现代主义文学尽管在世界范围内盛极一时，但它也并非世界文学的唯一代表：世界文学的百花齐放"在欧洲十九世纪后半期……就已经出现，现在尤其是如此"。① 正是因为这一理性态度，叶君健的文学现代化主张才更有可能跳出当代文学要么现代主义化，要么现实主义化的二元对立模式，进而为中国文学的现代化提供一种相对理性的思考方式。

　　与叶君健对待西方现代主义文学的理性态度相一致，冯骥才、李陀和刘心武在史称"三只小风筝"的文学通信中，都直接或间接表达了对于现代主义文学接受的理性态度。在这三篇文章中，刘心武最为明确地提出了一种文学接受立场。他认为"中国的确需要'现代派'"，"现代小说技巧（不是整个形式本身）也应当看作是没有阶级性的，因而对于任何一个国家、民族的任何政治信仰和美学趣味的作家来说，他都无妨懂得更多的现代技巧"。② 按此逻辑，西方现代主义文学也并非专属于资本

---

①　叶君健：《现代小说技巧初探》序言，花城出版社1982年版。
②　刘心武：《需要冷静地思考》，《上海文学》1982年第2期。

主义国家，它在文学形式层面可以跨越"社会主义/资本主义"的意识形态壁垒，从而在"现代小说"的名目下具有了一种"世界文学"的品格，由此也应当成为中国作家的学习和借鉴对象。从刘心武的论述逻辑来看，反对现代主义文学接受过程中的政治评判倾向，就必然会在一种"去政治化"的价值取向中彰显出西方现代主义文学的文学性问题，这至少说明从 20 世纪 80 年代初开始，中国作家越来越倾向于从文学性的角度去接受西方现代主义文学。与刘心武的意见相类似，冯骥才也在《中国文学需要"现代派"！》一文中，称赞高行健的《现代小说技巧初探》一书"好像在空旷寂寞的天空，忽然放上去一只漂漂亮亮的风筝，多么叫人高兴。"而"当前流行世界的现代文学思潮不是一群怪物们的兴风作浪，不是低能儿黔驴技穷而寻奇作怪，不是赶时髦，不是百慕大三角，而是当代世界文坛必然会出现的文学现象。尤其当这种思潮也出现在我们的文坛时，不必吃惊，不必恐慌，不必动气，也不必争相模仿"。① 此处冯骥才表明了自己对于西方文学潮流的接受态度，即在肯定西方现代主义文学的同时，也主张对这一文学潮流要做出充分的研究，而非全盘否定或"争相模仿"。他说："现代派文学也是当代文学中一个重要的学术问题。而且已经成为我们当代文学研究项目之一了。对待学术的正常态度是研究。而不是在研究之前先下结论，永远把自己封闭在自制的茧套里。"② 这段话虽是针对《现代小说技巧初探》一书所发的赞语，但同样也可视为冯骥才对于徐迟和程代熙等具有绝对主义倾向的中国学者的批评。从"现代派"论争

① 冯骥才：《中国文学需要"现代派"！》，《上海文学》1982 年第 2 期。
② 同上。

的实际过程来看，徐迟和程代熙等拥护或反对现代主义文学的中国学者，对于"现代派是什么"和"应该怎么看"等问题都未加以深思，反而执拗于"我们要不要现代派"这一核心命题。冯骥才针对现代主义文学所提出的理性研究态度，应该说是中国知识分子在接受过程中的一种进步。

从理性认识西方现代主义文学的态度出发，冯骥才进一步指出："现代派并不像某些人理解那样：似乎它已成为当今国外文学的主流。迄今它在各种文学样式中只占一个席位。其他如现实主义、唯美主义、浪漫主义、自然主义等，及其隶属各流派，皆各有各领地，各有各读者。范围大小都由读者多少而决定。文学和读者之间的关系是再公平不过的了，只有自愿，毫无强迫。"①按照当时中国学者的理解，世界文学的潮流即是中国文学现代化的发展方向，有不少中国学者如徐迟等人就据此提出了中国文学的现代主义化。但在冯骥才看来，如果现代主义文学只是世界文学潮流中的一个分支，那么中国文学的现代化，就不应该是简单的现代主义化，而是一个综合了各种文学观念的新的文学潮流。冯骥才把自己所主张的这一文学现代化蓝图称之为"现代派"，但这一称谓的所指却并不仅仅是西方现代主义文学："所谓'现代派'是指地道的中国的现代派，而不是全盘西化、毫无自己创见的现代派。浅显解释，这个现代派是广义的。即具有革新精神的中国现代文学。我们的现代派的范围与含义，便与西方现代派的内容和标准不大一样。"② 这种广义的现代派，当然包括了西方现代主义文学的各个文学流派，西方现代主义文学成为了冯

---

① 冯骥才：《中国文学需要"现代派"!》，《上海文学》1982年第2期。
② 同上。

骥才所谓的"广义的现代派"的一个重要组成部分。尽管冯骥才对自己提出的这一概念并未做出进一步解释，但从论述过程来看，可以说他仍然以现代主义文学为据，由此展开了具有鲜明个人特色的文学现代化诉求。准确地说，冯骥才汲取了西方现代主义文学一个最为重要的文学观念，即现代主义文学的先锋精神去建构他所谓的"广义的现代派"。从西方现代主义文学的发展过程来看，它赖以反抗现实主义文学的基本文化意识，即为先锋精神。"先锋"一词来自于法国军事术语，用之于文学艺术时即"意味着艺术形式的变革，同样，这个词也意味着艺术家们为把自己和他们的作品从已经建立起的艺术陈旧过时的桎梏陈规和艺术品位中解放出来所做的努力"。[①] 先锋文学以其"前卫性"、"革新性"、"实验性"、"反叛性"而为现代主义作家所热衷。在这个意义上，作为现代主义文学的核心观念，先锋艺术本身所秉有的叛逆精神可以冲破现实主义文学一统天下的格局，进而为文学的价值多元化提供强有力的精神资源。冯骥才所说的"广义的现代派"，因其"不是全盘西化、毫无自己创见的现代派"和"具有革新精神"，从而获得了一种先锋意味。正是从现代主义文学的先锋精神出发，冯骥才呼吁"地道的中国的现代派"不能全盘西化，不能毫无创见，它应有独特的"革新精神"，而这一革新精神，才是中国现代派的精髓之所在。这就意味着在冯骥才的文学现代化蓝图中，中国作家应本着先锋精神锐意创新，创造一个不同于西方现代主义文学，但同时又融合了世界文学发展潮流的现代化文学。尽管冯骥才的文学现代化蓝图具有深重的

---

① 《世界艺术百科全书选译》第 1 卷，上海人民美术出版社 1987 年版，第 7 页。

乌托邦色彩，但他对于西方现代主义文学的接受态度，却标志了中国知识分子对于现代主义文学接受的不断深化：从对于西方现代主义文学政治合法性的接受，到对现代主义文学表现技巧的肯定，再到对现代主义文学先锋精神的接受，中国知识分子的接受态度逐步趋于理性。

与冯骥才相比，李陀对于现代主义文学的接受态度则更具理性意味。在《"现代小说"不等于"现代派"》一文中，李陀明确指出了"现代小说"和"现代派"小说概念的区别，他希望《现代小说技巧初探》能做"吹皱一池春水"的"乍起"之风，带动中国小说的创新潮流。在李陀看来，高行健的《现代小说技巧初探》"并不是在对西方现代派文学进行'初探'，而是对'现代小说'进行'初探'。我觉得这一点很重要"。在李陀看来，"现代小说"具有如下含义："现代小说和西方现代派小说有某种联系，或者应该有某种联系。就我们中国现代小说来说，就是注意吸收、借鉴西方现代派小说中有益的技巧因素或美学因素。""另一方面，'现代小说'这个概念又和现代派小说有区别——这个区别对我们来说非常重要。因为我们毕竟不能拜倒在洋人脚下，毕竟我们不能跟在西方现代派文学后面跑，毕竟一切学习、吸收和借鉴的目的都是为了'洋为中用'。"① 在李陀的论述逻辑中，可以看到他所谓的"现代小说"就是中国当代小说的现代化形态，这一现代小说并不是现代派小说。换句话说，李陀所描绘的当代中国小说的现代化前景，绝非对西方现代派小说的模仿和借鉴，而是必须具有两方面的文学渊源："一是我们自

---

① 李陀：《"现代小说"不等于"现代派"》，《上海文学》1982 年第 2 期。

己的民族的文学传统，另一就是世界当代文学。这二者缺一不可。"① 因此，在建构中国当代小说的现代化形态时，现代主义化是不可取的，因为那样只能"跟在西方现代派文学后面跑"。要想创造出真正属于本民族的现代小说，只能博采众家之长。从本质上说，李陀关于当代小说的现代化构想，实际上就是对于"世界文学/民族文学"这两个在当时严重对立的文学观念的综合，也可被视为中国知识分子文学现代化想象的"第三条道路"。

需要指出的是，李陀关于中国文学现代化追求的"第三条道路"构想，和徐敬亚在《崛起的诗群》中所倡导的文学主张相比，已初步具有了一种文学本体论的意味。在《论"各式各样的小说"》一文中，李陀提出了建立中国小说学的新主张。尽管这一主张在具体论述中仍然较为浮泛，但比起徐敬亚等人对于现实主义的一味反动，却显示出了一种积极的建设姿态。而李陀在建构其小说学时，所依据的文学资源仍与现代主义文学关联甚密，但同时又不以现代主义为最后指归。因此，李陀所谓的小说学实与其第三条道路的现代化设想相吻合。

在《论"各式各样的小说"》一文中，李陀借现代小说家萧红之言，提出了究竟有没有小说学的疑问："什么是小说？应该怎样写小说？世界上自从有小说以来，人们就不断讨论这类问题。这些讨论，以及由此生发出来的数不胜数的文章和专著，大概都可以划入'小说学'的范围。"在李陀看来，"什么是小说？应该怎样写小说？"② 实际上是小说学最为关心的两个命题：前

---

① 李陀：《"现代小说"不等于"现代派"》，《上海文学》1982 年第 2 期。
② 李陀：《论"各式各样的小说"》，《十月》1982 年第 6 期。

者从文学本体论的层面试图为小说概念加以厘定，后者则从形式层面提出了专属于小说的"写作"特性。由于这两个问题所具有的文学本体论意味，因此可以说李陀所谓的"小说学"，其实就是对文学独立性的呼吁，同时也是20世纪80年代初中国知识分子追求文学现代化的理论起点。因为唯有明确了文学的独立性问题，中国当代文学才有可能摆脱长期以来的政治束缚。

　　尽管这一综合了中外文学的现代化尝试仍然停留在空想阶段，但李陀对于"世界文学/民族文学"观念的融合，却充分说明了中国当代文学的现代化梦想如何在现代主义文学的影响下步步前行。从为获取现代主义文学的政治合法性出发，经过一段时间的学习和研究后，中国学者在建构本民族的文学现代化过程中，面对西方现代主义文学时逐渐形成了两种不同的接受心理：一是创新精神；二是影响的焦虑。前者出本能的创新欲望，以试图改变中国文学的现状为己任，一如冯骥才所主张的先锋精神；后者则时刻警惕着隐含于这一先锋精神背后的西化倾向，由此而来的"影响的焦虑"，必然会促进中国学者对于文学现代化和现代主义文学内在关联的深入思考。而20世纪80年代中期开始的寻根文学和先锋试验，便充分展现了这两种接受心理对于当代文学创作实践的影响。此处可以拉美作家马尔克斯及其《百年孤独》的接受为例。

六

　　进入1984年以后，随着寻根文学与先锋文学现代性实验的全面展开，马尔克斯也越来越受到了更多中国作家的关注，由此形成的《百年孤独》热轰动一时,余波所及,令诸多当代名家也趋之若鹜,借鉴、吸收甚至是抄袭马尔克斯创作观念与方法的文坛事件层出不穷。与此背景相适应,中国学者对于马尔克斯的文学传播也进入了一个多元发展的历史阶段。在这一时期,因有感于以往学界对马尔克斯的理论"误读",部分中国学者开始对马尔克斯的文学创作展开了正本清源式的学术研究。但这一讲求学理的研究方式,却在辨析马尔克斯及其文学创作"是什么"的同时,无意间忽略了此前隐含于中国知识分子"误读"行为中的思想启蒙因素,以及文学现代性诉求等复杂问题。与之相比,还有许多学者秉承了对于中国文学的现代性想象,希冀能够从阐释马尔克斯的活动中汲取更多的文学现代性经验。这一时期,中国文学的现代主义化已渐成历史事实,而困扰中国知识界甚久的现代性焦虑也越发挥之不去,受此影响,中国知识分子也在注重当代文学现代化追求的同时,更加倾向于关注中国文学的民族性问题。而彼时方兴未艾的寻根文学,便是中国作家缓释现代性焦虑、面向西方现代主义的一个祛魅过程。然而,因受制于自身现代性经验的薄弱,中国作家却始终无法解决现代性与民族性的悖论问题。

相比之下,马尔克斯等拉美作家却能在师法西方现代主义文学的同时另辟蹊径,不仅能突破地域去索求人之价值,亦能持之以恒地叩问民族自我意识,这种融民族认同与魔幻历史的现代文学样式,自然会激起中国知识分子的普遍关注。因此,传播马尔克斯等拉美作家,不仅可以表达中国知识分子对于第三世界民族文学成功的天然渴慕,亦有借其缓释自身现代性焦虑、叩问中国文学现代化前景的潜在追求。在这个意义上说,中国学者更为侧重讨论"第三世界"中的马尔克斯,其间隐含的民族身份认同,处处影响着中国知识分子对于马尔克斯的文学阐释。其中的一个突出特点，就是在强调马尔克斯第三世界民族身份的同时，总结和归纳中国文学与拉美文学的类通性。如李欧梵的《世界文学的两个见证——南美和东欧文学对中国现代文学的启发》、《外国文学》1985年"当代拉丁美洲文学专号"等文，均表达了对于马尔克斯等第三世界作家的民族身份认同。① 尽管这一传播行为还是为了实践中国文学的现代性诉求，但李欧梵等人关注马尔克斯民族身份的阐释策略，却为20世纪80年代中后期兴起的后殖民批评提供了某些本土经验。有鉴于此，可以说因文学现代性想象而来的接受方式，不仅令中国作家从马尔克斯及其文学创作中汲取了更多的现代性经验，同时也深刻影响了当代文学思潮的观念与方法。综上所述，首先是中国作家无法遏止的创新欲望，引发了规模宏大的先锋试验，而影响的焦虑又令寻根文学走向了对于民族文化意识的深入开掘。种种创作现象说明，新时期初中国学者对于西方现代主义文学的初步接受，尽管看上去不过是抽象的理论探讨，但隐含其中的不同的文学现代化构想和接受心理，却处处影响着中国当代文学的走向。在这个意义上说，20世纪80年代初的"现代派"论争无疑具有重大的文学史价值。

---

① 参见李欧梵《世界文学的两个见证——南美和东欧文学对中国现代文学的启发》，《外国文学研究》1985年第4期；"当代拉丁美洲文学专号"，《外国文学》1985年第5期。

第十章

从"意识流"小说到"拟现代派"小说:西方现代主义文学接受的创作个案

一

在 20 世纪 80 年代初的"现代派"论争中所反映出来的许多观点,如"现代派是历史的反映和时代的产物","中国文学需要现代派",等等,都深重影响了当代文学的创作实践。无论在这场论争中持何种意见,西方现代主义文学对于中国当代文学的巨大影响都已被中国学者所普遍承认。做出这一判断的依据,正是在中国当代文学创作实践中日趋兴盛的现代主义文学实验。就新时期初的创作界而言,无论是诗歌界的"朦胧诗"运动,还是小说界的"意识流"革新,西方现代主义文学的影响力都在与日俱增。与小说相比,"朦胧诗"创作对于现代主义文学的接受较为显见:无论是诗歌的朦胧美学,还是诗人自我的主体意识,都沾染了现代主义文学的某些基本特征。而当代小说在 20 世纪 80 年代中期先锋试验的浪潮尚未出现以前,则仍然以现实主义创作方法为主。不过随着中国当代小说家对于西方现代主文学的接受日益明显，现实主义小说也逐步发生着新的变化，这一变化即为现实主义小说内部现代主义先锋话语的出现。

在具体描述新时期初小说领域的创作革新时，有必要注意到中国当代小说家对于现代主义文学的接受态度。与那些致力于描绘中国文学现代化远景的学者不同，中国作家往往把现代主义文学看做对现实主义文学的有益补充：作为一种创作方法，现代主义文学凭借新颖独特的表现形式日益受到了现实主义作家的瞩目。但比这种形式层面的借鉴更为重要的，却是中国作家对于现代主义文学启蒙功能的充分发掘。前文在论述现代主义的传播时曾经谈到，在西方现代主义文学的传播过程中，现代主义文学对于人性异化的描写，对于人类存在困境的"新人道主义"关怀，皆被中国知识分子视为启蒙精神的具体表现。因此，原本反理性、反启蒙的西方现代主义文学，在"文化大革命"异化人性的背景下，便被中国知识分子赋予了反抗极"左"意识形态权威、呼唤人性和正义回归的启蒙功能。在这个意义上说，西方现代主义文学被中国知识分子所进行的启蒙主义"误读"，反倒因为彼时广泛开展的思想解放运动，而得到了大力的介绍与传播。在此思想前提下，西方现代主义文学便在完善现实主义和实现思想启蒙的双重背景下，深刻影响了当代小说的发展轨迹。

在新时期初的文学格局中，尽管由于中国作家的"文化大革命"记忆而引发的历史批判已成为当代文学的一种集体写作行为，但各种文学样式的发展却显得极不平衡。在诗歌界，当代诗歌已从单一的"颂歌"形式中走出，出现了文学史家指称的"朦胧诗"创作。由于20世纪60—70年代中期"地下诗歌"的艺术积累，"朦胧诗"从一开始就在反思"文化大革命"、呼唤人性的深度方面超越了同时期的"伤痕小说"："朦胧诗"不仅呼应了当时社会思潮中要求人性复归、重建正义的启蒙运动，而且还以自身的创作实绩在一定程度上推进了这场运动。相比之下，当代小说在 20 世纪 70 年代末 80 年代初则面临着尴尬的局面：尽管《伤痕》、《班主任》等"伤痕小说"造成了巨大的社会轰动效应，但从小说艺术自身的发展来看，"伤痕小说"却仍然停留在新时期之前统治文艺 20 多年，"且已日益变得褊狭而异化了的'现实主义'"阶段。①"伤痕小说"的"文化大革命"叙述仅仅停留于单纯的"控诉"，虽然提出了许多重大的社会问题却无法给出合理的答案。在这一点上，"伤痕小说"颇类似于"五四"时期的"问题小说"。② 虽然这两类小说得以产生的社会语境不同，但二者的创作特点却具有某种一致性：它们都以作者的情感经验哀痛和愤怒等作为小说的叙述基调，在表达方式上则采取直露的独白方式，议论往往大于叙事。如果从文学批评的角度看待这两类小说，直白浅薄是它们难以克服的共同缺陷。但是，从文学史的角度看，"问题小说"作为新文学草创时期的一个小说流派，其文学史意义乃是对传统文学的反拨，称得上是一场"文学革命"。而"伤痕小说"则仍然没有摆脱此前文学观念的影响，因此还显得较为幼稚。与"朦胧诗"侧重从地下诗歌和西方现代主义文学中汲取创作因素不同，"伤痕小说"主要承继了当代文学中已遭意识形态异化的"现实主义"传统。如何走出这种"现实主义"传统，改变小说创作的落后局面，成了七八十年代之交作家们所面临的一个重要问题，而此时西方现代

---

① 张清华：《中国当代先锋文学思潮论》，江苏文艺出版社 1997 年版，第 71 页。

② 王蒙直接把 1977—1979 年刘心武等人的创作称为"问题小说"，见《"问题小说"的再度青春》，载《王蒙文集》第 7 卷，华艺出版社 1993 年版，第 537 页。

主义文学的广泛传入，也为当代小说的复苏提供了一个新的发展契机。

二

在谈论当代小说的新变时，"意识流"小说自然最为引人注目。不过早在"文化大革命"时期，某些"地下小说"就已经与传统的现实主义文学有所不同。只不过由于极"左"意识形态的存在，"地下小说"并不能公开发表，因此其中隐含的某些现代主义品格也未能引起人们的广泛关注。1974 年 11 月，诗人北岛的知青题材中篇小说《波动》完成初稿，署名艾姗，并在知青群中传抄。1976 年 6 月和 1979 年 4 月经过两次修改，以本名赵振开正式发表在 1981 年的《长江》第 1 期上。有评论者指出："这部小说是'地下文学'中已知的反映下乡知青情感生活的最成熟的一部小说。无论在艺术上还是在思想认识深度上，都是'地下文学'中的'佼佼者'。并具有'长篇小说'的规模、气度。"① 而且，这部小说"实际上是一篇'散文诗'。整个故事仅仅是'诗'的载体和框架。其中包含了远远超出故事情节的内容。小说的风格除了诗意之外，就是总体的'冷静'。这种'冷静'出于对残酷、粗暴的现实生活产生出的'严峻'的直视。没有离奇的情节，没有荡气回肠的感伤，更没有声泪俱下的控诉，只有面对现实的'平静'，以

---

① 杨健：《文化大革命中的地下文学》，朝华出版社 1993 年版，第 166 页。

及在内心深处涌起的'波动'。"① 可见,《波动》这部作品的书写重点并不在于对具体的故事情节的营构,而是对作家某种"情绪历史"的书写。小说由多层的第一人称叙述构成多层的独白,描写青年们的精神扭曲和对荒谬的抗争。在此基础上,小说"传递了这样的感知:'一种情绪,一种由微小的触动所引起的无止境的崩溃。这崩溃却不同于往常,异样的宁静,宁静得有点悲哀,仿佛一座大山由于地下河的流动而漫漫地陷落……'"②正是为了表达这种情绪的变化,北岛才会有意罔顾故事情节的完整,转而在对自我记忆的追述中体现出了一种"意识流"的创作特色。不过,由于特殊的历史原因,《波动》迟至1981年才公开发表,而此时大陆文坛的小说革新却已经因王蒙等人的"意识流"实验而进行得如火如荼了。

1979年和1980年是当代小说发生重大变化的两个年份。在短短的两年时间内,王蒙、宗璞、张洁、谌容、茹志鹃、张辛欣等一批作家开始尝试"意识流"小说的创作。其中,王蒙的"老六篇"《春之声》、《布礼》、《蝴蝶》、《夜的眼》、《海的梦》、《风筝飘带》连续推出,对于"意识流"小说产生了重大的影响。相较于"伤痕小说"及此前的文学创作,"意识流"小说汲取了西方意识流小说新颖的创作手法,为改变当代小说的创作面貌起到了"先锋"的作用。仅从这个角度来说,"意识流"小说的文学史意义便不容小觑。但除了创作方法的革新,"意识流"小说的更可观瞻之处,却是对现代政治神话的鼎力消解。

在《国家的神话》开篇,恩斯特·卡西尔写道:"在当代政

① 杨健:《文化大革命中的地下文学》,朝华出版社1993年版,第172页。
② 洪子诚:《中国当代文学史》,北京大学出版社1999年版,第217页。

治思想的发展中，也许最重要的、最令人惊恐的特征就是新的权力——神话思想的权力的出现。在现今的一些政治制度中，神话思想显然比理性思想更具优势。在一场短暂而猛烈的激战之后，神话思想似乎赢得了一次确定无疑的胜利。"① 这段论述中提及的"神话思想的权力"，即"政治神话"无疑是 20 世纪政治哲学和历史学所面临的全新课题。巧合的是，20 世纪后半叶中国的历史进程恰恰验证了卡西尔的判断：从共和国成立到"文化大革命"结束的 27 年中（1949—1976），当代中国一个突出的历史特征便是极权政治的形成，现代政治神话在"文化大革命"期间的最终定型正是"神话思想"一次确定无疑的胜利。理解"政治神话"的关键在于理解"神话"一词的内涵。然而，正如美国批评家布洛克所言，"'神话'是我们的批评术语中最含糊，也最容易被滥用的概念之一。它被界说为一种假想，一种普遍的错觉，一种神秘的幻想，或是一门原始科学，一种史实的记载，一种哲理的象征，一种无意识动机的反映，当然，包括任何一种无意识的假设"。② "神话意味着什么？在人的文化生活中它的功能又是什么？一旦我们提出这样的问题，我们立即陷入一场各种观点相互冲突的伟大战役之中。"③ 即使面临这样的困难，"神话"依然具有某些共同性，"神话"一词来自古希腊语的 myth-os，同 logos（逻各斯）相对："这一术语在亚里士多德的《诗

---

① ［德］恩斯特·卡西尔：《国家的神话》，范劲等译，华夏出版社 1999 年版，第 3 页。

② 王先霈、王又平编著：《文学批评术语辞典》，上海文艺出版社 1999 年版，第 188、189 页。

③ ［德］恩斯特·卡西尔：《国家的神话》，范劲等译，华夏出版社 1999 年版，第 4 页。

学》中意味着'情节'、'叙述性结构'、'寓言故事'。它的反义词是'理念'。'神话'是一种叙述、故事,与辩证的对话及揭示性文学相对照;它是非理性的、直觉的,与系统的、哲学相对照;它是埃斯库罗斯的悲剧与苏格拉底的辩证法相对照。"①韦勒克和沃伦在"故事"层面形象显示了"神话"的非理性特征。然而,作为人类思维方式的一个重要方面,"神话"的复杂内涵却远不止于此。卡西尔在《国家的神话》中考察了文化人类学家关于"神话"的各种界定,通过对弗雷泽、泰勒、列维—布留尔等人著作的研究,指明了"神话"同语言、艺术一样,是独立的文化象征形态,它的起源与原始社会的巫术仪式密切相关:"泰勒与弗雷泽的理解,以及马科斯·米勒与赫伯特·斯宾塞的阐述,全部开始于这一预想上:首先,神话是一组'观念',一组表象,一组理论信仰与判断。由于这些信仰与我们的感觉经验公然对立,并且不存在任何与神话相一致的物理对象,这必然推论出神话是一种纯粹的'幻想'(phantas magoria)。"② 这是关于"神话"的一个共同特点,即神话具有虚幻性。但问题在于,人们为什么会如此迷恋于这种"虚幻的事物"呢?卡西尔指出,为了了解神话,我们首先要从研究宗教仪式入手,同时,分析"神话"思维的语言系统也是了解"神话"不可或缺的手段。这样,卡西尔就在仪式与语言两方面打开了通向理解"神话"的道路。而卡西尔的启示意义在于,以语言和仪式作为分析"神话"的方法,有助于我们了解当代中国的政治

---

① 王先霈、王又平编著:《文学批评术语辞典》,上海文艺出版社 1999 年版,第 189 页。

② 〔德〕恩斯特·卡西尔:《国家的神话》,范劲等译,华夏出版社 1999 年版,第 27 页。

神话的构成方式与社会功能，并以此明确"意识流"小说中先锋话语的解构对象。

当代中国政治思想的一个基本功能，是维护统治阶级的阶级意志。在1976年以前，这种政治思想在实践层面以"阶级论"为其得以实施的理论基础。通过对社会群体阶级地位的划分，"给定"统治者与被统治者。同时在法律范畴内提出了"人民民主专政"和"无产阶级专政"这两个具有同构关系的概念。从政治思想的实践情况来看，"无产阶级专政"最后取代了"人民民主专政"，成为当代中国政治神话的功能性词语。而问题的关键在于，从表面上看，社会阶级的划分依据的是经济基础、职业行当等经验层面的标准，但在实际的操作过程中，却已经出现了具有神话思维特征的划分方式，这种划分方式具备超越个人实际存在的先验性，如确认先辈的阶级地位，由其后人"世袭"——"出身论"正是这种划分依据的理论基础。同时，"无产阶级专政"给出了统治阶级与被统治阶级的"社会身份"。这就使得"成分"不好的社会群体始终处于被压抑的状态，而且这种被压抑的群体遭受"专政"的理由仅仅是其自身无法决定的先验的阶级身份。至于是否与伦理道德相关则无足轻重。这种状况在"文化大革命"之前曾一再出现，至"文化大革命"时期则趋于顶峰。同时，大众对于领袖的狂热崇拜，也使得社会群体的情绪中散发着宗教般的热忱。所有这些都是1976年以前政治神话的直观形态，它符合了韦勒克等人描述的"神话"的非理性特征。如果试图把这种政治神话分解为它们的组成部分，那么英雄崇拜和阶级秩序就是这种政治神话得以成型的内在支撑。但是，这两种组成部分要想把极"左"意识形态的政治理念转化为强有力的政治武器显然不够，除了国家机器的法律规范之外,当代中国的政治神话还必须提出新的技巧。在这当中,建立具有神话思维的语言系统是政治神话强化自身话语力量的重要步骤。

尽管当代中国的政治神话面貌十分复杂,但就其建构过程而言,却仍有规律可循。除却法律和道德伦理这两大政治神话的支柱以外,泛政治化的语言系统无疑也为政治神话的建构起到了巨大的作用。当代中国政治神话的语言系统,其涵盖范畴,不仅包括意识形态话语本身,也指涉了许多日常语言的表述方式。这是一种泛政治化的语言,由于传媒对意识形态话语的强化和社会群体英雄崇拜心理的需要相契合,大众对于政治的信仰逐步被建立在一种本能意识之上。因此,这种泛政治化的神话语言便具有不容辩驳的权威性。它常常以判断句式排斥了受众群体的理性质疑。似乎这套语言系统发展得越完备,政治神话的基础便越牢固。从某种意义上说,政治神话控制下的人们已经被深深包围在语言的形式与宗教的仪式之中了。这种现象在"文化大革命"时期十分普遍:人们一开口,必先引用"毛主席语录",而且"早请示,晚汇报"及"忠字舞"等名目繁多的仪式也禁锢了人的行为,其形其状已成为日常生活的场景。种种状况表明,"交流"这种语言最基本的语义功能在神话语言中已经降到了次要地位。卡西尔在分析现代政治神话时指出,"新的政治神话不是自由生长的,也不是丰富想象的野果,它们是能工巧匠编造的人工之物"。① 这种"人工之物"的编造,所采取的第一个步骤就是改变语言的功能:倘若我们对"文化大革命"语言进行分析,

---

① [德] 恩斯特·卡西尔:《国家的神话》,范劲等译,华夏出版社1999年版,第27页。

就会发现在"文化大革命"语言与原始社会的巫术语言之间具有某种一致性。从人类语言的发展过程来看，言语具有两种完全不同的功能。一种是语义上运用的功能，它是人类个体之间交往的必备手段；另一种是巫术上运用的功能，原始社会中，这一功能具有支配性的影响。随着文明的发展，语言中的巫术功能不仅没有消失，反而以更隐蔽的形式潜伏于人们的思维之中，并且仍然在现代政治神话中发挥着自身的功用。如果仅从语言功能产生的效应来看，当代中国政治神话的语言系统具有与巫术语言同样的效果，它不仅仅是从人的情感中，而且还从人的潜意识深处唤起了一种迷狂的情绪，这种情绪完全排斥了理性，使得深受神话语言控制的人们信奉政治权威和意识形态中一切超验的事物。在神话语言的运用中，它的巫术功能表现得极其充分，即"它不对事物或事物的关系进行描述，而是试图产生效果和改变自然的进程"。① 像"文化大革命"中"文化大革命就是好，就是好"之类的语言，其语言功能正在于试图产生效果，而对于"文化大革命"自身的反思与评判，则属于"描述"的范畴被排挤出了神话语言系统之外。因此，在以"文化大革命"语言为代表的政治神话的语言系统中，巫术性质的言语重于语义的言语。而在将政治"美学化"的"文化大革命"文学中，② 语言无疑充分发挥了魅人的巫术功能。

以"文化大革命"文学所使用的语言为例，它首先在人们的情感领域中唤起了一种宗教般的迷狂情绪，人们被一些先验的

① ［德］恩斯特·卡西尔：《国家的神话》，范劲等译，华夏出版社1999年版，第343页。

② 洪子诚：《中国当代文学史》，北京大学出版社1999年版，第184页。

信念所控制,在盲从中丧失了理性,个体的价值判断逐渐消融于群体的信仰之中,似乎一切信仰都是不言自明的。因此,"文化大革命"中人们理性的集体丧失导致了个体价值与尊严的丧失。这无疑与神话语言的巫术功能有着紧密的联系。另一方面,政治神话中语言功能的变化,在某种程度上还造成了人们反思与批判立场的丧失。这种情况的出现,不仅仅是政治神话语言的巫术功能唤起了人们非理性的情感。更重要的是,当代中国的政治神话还利用"文化大革命"文学,将自身造成的许多灾难性历史事件表述为不可避免的自然法则,并以此使人们相信自己所做的一切都是符合历史规律的,从而让人们无法进行反思活动。用罗兰·巴特的神话学来解释,这种将"自然"和"历史"混淆的方式最终造成了"政治神话"这一"有待揭露的错觉、谬见"。[1] 按照罗兰·巴特的说法,人们置身其中的现实无疑是历史决定的现实,试图将"历史决定"形容为"自然法则",其间往往隐含了意识形态的诡计——"自然法则"显然是无可非议的,同时是不可更改的。如果将"历史决定"表述为"自然法则",那么这种人为的"历史决定"便排除了人们理性怀疑的可能。巴特将"历史决定"与"自然法则"的混淆称之为"神话":"这里的一切……都旨在把历史的那种起决定性作用的力量压下去","神话是一种语言"。[2] 换言之,这种语言的目的即是将历史表述为自然。从"文化大革命"文学的实际状况来看,这种情形十分明显。像《虹南作战史》、《西沙儿女》等"文化

---

① 〔美〕乔纳森·卡勒:《巴尔特》,孙乃修译,中国社会科学出版社1992年版,第36页。

② 〔法〕罗兰·巴特:《神话——大众文化诠释》初版序,载《神话——大众文化诠释》,许蔷蔷、许绮玲译,上海人民出版社1999年版。

大革命"文学的"经典"作品，将保卫西沙群岛等历史事件作为一种"自然法则"予以表述，即它是无产阶级革命事业的组成部分，而这种"神圣事业"属于共产主义必将胜利的客观规律，它不以人的意志为转移。至于隐含其后的真正目的——"四人帮"的极"左"政治阴谋则被掩藏起来。这一历史决定最终被"无产阶级革命事业"的自然法则所替代，进而构成了一种"政治神话"。在这种神话系统中，人们看不到"四人帮"人为的历史决定，反而将其当做"自然法则"所接受。在这种情况下，由于自然法则的先验性，使得人们对于历史事件的反思和批判便丧失了逻辑起点。

在产生神话意义的过程中，文学文本力图使自己的语言与意识形态话语完全一致，它所关心的只是语言系统所产生的政治效应，即放逐语言本身的语义功能这种第一级意义，转而夸大来自于意识形态话语的政治性的第二级意义，后者远比前者重要。像《西沙儿女》等作品的文本目的与政治目的完全一致，"描述"性的语言被口号性的宣言所替代。政治神话语言的特征在这里表现得很充分，即神话语言不去描述事物之间的关系，反而侧重达到某种效果和激起某种感情。"描述"意味着用语言的语义功能再现客观事实，它的缺失表明，"文化大革命"文学中的革命现实主义已不再具有现实主义精神，现实主义遭到了政治神话的语言异化。同时，口号式的语言在修辞上注重夸张的效果，目的在于凸显语言的第二级意义——政治效果，以此加强政治神话的控制力量。这样导致的一个后果是，"文化大革命"文学的作品中充斥了大量虚假的概念和廉价的"革命英雄主义"，从而令"两结合"的社会主义现实主义创作方法走入了死胡同。这是政治神话在加强自身力量的同时所带来的一个不可避免的恶果：尽管比起现代政治神话利用国家机器对社会正义与人性价值的践踏，这种语言的异化只是时代的表征，其危害略逊一筹，但它所产生的神话意义却无形中成了政治的帮凶。因此，在新时期启蒙主义的浪潮涌起之际，清除政治神话及其语言系统便成为启蒙主义者的一项历史重任。

但是，在新时期文学的"伤痕小说"中，我们仍然难以寻找到文学的"解神话"功能。"伤痕小说"尽管以批判"文化大革命"的姿态出现，但它所采用的语言系统仍是"文化大革命"中政治神话的语言系统。以"伤痕小说"的代表作《班主任》为例，作者刘心武通过对宋宝琦和谢惠敏两个人物形象的塑造，力图揭示"文化大革命"对青少年心灵造成的深重毒害，这既是刘心武的文本目的，也是他的政治目的。二者的同构关系表明，"文化大革命"文学将"文本自足"这一原初意义上的文本目的异化为政治目的的结构特征在"伤痕小说"中依然存在。更重要的是，《班主任》中的语言尽管充满了对"四人帮"的批判之声，但其语义功能仍然没有从神话的语言牢笼中凸显，即语言用以"描述"的语义功能仍处于受压制的地位。相反，倒是作者为了召唤读者心中对于"四人帮"的痛恨之情，大量使用了煽动式的语句。如"资产阶级、修正主义的白骨精"、"严重的资产阶级思想"等"文化大革命"语词在作品中触目皆是。而且，作者的议论性语言还试图激起人们心中的愤怒情感和达到控诉四人帮的政治效果，因此他的语言便具有神话语言的巫术功能。从本质上讲，这种语言仍然不是理性思考的表达，而是愤怒情绪所引发的非理性情感，故而在叙述中激昂的呐喊远远大于冷静的叙述。如"对丑类的恨加深着对人民的爱，对人民的爱又加深着对丑类的恨。当爱和恨交织在一起的时候；人们就有了为真理而斗争的无穷勇气，就有了不怕牺牲去夺取胜利的无穷力量"。这一语句中的"爱"与"恨"在逻辑上并无联系，而且，作者从"爱和恨交织在一起的时候"，推断出人们"不怕牺牲的勇气"并不符合逻辑。但其中隐含着作者一个重要的思想预设，即在"真理"一词的语义尚处于晦暗不彰的时候，"人们"便要具有为之献身的"勇气"，这正是"文化大革命"政治神话的语言系统对于历史理性的遗弃。唯有如此，才能充分发挥语言的巫术功能，煽动人们为某些未经理性证实的"真理"去奉献出个体的价值与尊严，甚至生命。作者的这种信念可谓其来有自，在"文化大革命"的政治神话中，"理想主义"和"英雄主义"这种人为的"历史"经常被表述为理所应当的"自然"。因此，从作者的议论中仍可窥见巴特意义上的神话学色彩。这种试图产生"正义"效果的句式在"文化大革命"语言系统中经常被作为践踏人性与社会正义的口实。而且，在《班主任》的语言系统中，以"描述"为表达方式的语言的语义功能始终处于受压制的地位，即使当作者描述宋宝琦的强壮外形时，也如此写道："（他强壮的身体）充分说明他有幸生活在我们这个不愁吃不愁穿的社会里，营养是多么充分，躯体里蕴藏着多么充沛的精力。"在这里，客观的"描述"让位于主观的议论。作者所说的"不愁吃穿的社会"正是现代政治神话的虚幻承诺。难怪在以《班主任》为代表的"伤痕小说"出现不久，就有许多读者认为这些作品"政治上是反对'四人帮'的，艺术上是模仿'四人帮'的"。①

①　本刊评论员：《为文艺正名——驳"文艺是阶级斗争的工具说"》，《上海文学》1979 年第 4 期。

　　值得注意的是,"伤痕文学"的作家在新时期的启蒙运动中多以启蒙者自居。然而,他们的作品在倡导思想解放的同时,所使用的语言却仍未冲破政治神话的语言牢笼。这表明"伤痕小说"的作者在认识"文化大革命"和反思"文化大革命"的层面上尚未达到启蒙主义者的高度。从启蒙者操持的话语方式来看,"伤痕小说"中的"启蒙"话语在本质上仍属于"文化大革命"政治神话的语言系统,其中的非理性色彩依然浓烈。新时期之初的启蒙者在自身的主体人格和独立意识尚未觉醒的时候,便毅然将启蒙重任扛于肩上,但他们的言说方式仍然是"文化大革命"中缺乏主体性的政治话语,其语言系统具有自足性和封闭性。这套语言的操持者在言谈中常常被语言遮蔽了自身的存在,由此导致的后果是启蒙者主体性的模糊,即启蒙者仍然可能是"蒙昧者"。问题在于,如果启蒙者尚无从寻觅自身主体人格的存在方式,又如何开启民众的蒙昧心智呢?因此,新时期之初的启蒙主义运动多少具有"幻想"的神话特征,它并未从个体的主体性这一启蒙运动的根本点上生发开来。在这种情况下,当代中国的启蒙者们,当然也包括新时期的作家们要想在理性的层面上反思"文化大革命",推进启蒙主义运动的深度就必须认清自我,即探询个体的存在状况。而20世纪70年代末出现的"意识流"小说,无疑是这场文学革新风暴的先锋。

　　在这一时期的意识流小说中,王蒙的作品因其反思"文化大革命"的独特视角和新颖多变的意识流表现手法而备受瞩目。回顾20世纪70年代末特定的社会语境,文学始终与社会思潮相伴相生,任何一部文学作品都是社会思潮的反映,"意识流"小说也不例外。具体而言,王蒙的意识流小说只有接续了启蒙主义的思想传统,其新颖的意识流表现方法才有"内容"的坚实支撑。反之，对于"文化大革命"政治神话的反思，也只有凭借"意识流"这一独特的表现方式才会获得"内向"反思的理性深度。在王蒙的小说文本中，"意识流"是作为一种表现技巧而被采用的，但这一形式是"有意味的形式"，它首先在语言层面上解构了"文化大革命"政治神话的语言系统。为实现这种"解神话"的文本目的，王蒙在小说中普遍使用了反讽的语言策略。蓄意制造语言狂欢的叙事效果，利用纷繁芜杂的长短句和排比句对读者进行语词轰炸，无疑是王蒙最为擅长的叙事策略。用王蒙自己的话说，就是"我喜欢语言，也喜欢文字，在语言和文字之间，我如鱼得水，语言和文字是我的比人民币和美金更重要的财富，我要积累它们，更要使用经营——有时候要挥霍浪费它们"。[①] 这种"挥霍"和"浪费"隐含着语言解放的冲动，它试图解放的是被"文化大革命"政治神话牢牢控制的语言。通过语言的解放，进而解放被神话语言包围的人，从而实现人的解放。这是王蒙作为一位启蒙作家的启蒙策略。因此，王蒙小说的语言特色就不再仅仅是一个作家的用语习惯问题，它还关涉作家本人对政治神话的反抗。综观王蒙的意识流小说，反讽是王蒙用以解构"文化大革命"语言最常用的手法。美国解构主义批评家德曼称反讽是"对理解的有系统的破坏"，因为"我们写作，是为忘掉我们对于字词和事物之艰涩晦涩所存有的先见，抑或也许是因为我们不知道事物应该让人理解呢还是让人不理解"。它以"佯装"的面目出现，对已被人们普遍接受的"成见"加以讽刺。[②] 因此，反讽语言的能指

---

① 王蒙：《王蒙文集》自序，华艺出版社1993年版。
② 王先霈、王又平编著：《文学批评术语辞典》，上海文艺出版社1999年版，第209页。

符号同所指意义不符或相反。王蒙小说中文学语汇的大量应用，正是在反讽的层面上试图达到对政治神话的语言解构。如果就上下文的关系来看，王蒙小说中冗长的修辞格后面常常是典型的"文化大革命"神话语言，与之相对的往往是另一套理想主义的语言系统，它是最能反映王蒙"少年布尔什维克"情结的语言系统。这两套语言系统的对立极易造成反讽的效果。举例来说，《布礼》在描写红卫兵时写道："红袖章的火焰燃烧着炽热的年轻的心，响彻云霄的语录歌声激励着孩子们去战斗。冲呀冲，打呀打，砸烂呀砸烂，红了眼睛去建立一个红彤彤的世界，却还不知道对手是谁。"这段语句的前半部分使用了许多"文化大革命"语言，如"红袖章"、"语录歌"、"战斗"等词语，加上充满激情的修辞格，典型地展现了"文化大革命"语言试图激起人们"革命"情感的神话色彩。而结尾的一句"却还不知道对手是谁"，又将这种"革命"精神进行了戏谑式的嘲讽，反讽效果就存于这一先扬后抑的语言情境中。这种语言的解构功能足以揭示"文化大革命"的荒谬性：在敌我不分的情况下进行"战斗"，无异于非理性的疯狂举动。在《布礼》中，意识流话语构造的"意识流"进一步加强了这种反讽的效果。当王蒙在描写钟亦成遭受红卫兵拷打之后的意识流心理时，首先叙述了年轻的红卫兵们"革命的年岁"，"除了懦夫、白痴和不可救药的寄生虫，哪一个十七岁的青年不想用炸弹和雷管去炸掉旧生活的基础，不想用鲜红的旗帜、火热的诗篇和袖标去建立一个光明的、正义的、摆脱了一切历史的污垢和人类弱点的新世界呢"？"亲爱的革命小将们！"这末尾一句是钟亦成遭受拷打之后心理历程的语言表述，但他得到的回答却是："放屁，你竟敢拉拢我们，快闭住你的狗嘴！"红卫兵们用粗鲁的语言粉碎了钟亦成一相情愿的理想主义赞歌。在这一语境中，钟亦成的意识流展现的是充满激情的少年布尔什维克精神，他矢志不渝的革命意志与红卫兵蛮横的语句构成了强烈的反讽。后者无疑起到了解构这种革命精神的作用。另外，王蒙对于"意识流"方法的运用，常常可以借助心理流程的随意性，从事物之间的自由联想中推进反思行为的深度。当钟亦成意识到自己是一个"分子"时，他想道："走过早点铺我不敢去买一碗豆浆，我怎么敢、怎么配去喝由广大热爱党热爱社会主义的农民种植的黄豆，由广大热爱党热爱社会主义的工人用这黄豆磨成，而又由热爱党热爱社会主义的店员把它煮熟、加糖、盛到碗里、售出的白白的香甜的豆浆呢？"王蒙以夸张的笔调强化了反讽的效果。钟亦成对于日常生活（喝豆浆）的恐惧在造成喜剧效果的同时表明，"文化大革命"政治神话对人的迫害，不仅仅是肉体的摧残，它还可以渗入人们的日常生活，从而在政治神话的强权下造成人性的异化，这才是"文化大革命"带给人们最大的伤害。借助意识流，王蒙反思"文化大革命"的视角发生了心理学意义上的重大转向。这一转向在当代文学的进程中具有决定性的作用。从以前的反映论、阶级论、历史决定论转向人的内心，不仅仅体现了关怀人的人道主义思想。更重要的是，王蒙的意识流小说还引发了当代作家心理认知模式的革命性变革。从王蒙开始，作家反思"文化大革命"的方式开始走出社会学和政治学的狭小视野，转而在更为广阔的人的心理空间中获得了"知识分子"式的独立品格。在王蒙的《蝴蝶》中，作家借助"庄生梦蝶"的故事，提出了以后先锋小说不断涉及的一个经典命题：我是谁？这一命题的现实背景无疑是"文化大革命"政治神话对于人性的异化，人的自我迷失正是后"文化大革命"时期的知识分子寻找自我的逻辑起点。通过"我是谁"的追问,王蒙对"文化大革命"政治神话取消个体存在独异性的危害有了清醒的认识。而"意识流"仍然是这种解构政治神话的话语实践者,只有凭借"意识流"赋予的自由联想,将过去与现实的时空不断交错和拼贴,才会使得身份不断变化的张思远质疑自己存在的非本真面目。在这个意义上说,意识流在王蒙小说中不仅起到了解构"文化大革命"语言的话语功能,它还在"内省"的心理角度促成了人物自审意识的形成,进而在形而上的层面触及人的存在问题。从反思"文化大革命"到认识自我,王蒙在20世纪70年代末展现了一个启蒙主义作家勇于探索的先锋气质。

　　值得注意的是,"意识流"小说在20世纪70年代末兴起的时候,正是西方现代主义文学广泛传播的时期。存在主义、新小说派、魔幻现实主义等现代主义文学流派都已被广泛介绍。但为什么偏偏是"意识流"首先承担了消解政治神话的历史重任呢?20世纪70年代末的中国作家在借鉴西方"意识流"小说时,首先把意识流视为小说的一种创作方法。王蒙说:"我承认我有意识地用各种不同的手法写小说","我也承认我前些时候读了些外国的'意识流'小说……但它给我一点启发:写人的感觉"。[①]而"这种写法的坏处是头绪乱,乍一看令人不知所云。好处是精练,内涵比较丰富,比较耐人寻味,而且更富于真实感,它不是被提纯、被装在瓶子里的蒸馏水,而是无边无际的海洋的一瞥"。[②]由于"意识流"手法对传统现实主义小说中的故事发生时间进行了有意的颠覆,因而许多读者对此一时难以接受。不过

---

① 王蒙:《关于"意识流"的通信》,《鸭绿江》1980年第2期。
② 王蒙:《关于〈春之声〉的通信》,《小说选刊》1980年第1期。

在现代主义文学的传播者看来却值得肯定。如袁良骏就对王蒙的大胆尝试持一种赞许的态度，他说："王蒙不愿再重复自己以往的手法和风格而进行了一些新的探索和追求，应该说这是符合艺术创作的规律的。"认为王蒙是"吸收了西方意识流手法的可取之处"，是"符合洋为中用的'拿来主义'原则的"。^① 这说明无论是作家本人，还是支持引进现代主义文学的传播者们，都将"意识流"看成了一种创作方法。在现代主义文学的传播者看来："意识流不是一个流派，而是一种方法……它之所以不是一个流派，不仅因为它既无统一的理论纲领，又无具体的组织形式，甚至连运用了意识流的作家们之间起码的横向联系也不存在。"^② 如果从文学史的角度看，意识流的确是作为一种方法被20世纪二三十年代的作家们广泛采用的。但是，如果从意识流的心理学背景看，它又不仅仅是一种创作方法，而是借助自由联想、内心独白等手法所表现出的一种"心理内容"。这种心理内容经过意识流的筛选、改造，将人类某种悟性的东西还原为活生生的感性经验。尤其随着弗洛伊德对人潜意识领域的发现，意识流得到了生理学和哲学观念的支撑。由于人大脑中意识流活动的无序性和朦胧性，小说家在表现这种意识流时不惜通过时空跳跃、剪接、拼贴等手法将"意识流"的心理流程仿造成可见的"语言流"。但无论方法多么新奇，"意识流"都是作家力图表现的"内容"。至于王蒙等人为何把意识流作为表现方法而采用，其中的原因主要是为"意识流"小说获取意识形态许可的合法性：只有剔除"意识流"描写人们潜意识内容的特质，——这

---

① 袁良骏：《"失望"为时过早》，《北京晚报》1980 年 7 月 30 日。
② 柳鸣九主编：《意识流》，中国社会科学出版社 1989 年版，第 2 页。

些内容在20世纪70年代末往往被视为腐朽和没落的"资产阶级思想"而为意识形态所不容，强调意识流作为超意识形态的"形式"存在，才能为意识流手法的借鉴获得意识形态赋予的合法性。因此，在20世纪70年代末意识形态的话语力量仍很强大的时候，中国作家选择意识流小说，实际上是逃避意识形态规约的一种本能举动，但颇具历史意味的地方也正在于此：中国作家选择"意识流"小说作为冲破意识形态牢笼的无奈之举，却最终成就了"意识流小说"消解政治神话的"先锋"之名。

当然，称"意识流"小说为先锋文学，乃是就它消解"文化大革命"政治神话时的前卫性而言的。仅就王蒙等人对于西方现代主义文学中"意识流"的接受方式来看，由于"意识流"这一强调非理性的文学观念被中国作家加以了理性化的理解，因而也最终演化成了一种表达作家理性思考的启蒙手段。当西方意义上的"意识流"被中国化以后，它所具有的对于人类理性精神的颠覆性和破坏性也荡然无存。这就是说，西方现代主义文学在中国大陆的命运，往往因其中国化的结局，而越发远离了自身反理性——启蒙传统的先锋意味。造成现代主义文学这一接受局面的原因，显然与中国社会特殊的历史语境密切相关。归根结底，在新时期初反思"文化大革命"的思想解放运动中，所有异域的文化/文学知识都不得不受制于中国知识分子的"实用理性"精神。在这一"洋为中用"的实用理性精神观照下，无论是译介现代主义文学的中国学者，还是以借鉴现代派技巧为主的中国作家，都不可能一味追新逐异，而无视客观存在的"中国问题"。因此，理论界以柳鸣九等人为代表的现代主义文学传播者，往往逆向阐释西方现代主义文学，诸如将现代主义的人道主义与"理性—启蒙"的资产阶级人道主义一体化，有意忽视现代主义文学的反现代性等做法，都表明了中国学者利用现代主义文学反思"文化大革命"的良苦用心；同样，在小说界，王蒙等"意识流"小说家也常常打着借鉴西方"意识流"小说的创作技巧、丰富现实主义小说的旗号，行的却是消解"文化大革命"政治神话之实。由此可见，在新时期初西方现代主义文学的传播与接受过程中，关乎现代主义文学自身特性的形式本体论问题始终无法被中国知识分子所接受。只有当反思"文化大革命"的启蒙运动深入到一定阶段以后，中国作家才有可能暂时摆脱萦绕于怀、挥之不去的启蒙意识，进而在文学艺术的本体论层面接受西方现代主义文学的形式试验。而这一局面的出现，则已迟至20世纪80年代中期先锋小说的形式试验了。

值得注意的是，尽管在新时期初的小说界，中国作家对于西方现代主义文学的接受还具有浓厚的功利色彩，但由于现代主义文学对人类存在困境的揭示，深入契合了"文化大革命"的人性异化现象，因而使得中国作家在反思"文化大革命"时，也同样开始关注人的存在困境问题，由此在创作实践方面带来的影响，就是新时期初现实主义文学内部"存在"话语的形成。

三

当王蒙在《蝴蝶》中让张思远以"庄生梦蝶"的方式对自己的现实身份产生怀疑时，一种关涉人类个体存在的先锋话语已然出现。不过彼时的张思远还只是在社会现实的层面上追问着自己的存在方式，他寻找的并非是人类个体赖以维系自身独特存在的"精神家园"。但对于当代小说而言，张思远的"庄生梦蝶"

却构成了一个巨大的现代性隐喻,它表明后"文化大革命"时代的中国作家们开始逐步超越"伤痕小说"对于"文化大革命"的情绪化批判,转而在精神层面中去反省自身的存在问题。隐含于这种反省行为中的怀疑主义精神,正是人类个体对于"此在"深沉把握的内在动力。从对"文化大革命"这一造成人性异化的现实原因的批判,到个体对自身存在状况的深刻怀疑,再到揭示存在的荒诞与虚无,当代小说始终在"人"的旗帜下不断探寻着关乎个体存在的本真性问题。这是一个涉及人类命运的终极问题,而对于这一问题的深入思考,最终形成了 1985 年前后先锋小说关注个体存在的基本母题,对它的阐释与理解,又进而成为先锋作家显示自身存在状况的经典姿态。在这一过程中,20世纪 80 年代前期人道主义和异化问题的讨论,深刻影响了当代小说中人的话语的演变。

"文化大革命"结束以后,表现人在"文化大革命"时期的痛苦经历,要求恢复人性尊严与社会正义,成为当时中国文学的一个基本主题,有学者将此概括为"人道主义潮流"。① 而描写人在"文化大革命"中的异化生存状态,则是这种人道主义文学潮流的初级形态。"伤痕文学"与"反思文学"中的许多作品都致力于揭示人在现实生活中的异化处境。宗璞的《我是谁》在当代文学中第一次提出了有关人存在状况的问题,主人公韦弥的悲怆呐喊直指"文化大革命"反人性的现实维度,"我是谁"成了后"文化大革命"时代人们寻找自我的逻辑起点。从王蒙的"意识流"小说开始,这种对自我的寻找逐渐回到了人的内

---

① 俞建章:《论当代文学创作中的人道主义潮流——对三年文学创作的回顾与思考》,《文学评论》1981 年第 1 期。

心世界，"人性复归"成了新时期作家的共同书写对象。然而，"人性"这一曾被意识形态话语视为资产阶级思想的语词是如何在当代文学的价值系统中获得合法性地位的，它又是怎样在中国作家的文学实践中不断强化着自身的叙事力量？凡此种种，均引起了理论界的广泛关注。从 1978 年开始，理论界对人道主义问题展开了深入探讨，有关人道主义大讨论的部分成果，不仅为当代启蒙主义运动的风行扫除了思想障碍，亦为当代小说中人的话语提供了某些理论层面的合法性依据。

新时期的人道主义讨论是一场内涵复杂的论争活动，它前后历时 5 年，涉及政治、哲学、美学、经济学、文学等多个领域。其中，关于马克思主义与人道主义的关系、人性和人的本质、人的"异化"等问题是这场讨论的核心。从各方的论辩逻辑来看，人性和人的本质是涉及其他两个问题的关键。对于人道主义的支持者而言，清除"人性即阶级性"的观点乃当务之急。1979 年，朱光潜提出"人性和阶级性的关系是共性与特殊性或全体与部分的关系。部分并不能代表或取消全体，肯定阶级性并不是否定人性"，[①] 公开承认了一般人性的存在。朱光潜的意见可谓是对主流意识形态将阶级性等同于人性论点的反拨。在这个意义上说，新时期初的人道主义大讨论，其逻辑起点就是对人性和阶级性同构关系的质疑。这一思想体现在文学领域，就是对文艺作为"阶级斗争的工具"的批判，中国文学也由此寻求到了脱离政治、转向现代化诉求的历史契机。而人道主义思想则成为新时期初绝大多数中国作家摆脱政治束缚之后的价值选择。那么，为什

---

　　① 朱光潜：《关于人性、人道主义、人情味和共同美问题》，《文艺研究》1979 年第 3 期。

么会出现这种状况？如若从思想史的角度看，则中国作家的这一价值选择既有思想解放的因素，也与人道主义思潮的合法性相关。在新时期的人道主义讨论中，许多论者都致力于证明人道主义本身就包含了马克思主义。他们的论证依据主要来源于马克思的《1844 年经济学—哲学手稿》。一种意见认为，马克思是从人性在社会经济发展的历史过程中的"异化"的分析中，找到人类解放的实践力量——无产阶级的。而无产阶级革命的终极目标乃是"人的解放"。因此，"马克思主义不仅包含了人道主义的内容和性质，而且是'彻底的人道主义'和'真正的人道主义'"。① 这种看法将人道主义与马克思主义联系起来，进而为人道主义赋予了意识形态的合法性。因此，在文学领域中倡导人道主义精神，就不再是反主流意识形态的右倾表现，而是标志着向马克思主义的真正回归。此外，许多中国知识分子还依据马克思主义的理论原典，试图对"异化"现象展开理论分析。凡此种种，均为新时期的中国作家反思"文化大革命"提供了一个合法性理据。由于人道主义讨论对异化问题的论争主要是在"劳动"这一实践层面进行的，因此，文学界对于人的异化现象的揭示，也相应的停留在现实维度。如"伤痕文学"与部分"反思文学"的小说创作，就是以"文化大革命"为历史背景的对于人现实存在状况的揭示。

随着人道主义讨论的不断深化，尤其是西方现代主义文学的广泛传播与初步接受，中国文学界对于个体存在异化问题的书写也逐步向深层拓进。"人道主义"作为文学中的人的话语，几乎共存于 20 世纪 80 年代前期的各种文学派别中，无论是宣传主流

---

① 白烨:《文学论争 20 年》，华中师范大学出版社 1998 年版，第 49、50 页。

意识形态的现实主义文学，还是现代主义影响下的探索文学，都把人道主义提升到了一个重要地位。但是，人道主义的概念具有历史性，它无法涵盖每一个体经验的独异性，因此对于人道主义的理解在新时期初的中国作家中也有很大出入。总的来看，人道主义在现实主义小说中得以被完整继承，构成了 20 世纪 80 年代文学整体性的"人的文学"。在探询人类个体存在状况的具有探索性质的创作潮流中，人道主义话语的表达往往与西方现代主义文学对于人性异化的描写关系密切。从王蒙、宗璞、戴厚英等作家对人现实存在的揭示，到张贤亮等作家对人性本质的考察，再到刘索拉、徐星等人对人存在荒诞性质的呈现，中国作家共同体现了一种具有现代主义文学意味的创作倾向，这一倾向即为对人存在困境和荒诞本质的书写。

大致从王蒙、宗璞等中年作家在新时期初的创作开始，"存在"问题便成为当代小说中反复被人谈论的话题。在西方存在主义思潮的影响尚未形成热点之前，新时期的一些作家已经开始凭借自己的"文化大革命"记忆去体验个体的存在状况了。这种体验在没有经过现代主义思潮的深层涤荡以前还停留在感性的经验层面。宗璞的《我是谁》讲述了主人公韦弥惨痛的"文化大革命"经历，她投水自尽的结局不仅仅是对"文化大革命"摧残人性的控诉，也隐含着自我失落以后的无奈。但这种无奈并不意味着存在的虚无，"我是谁"的疑问，其实小说中已经给出了答案："忽然间，黑色的天空上出现了一个明亮的'人'字。人，是由集体排组成的，正在慢慢地飞向远方。""人"这一由雁群组成的汉字正是韦弥存在本质的隐喻符号。"我是谁"，我就是一个人，一个拥有自己权利与尊严的个体的人。宗璞的自问自答标志着新时期作家人道主义观念的形成。值得注意的是，

"我是谁"中隐含的自我失落并不是韦弥这一主体面对自我发问的结果,她的全部痛苦经验都来自于"文化大革命"这一历史客体的权力逼迫。在韦弥身上,拷问自我灵魂的心理机制——自审意识尚未形成。而"自审"恰恰是人类个体把握"此在"的逻辑前提。从某种意义上说,这种自审意识是新时期文学中传统的现实主义话语与先锋话语的临界点。关于个体存在的追问不仅仅是现代主义小说的专利,许多伟大的现实主义作家如托尔斯泰、巴尔扎克等也都曾在自己的杰作中追问过自我的存在问题。但在中国当代文学情况却不尽相同。"存在"一词因与"个人主义"的微妙联系而被主流意识形态话语想象成暧昧而危险的语词,从而以集体主义的口实被排除出了当代文学价值系统的语符序列。在这个意义上说,宗璞对于自我存在的发问具有重要的文学史意义。她把探询个体存在的问题带进了当代小说的创作实践中,只是这种缺乏自审意识的追问,仍然隶属于传统的现实主义话语。"自审"这一人类个体追问自我存在的心理意识,往往是辨别现代主义话语的关键之一。在现代主义小说亟待解决的重大问题中,"被井井有条的生活现实表象所遮掩的虚无紊乱感"是现代主义者认定的人类个体的一种存在方式。① 欲窥见"生活现实表象"下人的存在状况,只有通过个体内心的自我观照即自审,人才可能真正认清自己的存在本质。存在主义的先驱海德格尔在《存在与时间》中把个体感知自我非本真存在方式的情绪体验称之为"畏"。唯有通过"畏"的体验,人才有可能意识到自己遭受现实表象的异化过程,进而寻找个体存在的本真状

---

① [美]理查德·谢帕德:《德语表现主义诗歌》,胡家峦等译,《现代主义》,上海外语教育出版社1992年版,第366页。

态——"此在"（Dasein）。① 海德格尔把"畏"看做人沉沦和异化的根源，它是人此在的本真的、原始的在世方式。只要"此在"在世，畏就永远在此。因此任凭人如何逃避到麻木的、沉沦的日常生活中去，"畏"都会永远追逼着它，由此迫使人产生"自审"的意识。只有通过"自审"，人才能在"畏"的情绪中与"此在"相遇。因此，"自审意识"便成为现代主义话语中个体追问存在、寻找自我的逻辑前提。在这个意义上看待宗璞的"我是谁"的疑问，由于其中自审意识的缺失，表明这种对存在的追问仍然没有超越控诉"文化大革命"的现实主义层面。但是，宗璞的意义却在于问题的提出，面对"我是谁"中隐含的真问题——人的存在本质为何，新时期的作家们分别给出了各自的答案，并在此基础上，逐步形成了现实主义小说中有关"存在"问题的现代主义话语。而"我是谁"的存在之问，也标志着新时期初的中国作家业已开始了对于西方现代主义文学影响的深入接受。

　　与宗璞同时期的女作家戴厚英，在她的代表作《人啊，人》的后记中写道："于是，我开始思索。一面包扎身上滴血的伤口，一面剖析自己的灵魂……我认识到，我一直在以喜剧的形式扮演一个悲剧的角色：一个已经被剥夺了思想自由却又自以为是最自由的人；一个把精神的枷锁当做美丽的项圈去炫耀的人；一个活了大半辈子还没有认识自己找到自己的人。"② 戴厚英的这番话指出了中国人遭受"文化大革命"政治神话异化的一个基

---

① 参见 ［德］海德格尔《存在与时间》，陈嘉映、王庆节译，三联书店 1999 年版。

② 戴厚英：《人啊，人》后记，广东人民出版社 1980 年版。

本存在状况，即存在表象与自我意识的悖谬。这一悖谬得以被主体意识到的前提就是主体必须具备一种反思精神，但这种精神维度的反思仍未达到现代主义的"自审"深度。究其原因，就在于反思主体将自身存在状况的悖谬全部归结为主体之外的历史事件。而自审是主体突入内心世界的自我拷问，它逼问的是主体为何在历史事件的压迫下无法保持自我存在的独立性与自足性。这一问题的回答唯有在主体精神层面的自我拷问中，才能意识到自身存在的异化状态。换言之，自审意识拷问的对象应当是良知、灵魂，以及人性的弱点等精神层面的问题。当戴厚英发现了自己原来是"一个有血有肉、有爱有憎，有七情六欲和思维能力的人"时，[①] 她只是在对"文化大革命"这一历史事件的反思中树立了一个超历史的主体——"人"，而进入"人"这一与外在现实同样广阔的世界的旅程，对于当代作家来说还只是一种艰难跋涉的开始。但是，这种主客体的区分仍然具有重要的意义，它不仅仅是思想解放中人道主义精神的弘扬，也是新时期作家在西方现代主义文学影响下寻找自我、探询个体存在困境的开端。

在 20 世纪 80 年代初期的作家中，王蒙无疑是一位较早用知识分子的独立思考和判断去审视历史、时代以及自身灵魂的作家。与宗璞、戴厚英等作家对历史与外部现实的单向审度不同，王蒙的认知视角逐渐向人的内心世界倾斜。这一转变无疑促使主体的心灵空间取代了外部现实而成为认知主体的审视对象，"自审"意识便萌发于这种认知方式的转换当中。充分展现王蒙自审意识的作品是《蝴蝶》，主人公张思远的所思所想不仅仅是面对荒谬历史这一外部世界的诘问和联想，也是追问人存在本质的

---

① 戴厚英：《人啊，人》后记，广东人民出版社 1980 年版。

深刻哲思。小说中呈现的内省视角在叙事中令人物获得了知识分子式的自审意识，张思远身居高位时的失落以及"庄生梦蝶"的惶惑最终都指向了人的存在问题。但是，王蒙的这种自审意识在多大程度上与个体存在的真实处境相关呢？或者说，王蒙意义上的自审是否有助于主体认清自身存在的非本真状态呢？答案依然暧昧不清。一方面，王蒙的自审的确进入了人物的心灵空间，在对灵魂的拷问中获得了自我反思的深度；但是，另一方面，王蒙热衷的意识流手法，在将人的认知视角引向"心灵空间"这一精神维度时，又不得不借助外部历史、现实的触发，才能形成生生不息的意识之流。这种对主体精神之外事物的依赖，在一定程度上损害了主体自审意识可能达到的深度。表现在王蒙身上，"文化大革命"这一引发作家意识活动和自审活动的"客在真实"，最终限制了王蒙自审意识的超历史性，即作家的自审无法突破历史具象的束缚，从而在形上层面探求个体存在的本质。这种提法并非否认个体存在的历史性，但追求超历史的个体存在困境却是先锋作家致力书写的主题之一。当"文化大革命"记忆从一种生活经验积淀为新时期作家的集体记忆时，它就有可能阻碍作家反思深度的推进。在这种情况下，王蒙小说里的自审意识就不会在认识个体存在本质的这一问题上有太大突破。与宗璞、戴厚英等作家将人的存在本质归结为抽象的"人"不同，王蒙没有给定一个关于人存在本质的答案。但是，弥漫于王蒙小说中浓厚的怀疑主义精神与"庄生梦蝶"的惶惑情绪，一道构成了"自我分裂"这一人类个体存在方式的文学景观。在王蒙之后，对这一个体存在方式的呈现作了更深层次思考的作家是以《绿化树》、《男人的一半是女人》等作品声名鹊起的张贤亮。

张贤亮在20世纪80年代前期的显赫文名来得颇为奇特，他对于个体性心理的精神描写和对压抑人性的"文化大革命"政治的批判都达到了前所未有的深度。张贤亮的叙事焦点集中在人的性心理和饥饿感等生理层面,其中蕴涵的文学"想象"成分极大满足了20世纪80年代前期阅读群体的心理需求,而张贤亮本人在大众的阅读行为中又被逆向"想象"成了一个反对禁欲主义的、兼具通俗性质的严肃作家。其中的反禁欲成分经由学院派批评家的阐释而被纳入了思想解放的潮流,这是张贤亮博得四方叫好的根本原因。同时,有关张贤亮的各种"想象"又证明了他的小说文本具有较大的阐释空间,弗洛伊德主义的性本能说与意识流手法的叠加是张贤亮突破现实主义小说反映论框架的基本叙事话语。他笔下灵肉分离的人物形象所具备的"自我分裂"特征表明,当代文学中关于人存在本质的追问仍在延续。不过这种关于存在的追问在张贤亮的文本实践中已被置换成了两类叙事话语的对抗模式:一类是以"性的人"为个体存在本质的现代叙事;另一类是以事功为外在表征、兼具理想主义色彩的传统叙事。两类叙事话语的文本共存在一种压抑关系中被最终导向了"荒诞"这一个体存在的基本方式,正是在这个意义上,张贤亮的小说创作成了现实主义小说中先锋话语增长的一个重要环节。

作为"爱情三部曲"的前两部,《绿化树》和《男人的一半是女人》在叙事上有相对的完整性。从主人公章永璘劳改出狱后在乡村的种种磨难到他最终走上"红地毯"的结局,小说记录了一个"唯物主义者"的人生历程。给予章永璘最大磨难的不是艰辛的劳动与物质的匮乏,而是长期精神压抑下性能力的丧失,这是章永璘一切痛苦的根源。而马缨花和黄香久这两位女性给予章永璘的不仅仅是困苦生活中的细心扶持,更重要的是,她们让章永璘重新获得了性能力——作为一个男性存在的象征。在这两部作品中，饥饿与性本能是构成小说现代叙事的话语支撑，而"性"尤其是章永璘现实存在的立身之本。只有通过性能力的恢复才能使章永璘的灵魂最终得以升华。因此，小说中对于个体现实存在状况的考察便是以"性的人"为其基本存在方式的。这是张贤亮对当代文学中"我是谁"的答案，其中可以见到弗洛伊德主义的深重影响。在《精神分析引论》、《释梦》等著作中，弗洛伊德将人的基本本能归结为原始性欲即"力比多"，强调人的后天行为全部来源于"力必多"的能量。对于张贤亮笔下的章永璘而言，他一切痛苦的根源皆在于性的压抑，包括他最终走出女性羽翼的呵护、走上红地毯的辉煌也暗含了弗洛伊德所说的"升华"原则。从这个意义上说，"性的人"可被视作个体存在的本质方式，很显然，这种深受西方现代哲学思潮影响的叙事话语在张贤亮的小说中构成了一套现代叙事系统。与之相对的是，在张贤亮的小说中还明显潜藏着中国古代才子佳人的叙事模式。① 公子落难，小姐搭救，章永璘艰苦的人生旅程只有在马缨花、黄香久的女性情怀中才有了些许亮色。但是，在章永璘的心目中，女儿乡的温柔陷阱终归不是久留之地，他所向往的是"负起振兴中华的历史使命，在人民大会堂同国家和党的领导人共商国是"（《绿化树》）。这种以天下为己任的传统士大夫情结，是章永璘建立事功的内心理想，它从本质上属于传统叙事。在张贤亮的小说中，现代叙事与传统叙事之间存在着一种压抑关系。当章永璘以知识分子的形象走向人民大会堂并回忆起乡村生活时，他对乡村的向往最终是建立在对马缨花的思念之上的。马缨

---

① 参见黄子平《同是天涯沦落人——一个"叙事模式"的抽样分析》，载《沉思的老树的精灵》，浙江文艺出版社 1986 年版。

花等女性成了乡村的替代物,"乡村"在章永璘的回忆中,已被"想象"成了女性化的乡村。而马缨花、黄香久的温顺贤淑,又使得章永璘对她们的占有便具有了"知识分子统治乡村"的隐喻意义。① 在这一叙事结构中,以追求事功为表征的传统叙事压制了个体的性本能这一现代叙事:章永璘灵魂的觉醒是以恢复性能力为逻辑前提的,性话语这一次现代叙事屈从于章永璘灵魂觉醒之后心怀天下的事功理想。后者代表的传统叙事才是张贤亮小说的显文本意义,而章永璘乡村生活中的性压抑成了"天将降大任于斯人"的苦难修炼。在这里,以性话语为表征的现代叙事再次遭受了比现实生活更为隐蔽的深度压抑,换言之,性的压抑其实构成了张贤亮小说中的潜文本意义。因此,以"性的人"为个体存在方式的现代叙事最终仍然无法确定人的存在本质,"我是谁"依然是个悬而未决的疑问。当作家们无从感知个体的本质存在时,一种关于存在的荒谬体验终将出现。而对于个体存在的荒诞感则是20世纪80年代先锋小说的一个基本母题。在这个意义上说,从王蒙到张贤亮,当代作家对于人存在方式的考察经历了外部现实、心理意识和性本能的潜意识这三个层面的探索之后,有关个体存在的先锋话语才合乎逻辑地出现在当代小说创作中。而刘索拉则是较早书写"荒诞"问题的中国当代小说家。

四

1985年,当马原、残雪等先锋作家的创作引发文学观念的

---

① 尹昌龙:《1985:延伸与转折》,山东教育出版社1998年版,第45页。

"爆炸"时，刘索拉则像一位游离于文学秩序之外的"另类"作家。虽然许多评论家将其视为"现代派"小说的代表人物，但以刘索拉创作引发的"伪现代派"的论争，又令刘索拉处于无门无派的尴尬境地。① 其实，过多纠缠于文学派别的归属意义并不重要。可以肯定的是，由于刘索拉《你别无选择》中对人存在荒诞体验的描述，使其创作实践在先锋小说出现之前的现代主义话语增长序列中处于一个先锋因素最为完备的阶段。或者说，刘索拉正是以"荒诞"作为个体存在本质的回应，为先锋小说关于存在主题的书写提供了一个本土化的"原型"。

《你别无选择》描写了一群音乐学院的大学生，他们的现实存在状况是颓废和生活意义的匮乏。在这种存在表象的背后，则是小说人物内心信仰与价值体系的崩塌。刘索拉以戏谑或愤世嫉俗的夸张叙述嘲笑了当代基于某种价值标准之上的"崇高"，同时以满不在乎的叙述口吻包裹了人物内心深处的惶惑与痛苦。通常认为，《你别无选择》与塞林格的《麦田守望者》等西方现代主义作品存在某种联系。在《你别无选择》中有着西方现代派的主题和某些表现手法，诸如"荒诞"、"变形"、"形象化的抽象"等。② 这其中，"荒诞"既是西方现代主义文学中的一个经典命题，也是刘索拉致力表现的主题。主人公李鸣、森森等人颓废的日常生活与有悖常理的心理体验构成了这篇小说的"荒诞"主题。比起张贤亮等作家依靠"文化大革命"记忆书写人的存在本质时，刘索拉在当代作家中第一次超越了"文化大革命"

---

① 黄子平：《关于"伪现代派"及其批评》，《北京文学》1988 年第 2 期。
② 黄子平：《刘索拉的〈你别无选择〉》，载《沉思的老树的精灵》，浙江文艺出版社 1986 年版，第 168 页。

记忆,转而在一种日常生活的记忆中描述荒诞体验的精神感受。这或许与刘索拉的经历有关,与王蒙、张贤亮等右派作家相比,刘索拉的生活优裕舒适。这使她有可能体验到西方现代物质文明高度发达而导致的自我迷失感。"文化大革命"记忆在刘索拉那里似乎并不存在。因而,刘索拉对于个体存在状况的书写,便以"想象"的方式提前体验着西方现代主义文学中的荒诞主题。正是基于这种考虑,许多论者将刘索拉的创作称之为"现代派小说"。

关于这部作品,许多论者在当时就发表了自己的看法。如李下认为,这篇小说有"三新":"一题材新,描写了音乐学院的一群大学生;二手法新,借鉴了西方文学中的'黑色幽默'手法;三主题新,作品居高临下地把音乐学院变成了一件小道具,巧妙地表现了当代文艺思想上新与旧搏斗的惊心动魄的过程。"① 而李劼则说:"它彻底打破了传统的以说书讲故事见长的小说观念,代之以建立在现代心理学和现代艺术观念地基上的现代小说构架,没有情节性的因果联系,没有铺垫起伏的冲突高潮。整个小说从一个一个的细节式段落上看,是零碎的,跳跃的,闪烁不定的……但从整体上来看,人们得到的印象却是完整的、清晰的。"② 如果仅从这两篇评论出发,刘索拉被归为现代主义作家就毫不为过。但却有一些论者却注意到了刘索拉小说创作中更为复杂的文学形态,如刘晓波就认为:"毫无疑问,刘索拉等人的创作受到了西方现代主义的巨大影

---

① 李下:《我们时代需要的是蓝色幽默》,《作品与争鸣》1985年第7期。

② 李劼:《是临摹,也是开拓——〈你别无选择〉和〈小鲍庄〉之我见》,《当代作家评论》1986年第1期。

响，但这影响更多是艺术形式与表现手法上的，而不是内在精神上的……中国当代文艺思潮既要以西方启蒙时代或我国五四时期的反封建的人文主义为内在基础，又要追赶世界现当代艺术的最新发展，这就必然在中国当代文艺思潮中出现两个彼此对立而又相互渗透的世界：内在精神是反封建的，具有抗争的，有追求的，而外在表现形式则是西方现当代的，是混乱的，虚无的，玩世不恭的。尽管二者统一于反对旧文化，追求新文化的人文主义之中，但由于内容与形式之间存在着历史所造成的既定差异，因而二者的统一在审美上往往给人以牵强附会的、分裂的感受。这一点在《你别无选择》中表现得尤为明显，这部作品的结构、语言、人物的外在特征与其内心世界的追求有着明显的对立，读过之后总感到形式与内容是没有很好地统一起来的两层皮。"① 在刘晓波的评论文章中，事实上已为后来的"伪现代派"论争埋下了伏笔。他看到了中国作家接受现代主义的一个基本方式，即内容与形式的悖谬。按照刘晓波的说法，《你别无选择》这类作品，思想内容上表达了一种反抗意识，如对社会规范和秩序的反抗等。这一反抗意识在刘晓波看来，完全可以上溯至五四以来的启蒙传统，即个体生命反抗集权意识的价值诉求。这就意味着从"意识流"小说到刘索拉的小说创作，均可被视为启蒙文学传统的当代再现。但就表现方法而言，刘索拉的小说创作又借用了西方现代主义的创作方法，是"混乱的，虚无的，玩世不恭的"，这一表现形式显然与严肃的甚至是悲壮的反抗意识相背，因此"形式与内容是

---

① 刘晓波：《一种新的审美思潮——从徐星、陈村、刘索拉的三部作品谈起》，《文学评论》1986 年第 3 期。

没有很好地统一起来的两层皮"。此处,刘晓波的判断虽不清晰,但至少表达了这样一个具有代表性的观点,即纯正的现代主义文学,理应是内容与形式的统一。而刘索拉小说创作中内容与形式的悖谬关系,则说明她对现代主义文学的借鉴还远未成熟。当刘晓波强调内容与形式的统一时,事实上已忽略了西方现代主义文学传入中国大陆以后的变异情况。他站在西方的社会语境和文学传统中,批评了中国作家在接受现代主义文学时内容与形式的悖谬。这一观点在后来的"伪现代派"论争中表现得更为突出。

　　1988年2月10日,黄子平在《北京文学》第2期发表了《关于"伪现代派"及其批评》一文,清理了"伪现代派"这一批评术语,同时也使当代文学创作中的"伪现代派"问题在当年成为争论的焦点。1986年,李洁非在《被光芒掩盖的困难》、《作家素质与作品格局》和《新时期实验性小说困难论》等文中多次使用"伪现代派"这个概念批评新潮文学的某些现象和作品。1986年年底在《文学评论》的一次讨论会上,又有人声称:"我们文学中的'现代派'可以称其为'伪现代派'。'伪现代派'的含义就是我们并没有真正具有现代素质的现代派作品。"① 其实在1985—1987年间,对"我们文学中的现代派"表示不满的意见很多,如陈冲的《现代意识和文学的摩登化》②、刘晓波的《危机!新时期文学面临危机》③ 等等。当然,真正使这个概念引起人们广泛关注的是黄子平的《关于"伪现代派"

---

① 谭湘:《面向新时期文学第二个十年的思考》,《文学评论》1987年第1期。
② 陈冲:《现代意识和文学的摩登化》,《文论报》1987年1月21日。
③ 刘晓波:《危机!新时期文学面临危机》,《深圳青年报》1986年1月3日。

及其批评》一文的发表以及《北京文学》持续一年的讨论。黄子平认为"伪现代派"概念至少包含了三对二元对立的范畴：真／假、古／今、中／外，"这三对范畴及其家族还可以互渗、组合，生成一些更复杂的对子，如"原装进口／本地仿制便是由'中／外'加'真／假'构成"。"伪现代派"也是这些对子发酵的一个产品，它仍然属于一百年中西文化论战中"体／用、名／实、表／里"一类问题。20世纪80年代初引进西方现代派时，由于意识形态的影响，人们避开了现代主义的哲学观念而着重借鉴技术或表现方法，"内容／形式"两分论是现代派合法化的一种有效策略。然而正如黄子平所言，它也带来了一种两难窘境："对现代派文学的表现内容和哲学背景保持高度戒备心的批评家发现人们并未恪守只借鉴技巧的保证；而急切地希望当代中国文学能够与世界文学对话的批评家则不满于这些作品的犹抱琵琶半遮面。""伪现代派"这一概念因此"不是一个经过深思熟虑的理论概念，而是处于开放和急剧变动的文学过程中产生的，被许多'权力意愿'认为是顺手、便利的一个批评术语"。其他争鸣文章还有李陀的《也谈"伪现代派"及其批评》，张首映的《"伪现代派"与"西体中用"驳论》，以及李洁非的《"伪"的含义及现实》，等等。

　　从此次争鸣涉及的诸多问题来看，所谓的"伪现代派"显然是一个包含了价值判断的批评术语，它所立足的文学语境，仍然是一种西方中心主义。具体而言，批评当代文学的"伪现代派"，即意味着要求中国文学表现人类的普遍生存困境，因为它正是西方现代主义文学的核心内容。这一判断明显背离了新时期初中国知识分子传播现代主义文学的初衷。前文说过，在新时期初西方现代主义文学的传播过程中，中国知识分子认识"文化大革命"、反思"文化大革命"的基本愿望起到了极为重要的推动作用，这一实用理性的传播观念，决定了中国作家对于西方现代主义文学的接受不可能是对西方现代主义文学的全盘照搬。上文所述的"意识流"诸家，均可说明西方现代主义文学在中国大陆业已被本土化的文学事实。王蒙、宗璞、张贤亮等每一位作家，在进行小说创作时都与中国知识分子的"文化大革命"记忆密切相关。由于这一文学传统与"五四"启蒙文学的一脉相承，因此，中国作家对于现代主义的接受必然会形成一个相对统一的接受方式，即将西方现代主义文学探讨人类生存困境的普遍命题虚化，转而关注人在具体生存处境中的种种历史或文化的压迫。由于和"文化大革命"历史距离的无限接近，中国作家才会无时不忘书写"文化大革命"。当然，对于西方现代主义文学的渴慕，并不会让中国作家仅仅停留在形式借鉴的层面，西方现代主义文学中的颓废精神、虚无气息自有其独特的精神魅力。刘索拉和徐星等人对此的耽溺沉迷，同样也可遮蔽中国作家源自启蒙文学传统的抗争意识。由此造成的复杂局面，显然不可以用"伪现代派"一词简单加以否定。①

　　如同所有的现代主义知识在传入中国后，都必得经历一个本土化的过程一样，刘索拉小说中的"荒诞"主题也不同于西方现代主义文学中的荒诞叙述。通常而言，在刘索拉的小说中，"荒诞"主题往往显示了小说人物个体存在的双重维度。从精神层面来说，"荒诞"感是个体面对自身存在本质的非理性体验，当个体既定的信念和价值系统在现实中无所对应时，

---

　　①　针对这一术语，有学者提出了"拟现代派"的称谓。参见於可训《中国当代文学概论》，武汉大学出版社 1998 年版。

一种精神分裂的人格特征便显示出自身的意义，这种意义指向人在超历史语境中的非本真存在。李鸣、森森等人神经质的生存表象正是与海德格尔所说的"沉沦"等异化现象属于同一状态。在这种存在状态中，个体感受到了现实既定秩序与自我价值的冲突，当个体无法从精神上认同与自身矛盾的现实秩序时，一种对于现实的不满情绪最终导致了个体认知外部世界的心理变异，即将外在现实看成是荒诞不经的，试图以此维护个体精神的自足。李鸣的退学、森森在音乐世界中对外界的逃避，都是一种维护自身价值的举动。这种精神与现实的对立关系从而在精神维度中确认了"荒诞"即为人的存在本质。它拥有的普遍性正是西方现代主义文学的一个基本话题。但是，刘索拉的"荒诞"并非只属于精神范畴，当小说以森森的作品获奖为结局时，一种现实维度的文本意义便浮现出来；"荒诞"作为人的存在本质，它无法提供给个体现实存在的精神支撑，在这个意义上，刘索拉的荒诞主题又是刚走出"文化大革命"阴影的一代人，在现代化进程中，"对于人性、自由精神，对于主体创造性追求的'情绪历史'"。① 这一推断表明，20 世纪80 年代启蒙主义推行的自由理念在刘索拉这里被置换成为反抗既定秩序的"自由"表达，"荒诞"因此具有了反抗的功能，它借"反抗"行为作为个体现实存在的支撑。因此，《你别无选择》中的荒诞主题就在西方语境的普遍化之中隐含着中国语境下个体存在的现实内涵。两者的包容关系在先锋作家残雪、余华等人笔下演变成为对抗与颠覆的叙事模式。因此，可以说通过对西方现代主义文学的初步接受，刘索拉在书写人的存在

---

① 洪子诚：《中国当代文学史》，北京大学出版社 1999 年版，第 337 页。

困境问题方面为后来先锋小说的存在主题贡献了一种本土化的主题"原型"。

综上所述,从宗璞、戴厚英等作家的人道主义诉求开始,经历王蒙、张贤亮等作家对个体存在心理和潜意识的书写,再到刘索拉的"荒诞"表达,新时期的小说创作在 20 世纪 80 年代中期以前展现了一条有关个体存在主题的演变轨迹。这条线索的发展无疑受到了西方现代主义文学如意识流、弗洛伊德主义以及存在主义的深刻影响,表明当代小说界对于西方现代主义文学的接受正随着时间的发展而不断深化。从中国作家接受西方现代主义文学的具体过程来看,西方现代主义文学开拓了中国作家关注人的自我意识、书写个体存在困境等新的创作思路,并于此影响中标志了新时期小说中人的话语的不断深化;而中国作家源自"文化大革命"记忆对于人的存在问题的关注,又体现出当代小说存在主题所具有的本土化品格。这一本土化品格的特殊性与其自身的内在理路相关,它从"文化大革命"记忆引发的存在之问,融会作家当下存在的心理体验,逐步形成了 20 世纪 80 年代中期以前中国小说独特的存在主题。这一主题在刘索拉的创作中显示出了一种有别于西方现代主义文学的特征,而作家对个体存在的考察则始终无法逃脱中国语境的意识形态或"情绪历史"的现实桎梏。从这个角度说,中国语境中对个体存在的书写,很难如西方现代主义文学一样在形而上的普遍主义语境中考察个体的存在问题。这种特征直至 1984 年以后的先锋小说依然存在:在先锋作家笔下高度抽象化的虚构世界中,探讨的仍然是难掩"情绪历史"及现实记忆的个体存在。这种本土化存在主题的形成,不仅说明了当代中国小说创作中现代主义话语的增长过程,也决定了先锋小说存在主题的现实性与历史性。

结　语

　　回顾新时期初西方现代主义文学的传播运动，中国知识分子往往因启蒙主义和意识形态话语的双重规约，从而在具体的传播与接受过程中表现出了不同的价值取向与实践形态。但不论这场传播运动的性质有何等复杂，都在客观上扩大了西方现代主义文学的影响，同时也使其成为中国当代文学重返自身的逻辑起点与内在动力。这一现代主义文学的传播结果不仅标志着新时期初纯文学观念的逐步确立，也在接受西方现代主义文学的具体过程中，促成了当代文学的现代化追求：发生于 20 世纪 80 年代中期的先锋小说运动，便是中国当代文学在西方现代主义文学影响下所开展的一场声势浩大的文学现代性实验。

　　1949 年至 1976 年，中国当代文学深受政治、社会等超文学因素的影响，而这些因素对于纯文学观念的压制，显然令当代文学成为政治与时代精神的传声筒。在这一过程中，现实主义文学的创作方法当负其责。尽管中国新文学从五四时期开始，便已具有了心怀天下的现实主义文学传统，但其浓重的忧患意识和现实功利色彩，却在压制文学多元化的历史进程中，逐步形成了唯我独尊的文学格局。尤其是随着 20 世纪二三十年代左翼革命文学的兴起，早年关注国民劣根性批判的五四现实主义文学，也被日

益改造成了政治意识形态的传声筒：一个显在例证就是中国当代
文学中历史理性主义思想对于"人的文学"这一五四现实主义
精神的背离。由于历史理性主义相信历史不以人的意志为转移，
因而往往在要求文学再现社会历史进程的话语霸权中，轻易抹杀
了生命个体的存在价值。由此出发，反映历史真实的当代现实主
义文学观念也替代了五四现实主义文学对于生命个体的叙事关
怀。问题就在于，当中国民众经历了"文化大革命"的十年浩
劫之后，如果当代文学仍然执著于反映那些远离国人精神创伤的
"历史真实"，那么当代文学就始终无法实现向"人学"的真正
回归。因此，中国知识分子在新时期初传播西方现代主义文学的
举动，便潜在地具有了一种为中国当代文学正名的叙事意图。在
这一历史进程中，中国当代文学的现代性诉求也日益彰显：对于
大部分中国知识分子而言，要想促成中国当代文学的现代化，就
必须颠覆现实主义一统天下的文学格局。而此时西方现代主义文
学的广泛传播，则为这一具有文学革命性质的颠覆运动提供了可
供借鉴的文学资源。尽管在学习西方现代主义文学的历史过程
中，也出现了要求中国文学全盘现代主义化的偏激主张，但蕴涵
其中的文学革新愿望，以及对于传统现实主义文学弊端的深刻认
知，却都有助于建构中国作家的纯文学观念。

　　具体而言，由于受到西方现代主义文学的深重影响，中国当
代文学首先在"去政治化"的文学变革中开始了纯文学观念的
建构。事实上，当代文学强烈的政治色彩固然与政治化的文学环
境有关，但如果深入分析中国作家的文学观念，就会发现他们对
于"真实"的理解，才是造成文学政治化的根本原因。在当代
文学的发展历程中，"真实"一直是一个争论不休的理论难题。
无论是十七年文学中的社会主义现实主义，还是赓续五四启蒙精

神的批判现实主义，都把真实性作为衡量一部作品得失的重要尺度。在某种程度上，"真实"往往成为现实主义文学的价值评判标准。概括而言，现实主义作家的真实观念，实际上建立在对客观现实的坚定信念上。对他们来说，真实只存在于客观世界之中，它不以人的主观意志为转移。作家主体经验的真实与否，也必须由客观现实去加以验证。这表明，现实主义作家的真实是由外在于主体经验的客观现实所决定的。在他们看来，只有现实才是真实的，作家的主体经验只有在符合客观现实时，才可被证明为真实。而现实主义文学的任务便在于反映现实，即以反映论为指导的文学创作，其最高宗旨就是揭示现实真实。这种对现实真实的坚信不移，在一定程度上构成了一种现实崇拜。相形之下，作家主体的经验意识却往往在向客观现实的求证过程中被深深遮蔽。中国作家这一现实崇拜的形成历史由来甚久，它是历史理性主义和机械唯物论历史合力的产物。前者坚信历史客观真实的存在，后者则衍生出了当代文学中的"左"倾文艺思潮，两者对作家主体性的极端漠视，无疑强化了现实真实的权威地位。更为重要的是，当现实真实的权威性被无限夸大时，伴随着整个社会环境的政治化趋势，当代文学也受制于以再现时代精神为最高宗旨的政治正确。在这个意义上说，中国作家的真实观其实是造成当代文学政治化的观念性基础，它最终决定了当代文学的政治美学化与美学政治化。

　　为改变当代文学的政治属性，使文学向"人学"回归，中国知识分子借助西方现代主义文学的传播与接受运动，首先从真实观念的变革开始，逐步改变着当代文学的基本面貌。在西方现代主义文学的真实观念中，真实指向了人物的内心世界，它是一种与现实真实相对的精神真实。尽管这一现代主义文学的真实观在新时期初并未得到中国作家的广泛认同，但由此真实观形成的对于人物内心世界的探索，却深刻影响了中国作家的创作实践。以王蒙等人的"意识流"小说为例，在他们的创作中，客观真实固然是一个主要的表现对象，但人物内心的生命体验这一精神真实，却日益成为"意识流"小说的书写对象。尽管"意识流"小说中人物的内心体验仍然来自于他们的现实际遇，但王蒙等人对于人物内心世界的关注，却逐步改变了当代现实主义文学的机械唯物论倾向。在这一过程中，"意识流"小说对表现技巧的深入探讨，又暗暗剥离出了文学形式的独立化趋势。因此，当代文学从"意识流"小说关注人物的内心世界，以及注重文学形式的主体性出发，逐步确立了纯文学的文学观念。而这一文学观念，尤其在 20 世纪 80 年代中期先锋小说的形式实验中得到了广泛实践。在这个意义上说，西方现代主义文学在中国新时期文学的历史流变中，扮演了一个催化剂的角色。

对于中国当代文学而言，西方现代主义文学为其现代性转型提供了两条路径：一是文学的"观念形态转型"，即以西方现代主义文学提供的现代"观念形态"替代政治意识形态。存在主义、弗洛伊德主义、尼采哲学等西方人本主义思潮大大改变了中国文学的政治化面目。在这股思潮影响下，当代文学中的"人"的话语逐步从单纯呼唤人性复归走向了对于人类个体深度心理模式及存在困境的揭示。这一转变不仅拓宽和加深了当代文学的表现领域，而且也肩负起了认识人自己的启蒙功能，尽管这种启蒙的历史目标仍是为了建构一个现代民族国家，但对于人自身认识的不断深入，却为"文学就是人学"这一历史命题提供了丰富的阐释方式。在这个意义上，西方现代主义文学的传播从根本上动摇了当代文学近 30 年的文学观念，文学不再只是政治观念的图解。实际上，"文学"只有在一个知识谱系中才能被表述出来，它是一个在历史过程中不断被分析和建构的过程，只有在与其他知识的不断区分中，"文学"才可能被表述出来。换言之，当代文学在新时期的转型，正是凭借西方现代主义文学中的现代"观念形态"才逐步与"政治"区分开来，这实际上是一个当代文学确认自身"身份"的过程。在这一过程中，"政治"与"人"两大话语成了当代文学疏离与接受的对象，"人"的话语的逐步确立，表明当代文学开始逐步摆脱政治的影响，向"人学"的回归。另外，西方现代主义文学的传播，还在形式实验层面影响了当代文学的去政治化进程。从本质上说，形式实验并不仅仅是一个写作技术层面的问题，它同样也涉及了文学观念的变化。这种文学观念视"形式"为文学确认自身身份的标志，认为纯文学就是摆脱包括政治在内的一切先验观念束缚，进而在形式创新中凸显"写作"这一行为本身。这种让"文学回到自身"的观念曾一度被视为"纯文学"的标志，它所造成的影响与冲击在 80 年代不言而喻，一个显著成果就是 80 年代中期先锋小说的出现。无论先锋小说的创作实践多么复杂，"形式实验"都无疑是先锋小说最为鲜明的标志，它与"人"的话语一道表达了 80 年代文学急欲摆脱政治观念的影响，向文学重返自身的渴望。作为这种回归的逻辑起点与内在动力，西方现代主义文学催化作用显然十分强大。因此，研究现代主义文学的传播过程，在某种意义上就成为通向 80 年代文学现代化转型的必经之途。

　　值得注意的是，尽管 20 世纪 80 年代中期的先锋小说看似一场单纯的形式实验，但由于西方现代主义文学在传入中国大陆时经历了一个启蒙主义的解读过程，因此在具有启蒙内涵的西方现代主义文学的深重影响下，先锋小说的形式实验也相应的具备了针对生命个体的叙事关怀特征，这一言说方式即为先锋小说的启蒙叙事。从中国知识分子对于西方现代主义文学的启蒙主义解读中，庶几可见先锋小说启蒙叙事的由来。

在20世纪中国文学的发展历程中，小说的每一次革新似乎都与当时社会思潮的嬗变息息相关。从五四感时忧国的小说传统，到左翼小说与"十七年"小说的革命叙事，再到20世纪80年代小说的文学现代性诉求，小说的流变每每在叙事革新中展示着自身参与中国历史进程的社会功能："由涕泪飘零到嬉笑怒骂，小说的流变与'中国之命运'看似无甚攸关，却每有若合符节之处。"① 然而曾几何时，作为中国小说最新发展标志之一的80年代先锋小说，却因其主题话语的晦涩与形式建构的新奇而背上了脱离现实的形式主义罪名。莫非80年代中期盛极一时的先锋试验，仅仅是先锋作家书斋独语式的自话自说？曾有海外学者在论及中国小说与社会的关系时说："过去一个世纪以来，小说记录了中国现代化进程中种种可涕可笑的现象，而小说本身的质变，也成为中国现代化的表征之一。"② 此说同样指涉了80年代先锋小说的存在方式。然而，更需强调的是，先锋小说不仅仅是对80年代中国社会思潮的隐喻式记录，它还是一批深受西方现代主义文学影响的先锋作家，在历史进程中对于尚未实现的现代化的文学想象，是深植于现代民族国家土壤之中的文学现代化的梦想，激发着80年代先锋作家难以遏制的创新激情。正是在这一层面上，先锋小说可以称得上是80年代中国现代化进程的文学记录，同时也

---

① 王德威：《想象中国的方法》，三联书店1998年版，第1页。
② 同上。

325

是文学界想象现代化的特殊产物。

在这一过程中，20世纪70年代末西方现代主义的传播与接受是促成当代先锋小说出现的逻辑起点与内在动力。由于在新时期初，引进西方现代主义文学暗含了中国知识分子谋求文学现代化的主观愿望，兼之西方现代主义文学本身所秉有的人道主义思潮对传统现实主义的颠覆，才从思想层面催生了关怀个体存在的先锋话语。在80年代的先锋小说中，探讨个体存在的精神困境以及超越现实主义文学叙事的启蒙努力，说到底都是小说参与80年代中国现代化进程的产物。这一现代化诉求弥补了五四启蒙主义的缺失面，即把个体存在的自由理念注入了谋求建构现代民族国家的叙事之中。对于个体存在困境的叙事关怀，既是先锋小说存在主题的核心，也是先锋作家接续五四启蒙传统的切入点。当80年代的知识分子在西方现代主义的传播中寻求中国的现代化道路时，五四启蒙主义的部分历史局限也随之显露出来。其中最为重要的一点，就是民族国家与个体存在之间的复杂关系，两者之间孰轻孰重，何为目标，何为手段？俱是困扰百年启蒙的理论难题。20世纪中国历史中启蒙与革命的冲突，恰恰是这一理论难题的实践形态。而在80年代知识分子的现代化想象中，建构一个繁荣富强的现代民族国家，以及在此基础上实现人的解放，无疑是知识分子现代化诉求的乌托邦理念。相比于80年代的现实主义小说，先锋小说的启蒙主题似乎更能体现这一理念。先锋小说对个体存在困境的书写，颠覆了压制个体存在的传统现实主义叙事。这一启蒙主题恰恰应和了80年代启蒙主义的核心命题，即把个体的解放从五四启蒙主义的历史手段中提升为启蒙主义的历史目标。虽然先锋小说对这一命题的关注处在一种高度隐喻的表达层面中，但也并不表明先锋小说就放弃了对意义的寻求，它事实上一直在形式试验中参与着 80 年代中国的现代化进程。因此，以现代化诉求为社会目标的 80 年代先锋小说，始终在启蒙理念的驱动下，憧憬着一个涵盖了个体解放与民族强盛的现代化图景。

对于 20 世纪中国文学而言，先锋小说的出现具有极为重要的意义。它对于个体存在问题的关注，是 20 世纪中国文学中第一次自为的和大规模的个体叙事，这种叙事方式剔除了附加在文学身上过多的政治因素，将个体存在的精神困境纳入了文本层面，为文学重返自身开辟了一条崭新的道路。尽管先锋小说的形式试验算不上成功，但它却以自身强烈的创新意识，体现着当代文学追求文学现代性的努力。在今天的文学写作中，意识流、精神分析、荒诞描写等先锋小说曾经尝试过的文学元素，已积淀为一个崭新的传统。无法想象，如果今天的文学没有经历先锋小说的创新实验，是否还能够拥有如此多元化的叙事方式。就此而言，20 世纪 80 年代先锋小说从主题到形式的全方位创新，无疑为今天当代文学多元化图景的形成，做出了极其重要的贡献。而当代文学的这一切变化，都直接或间接来自于 70 年代末西方现代主义文学的传播与接受。在这个意义上说，新时期初中国知识分子对于西方现代主义文学的传播与接受活动，不仅从根本上改变了当代中国文学独尊现实主义的文学格局，也在动摇当代文学传统观念的同时，为文学向"人学"的回归开辟了道路，并进而确立和推动了中国文学的现代化转型。